007典藏系列

007 *Dr. No*
诺博士

伊恩·弗莱明 著
何学文 译

NUO BOSHI

图书在版编目(CIP)数据

诺博士/(英)伊恩·弗莱明著;何学文译. —合肥:安徽文艺出版社,2016.1(2016.6重印)

(007典藏系列)

ISBN 978-7-5396-5356-3

Ⅰ.①诺… Ⅱ.①伊… ②何… Ⅲ.①长篇小说-英国-现代 Ⅳ.①I561.45

中国版本图书馆 CIP 数据核字(2015)第 239229 号

出 版 人:朱寒冬
责任编辑:姜婧婧　　　　　　　　装帧设计:张诚鑫

出版发行:时代出版传媒股份有限公司　www.press-mart.com
　　　　　安徽文艺出版社　www.awpub.com
地　　址:合肥市翡翠路1118号　邮政编码:230071
营 销 部:(0551)63533889
印　　制:合肥星光印务有限责任公司　(0551)64235059

开本:880×1230　1/32　印张:8.375　字数:220千字
版次:2016年1月第1版　2016年6月第2次印刷
定价:28.00元

(如发现印装质量问题,影响阅读,请与出版社联系调换)

版权所有,侵权必究

007 *Dr. No*

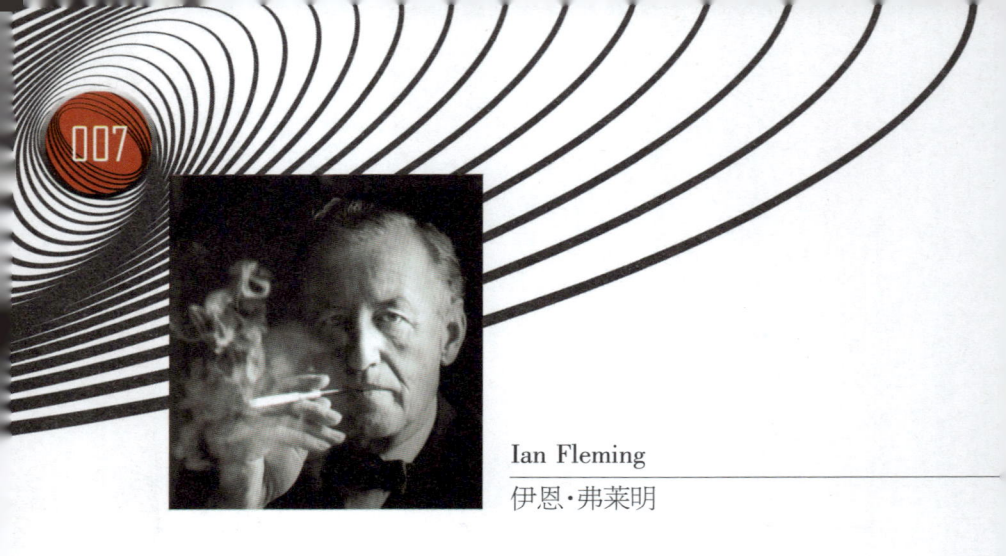

Ian Fleming
伊恩·弗莱明

1953年，正在牙买加太阳酒店度蜜月的伊恩·弗莱明百无聊赖地坐在打字机边，他的脑子里正在酝酿"一部终结所有间谍小说的间谍小说"——这部小说的主角就是通俗文学世界里最为人知晓、商业电影范围内生命最长的詹姆斯·邦德。

和其笔下的007一样，弗莱明的现实生活中也充满了炮弹味和香水味，年轻有为、风流倜傥的程度和詹姆斯·邦德有的一拼。弗莱明1908年出生在英国，他从小就希望过上一种自由刺激的生活，可是他的性情却和英国的传统教育格格不入。1921年，在著名的伊顿公学念书的弗莱明因为行为不端而被开除。1926年，他在家庭的安排下进入了桑德赫斯特军校，所有人都希望他这次能吸取教训并顺利完成学业，可是弗莱明本性难移，因为酗酒和斗殴，弗莱明提前结束了自己在军校的生活。1931年，他进入了著名的路透社，成为了一名专门报道间谍案件的记者。1933年，他回到了英国，做了一个银行职员，百无聊赖的生活让弗莱明忍无可忍。二战的到来为弗莱明带来了"换种活法"的机会——战争让弗莱明变成了邦德。

1939年5月，弗莱明成为英国皇家海军情报局中尉，上任时年仅31岁，从司机到海军大臣人人都喜欢他那充满了生气的堂堂仪表。因工作出色,弗莱明深得局长约翰·戈弗雷海军上将的赏识,后者以作风强硬著称,是007邦德的老板——M的原型。弗莱明曾多次陪同戈弗雷上将去美国与联邦调查局局长胡佛会晤,交流情报。弗莱明为戈弗雷起草了无数的报告和备忘录,他的写作才华开始展现,枯燥的案件被他描述得跌宕起伏。这些文件至今还是英国谍报部门授课的范文。

由于出色的工作表现,弗莱明被直接提拔为海军中校,并作为戈弗雷的助理直接领导代号为30AU的间谍部队。这是一个由间谍精英组成的小分队,队员个个身怀绝技,从神枪手、化妆师、武器专家到解密高手、间谍美女,一应俱全。他们的主要任务是帮助纳粹占领国的高级官员逃亡以及窃取德军重要档案。

第一次行动,弗莱明率领30AU来到葡萄牙的卡斯卡伊斯,策划阿尔巴尼亚国王索古从德国、意大利占领区潜逃。他设想的营救计划是这样的:清晨,在国王寓所门前,两名清洁工(英国特工)出现了,严密监视国王寓所的德国卫兵问了两句,就让他们进了门。待了一会儿,两个清洁工(已是国王夫妇)再次出现,拖着垃圾袋正向大门走来。这时,事先安排好的一场车祸准时在街对面发生,德国卫兵赶紧召集人手灭火救人。一个蒙太奇镜头:两个"高贵的清洁工"登上垃圾车渐渐远去。待德国人发现国王夫妇失踪时,国王夫妇已化装成葡萄牙人搭乘一艘意大利游轮安全抵达卡斯卡伊斯。结果,伊恩·弗莱明的策划与行动一样顺利,犹如他在执导拍摄一部007电影。

二战期间,弗莱明与"疯狂比尔"——美国战略情报局局长威廉姆·多诺万将军关系密切。1941年,多诺万计划成立新的情报机关,要弗莱明策划一个蓝图。弗莱明为他撰写的计划共七十二页,描述了一个完美特工应具备的特质,"年龄在40岁到50岁,经过特工训练,拥有出色观察、分析、评价能力,完美判断力,能随时保持头脑清醒,对情报事业有献身精神,并有广博的生活经历"。这和詹姆斯·邦德的形象几乎一致。1947年中情局正式成立,很大程度上借鉴了"邦德标准"。弗莱明毫不掩饰得意之情,向多个朋友吹嘘"我创造了中央情报局"。

1945年11月4日,弗莱明离开了海军情报局,戈弗雷上将对他做出了闪光的评语:"他的热情、才能和见识都是无与伦比的,他对海军情报局的战时发展和组织活动做出了巨大贡献。"

自《皇家赌场》大卖之后,弗莱明就成了一架被烟草和酒精驱动的写作机器,在他人生的最后十二年里,一共写了十四部007小说。在弗莱明生前,他的007系列小说就销出了四千万册,迄今为止,该系列小说在世界各地的销售量已超过一亿册。

1964年8月12日,56岁的弗莱明由于心脏病发作倒在儿子的生日宴会上。

尽管他一生烟酒不离,女人无数,但最后陪伴在他身边的依然是他的妻子。他热爱社交,但也曾因执着写作险些被上流社会抛弃。然而,五十多年过去了,那些曾经试图抛弃他的"贵族们"早已烟消云散,他所留下的作品却享誉全球、妇孺皆知。在全世界,无数的人在阅读007小说或观看007电影,以此向这位传奇人物表达敬意和缅怀之情。

目 录
Contents

第一章　讯号清晰 / 1

第二章　挑选武器 / 12

第三章　度假任务 / 25

第四章　迎接队伍 / 35

第五章　事实与数据 / 50

第六章　扣动扳机的手指 / 63

第七章　夜航 / 75

第八章　优雅的维纳斯 / 88

第九章　侥幸脱险 / 100

第十章　龙的足迹 / 112

第十一章　在可怕的甘蔗地里 / 123

第十二章　那东西 / 137

第十三章　貂皮装饰的监狱 / 150

第十四章　欢迎来到我的会客室 / 165

第十五章　潘多拉之盒 / 177
第十六章　即将到来的痛苦 / 191
第十七章　长长的尖叫 / 205
第十八章　屠宰场 / 221
第十九章　从天而降的死亡 / 232
第二十章　劳役时间 / 250

Dr. No

第一章　讯号清晰

6点整,夕阳在蓝山背后投下最后一抹金光,一层紫红色的浅影倾泻在里士满路上,精致的小花园里蟋蟀和树蛙们开始欢快地鸣唱。

除了动物们隐隐约约的鸣叫声外,宽阔而空旷的大街上寂静无声。那些僻静豪宅的主人们——银行经理、公司董事和高级公务员们——5点钟后便已回家,此刻可能正与他们的妻子聊着一天的事,或者是冲个澡,换换衣服。半个小时之后,这条街又会重现生机,挤满了赶着去鸡尾酒会的车辆,但此刻,这一截半里长的高档路段——金斯敦商人们称之为"富豪路"——除了一个静待上演好戏的空空舞台和夜来香的浓郁芳香之外,空无一物。

里士满路是全牙买加最好的街道,它就是牙买加的派克大街、金斯敦宫花园和耶拿大街。"最上层"的人们居住在大道两旁那些宽大的老式住宅里,每一幢都有一到两英亩的草坪,修剪得整整齐齐,种满了从霍普的植物园运来的最好的花草树木。这条长长的、笔直的大道清爽而静谧,远离金斯敦喧闹、俗气而杂乱的城区,尽管它的住户们的钱都是在那儿赚的;而在它上端的丁字路口的另一侧,就是国王官邸的所在,牙买加总督兼总司令和他的家人就住在这里。在牙买加,没有哪条道路的尽头能更胜于此了。

岔路口的东侧是里士满路1号,一幢坚固的两层大楼,两层楼四周都环绕着宽阔的白色游廊。一条碎石小径从路边穿过宽阔的草坪,一路来到立有门柱的大门口;草坪上设有网球场,此刻球场上喷洒器跟平常一样也正在工作着。这幢大楼就是金斯敦的社交圣地。它名为"皇后俱乐部",经常有人想加入却被拒之门外,很难通融,五十年来它也一直以此为荣。

一个休闲之所却如此顽固,在现代的牙买加不可能长期存在下去。总有一天,皇后俱乐部的窗户会被砸烂,或许甚至会被烧为灰烬,但目前来说,在一个亚热带的岛屿上它仍不失为一处有用之所,管理得很好,员工也很得力,同时还能提供加勒比海最好的美食和美酒。

在一年中的大多数夜晚,在一天中的那个时刻,你都会发现同样的四辆车停在俱乐部外面的路上,它们属于一个桥牌小组,小组准时在5点集合,一直玩到半夜左右。你几乎可以用这几辆车来对表。从它们此刻背靠路缘停放的顺序来看,它们分别属于掌管加勒比防卫军的准将、金斯敦的首席刑事律师和金斯敦大学的数学教授。在这排车的最后,是一辆黑色"阳光·阿尔宾",它的主人是退役皇家海军中校、加勒比区域指挥官,或者更坦白地说,英国情报局驻当地代表,约翰·斯特兰韦斯。

不到6点15分,里士满路的寂静就被悄悄打破了。三个盲人乞丐从交叉路口的角落转出来,沿着人行道慢慢向那四辆车走去。他们是华裔黑人混血儿,身形强壮,但当他们拖着脚往前走时都佝偻着腰,用手中的白色拐杖击打着路缘。他们排成了一列,第一个人戴着蓝色的眼镜,似乎比其他人视力好一点,他走在最前面,手里拿着一个锡杯,抵在左手的拐杖的弯钩上,第二个人的右手搭在他的肩膀上,第三个人的右手则搭在第二个人的肩膀上。第二和第三个人的眼睛都闭着。这三个人都衣衫褴褛,戴着脏兮兮的当地巴拿马草制的棒球帽,帽舌很长。他们沿着树荫遮蔽的人行道向那排车慢慢走去,没有说话,除了他们的拐杖发出的轻微的敲击声之外没有发出任何声音。

这三个盲人本来在金斯敦并不会显得不太协调,因为在金斯敦的大街上到处都可以看到残疾人,然而在这样一条繁华、安静、空旷的街道上,却给人一种很不舒服的印象。而且,他们竟然都是华裔黑人混血儿也很是奇怪。这种混血并不常见。

棋牌室当中的一张牌桌上,一只晒得黝黑的手伸向绿色的牌池,抓起四张牌,牌被啪嗒一声扔进牌堆里。"一手好牌呵!"斯特兰韦斯说,他看了一眼手表,站起身来,"二十分钟就回来。你发牌,比尔,叫点酒,我的跟平时一样。别想着趁我不在玩我一手。我会发现的。"

比尔·坦普勒,也就是那位准将,笑了一声。他摁了一下身边的服务铃,把牌朝自己归拢,说:"抓紧,你个浑球。你老是在别人赢钱的时候让牌冷场。"

斯特兰韦斯已经出门。另外三个人懒散地靠在椅背上。深色皮肤的服务员进来,他们给自己点了饮料,给斯特兰韦斯点了威士忌和水。

每天晚上6点15分,在他们第二轮牌打到大概一半的时候,都会出现这样一次令人抓狂的中断。准时在这个时间,哪怕一手牌正在进行当中,斯特兰韦斯都要去他的"办公室"去"打个电话"。这让人很是不爽。但斯特兰韦斯是他们四个人中很关键的人,他们也就只好忍了。斯特兰韦斯从没有解释过他到底要打什么"电话",也没有人问。斯特兰韦斯的工作是"秘密",也就这样了。他离开很少超过二十分钟,并且他还会给大家买一轮喝的当是为他的缺席做出的补偿。

饮料端上来了,三个人开始谈起了赛马。

事实上,这是斯特兰韦斯一天之中最重要的时刻——此时他必须与摄政公园旁的情报局总部大楼顶层的那台功能强大的发报机进行无线电联络,这是他的任务。每天,当地时间6点半,除非他前一天就预告他将不会发报——比如他在他负责区域内的另一个小岛上有事,或者是得了重病——他都会发出他的每日报告,并接受指令。如果他没能在6点半准时出现,那么,在7点会有第二次呼叫,"蓝色"呼叫,最后,在7点半,还会有"红色"呼叫。如果在那之后他的发报机仍旧保持静默,那就是"紧急情况",伦敦方面负责领导他的第三小组就会立即开始着手调查他到底出了什么事。

即使是"蓝色"呼叫对一个特工来说也是一个污点,除非他的书面解释无懈可击。伦敦与全世界的无线电联络时间安排是极其紧凑的,哪怕一次额外的呼叫给时间安排带来的细微改变都是危险而麻烦的。斯特兰韦斯从没有过一次"蓝色"呼叫的不光彩记录,更别说"红色"呼叫了。每天晚上准时在6点15分,他都会离开皇后俱乐部,钻进车里,开上十分钟,回到他那幢漂亮的别墅。他的别墅位于蓝山的一个小山头,可以俯瞰金斯敦港的美景。6点25分,他会穿过大厅来到后面的办公室。他会打开门,然后随手关上。特鲁布拉德小姐此时应该已经端坐在伪装的档案室的电台前了。特鲁布拉德小姐表面上是他的秘书,实际上是他的副手,一位前皇家海军女子服务队大副。她会戴上耳机,进行第一次联络,在14兆赫的频率上敲出斯特兰韦斯的呼叫代号WXN。在她优雅的膝盖上会有一个速记本。斯特兰韦斯会坐进她身边的椅子里,拿起另一副耳机,准时在6点28分替换她,等待着空气中突然的寂静,那意味着伦敦的WWW要发出回应了。

这是一套严格的例行程序。而斯特兰韦斯是一个严守例行程序的人。不幸的是,严格的行为规律一旦被敌人发现,它们就是致命的。

斯特兰韦斯是一个瘦高的男人,右眼罩着一个黑色的眼罩,英俊的脸庞上的鹰钩鼻让人联想起驱逐舰的舰桥。他迅速穿过皇后俱乐部镶有桃花心木嵌板的门厅,推开装着纱窗的轻巧大门,跑下三级台阶,来到小径上。

他脑子里没有想什么，除了夜晚清爽的空气带给他感官上的愉悦以及对自己神手摸来三张黑桃的愉快记忆。当然，还有他正在办理的那件案子，两周前 M 漫不经心地告诉他的一件事，一件奇怪而复杂的事。这件事目前进展情况不错。一个偶然打入华人圈子的眼线发挥了作用。一些捉摸不透的环节已经渐渐清晰起来，尽管目前来看它们只是一些最细微的环节，但一旦它们明朗起来，斯特兰韦斯一边沿着碎石小径大步走进里士满路一边想着，他可能会发现自己卷进了一件非常古怪的事。

斯特兰韦斯耸了耸肩，事情的结果当然不会是那样的，在他干的这一行，奇妙的想象从来不会成为现实，真正的答案肯定是乏味的，只不过它被那位华人过头的想象力和时时发作的病态的兴奋添枝加叶地渲染了。

无意中，斯特兰韦斯注意到了那三个盲人。他们沿着人行道点着拐杖慢慢朝他走了过来。他们离他大约有二十米远。斯特兰韦斯估摸着他们会在自己走到车前一两秒从他身边经过，出于对自己财富的羞耻也出于对它的感激，斯特兰韦斯想掏出一枚硬币。为了确保那是一个两先令的硬币而不是一便士，他用拇指顺着硬币的边缘摸了一圈。斯特兰韦斯将硬币掏了出来。此时他正处于与乞丐们平行的位置。真是奇怪，他们居然都是华裔黑人混血！真是奇怪！斯特兰韦斯伸出手去，硬币在锡杯里叮当响了一声。

"谢谢老板！"领头的乞丐说。"谢谢。"另外两个附和道。

斯特兰韦斯手里拿着车钥匙。他隐约注意到有那么一刻的寂静，因为白色拐杖停止了敲击。

太晚了。

斯特兰韦斯刚走过最后一个人身边,那三个人都转过身来。后面两个呈扇形向外跨了一步,以便开枪的时候看得更清楚。三把左轮手枪从藏匿在破衣烂衫中的枪套里被猛地抽了出来,因为装了香肠状的消音器而显得很难看。训练有素的三个人分别瞄准了斯特兰韦斯沿脊椎而下的不同位置,一个在肩膀之间,一个在腰部,一个在骨盆。

三声沉闷的枪声几乎是同时发出。斯特兰韦斯的身体往前一扑,好像是被人踹了一脚。他的身体在人行道上击起一缕淡淡的烟尘,然后便一动不动了。

此时是6点17分。随着一串轮胎刺耳的尖叫声,一辆车顶四周飘着黑色流苏的脏兮兮的灵车从丁字路口冲进里士满路,朝站在人行道上的这拨人冲过来。那三个人刚刚抬起斯特兰韦斯的尸体,那辆灵车便在他们身边停了下来。车后的两扇门都敞开着,车里那副素色的松木棺材的盖子也敞开着。三个人把尸体抬上车,扔进棺材里,爬上车,盖上棺材盖,关上车门。三个人在棺材四周的小椅子上坐下,不慌不忙地把白色拐杖放在身边。椅背上挂着宽大的羊驼外套。他们把外套罩在破衣烂衫外,然后脱掉了棒球帽,弯腰从地上捡起黑色的大礼帽戴在头上。

灵车的司机也是一个华裔黑人混血,他紧张地回头张望。

"快走,快走!"最高大的那个杀手喊道。他瞟了一眼腕上的手表。6点17分,三分钟完事,分秒不差。

灵车掉过头来,不急不慌地朝丁字路口开去。到了路口,它亮起灯,以每小时三十公里的速度沿着柏油路稳稳当当地向山里开去,黑色的流苏飘拂着,像是在向车上的死者致意,三个杀手笔直地坐着,双手庄重地交叉放在胸前,像是三位默哀者。

"WXN 呼叫 WWW……WXN 呼叫 WWW……WXN……WXN……WXN……"

玛丽·特鲁布拉德右手的中指轻柔、优雅地在键盘上敲击着。她抬起左手。6 点 28 分。他晚了一分钟。玛丽·特鲁布拉德想象着那辆小小的阳光牌敞篷车在路上朝她飞奔而来的样子,不禁笑了。此刻,分秒之后,她就会听见匆匆忙忙的脚步声,听见钥匙插进锁里,然后他就会坐在她的身边。他会抱歉地一笑,伸手去拿耳机,他会说:"不好意思,玛丽。破车发不动了。"或者是:"你以为该死的警察应该会记住我的车牌号了吧。居然在'半路树'把我拦下了!"玛丽·特鲁布拉德把另一副耳机从挂钩上取下来,放在斯特兰韦斯的椅子上,为他节省半秒钟的时间。

"WXN 呼叫 WWW……WXN 呼叫 WWW……"玛丽·特鲁布拉德把调节钮稍稍转动了一点点,继续呼叫。她的手表显示已是 6 点 29 分了,她开始担心了。几秒钟之后,伦敦就会发讯号了。她突然想到,如果斯特兰韦斯不能准时到,她怎么办?假扮他来应答是没用的——没用且危险!无线电安全部门会监听通话,对每一个特工的每一次通话他们都会监听,测量每一位操作者"笔迹"的细微特征的仪器马上就会发现操作发报机的不是斯特兰韦斯。玛丽·特鲁布拉德曾在总部大楼安静的顶层见到过那些密密麻麻的仪器,见到跳动的手指把每一个脉冲的轻重、每一组密码的速度、在每一个特定字母上的迟疑都记录下来。五年前她加入加勒比情报站的时候电台主管已经向她介绍了这一切——如果操作发报机的人不对,蜂鸣器会如何响起,通话将会怎样自动中断。这是防范情报局的发报人落入敌人之手的基本保护措施。另外,如果一名特工被捕,折磨之下被迫与伦敦联络,他只需要稍微在他通常的"笔迹"上加上一点点特别的东西,他们就会像他明码宣布了一样知道他已经被捕了。

这时讯号传过来了!此刻她已听见了空气中的嗡鸣声,那意味着伦敦方面已经开始发报了。玛丽·特鲁布拉德瞟了一眼手表。已经6点半了!她惶恐起来。但此时,门厅里终于响起了脚步声。谢天谢地!他马上就会进来了。她必须保护他!情急之下,她决定冒冒险,把线路打开。

"WWW 呼叫 WXN……WWW 呼叫 WXN……听见吗?……听见吗?"伦敦方面的讯号很强,呼叫着牙买加情报站。

门口响起了脚步声。

她冷静、自信地敲击键盘,回答道:"讯号清晰……讯号清晰……讯号……"

她身后响起了爆炸声。有什么东西打了她的脚踝一下。她低头看了一眼,是门锁。

玛丽·特鲁布拉德猛地从椅子上转过身来。门口站着一个人。不是斯特兰韦斯。这是一个高大的黑人,皮肤发黄,眼睛歪斜。他手里拿着一把枪,枪头上有一个厚厚的黑色圆筒。

玛丽·特鲁布拉德张大嘴尖叫起来。

那人咧开嘴笑了。他慢慢地、饶有兴致地举起枪,在她左胸口开了三枪。

姑娘从椅子上往侧面倒了下去,耳机从她的金发上脱落,掉到了地上。大约有一秒钟的时间,房间里可以听见伦敦方面细小的叽叽喳喳的呼叫声,之后它便停了。无线电安全部门的电台主管桌上的蜂鸣器已发出信号,WXN方面出事了。

杀手走出门,随后拿着一个上面贴着一张彩色的"普利斯托引火棉"标签的盒子和一个标着"塔特莱尔"的糖果袋又走了回来。他把盒子放在地上,走到尸体旁,粗暴地把糖果袋套在尸体身上,从头拉到脚踝。尸体的双脚露在了袋子外面。他把它们弯起来,塞进袋子里。他把鼓鼓囊囊的袋子拖到大厅里,又折了回来。在房间的一角有一个保险柜,正如他被事先告知的那样,柜门敞开着,密码本已被拿了出来放在桌上,准备翻译伦敦发来的信号。那人把这些密码本和保险柜里的所有文件都扔到房间中央。他把窗帘拽下来,也扔进那一堆东西里。他在那堆东西上又加上了两把椅子。他把普利斯托引火棉的盒子打开,拿出一把,塞进那堆东西里,点着了。然后他走到门厅里,在适当的地方也用类似的手法点起了几堆火。干燥易燃的家具很快就着了起来,火焰开始蹿上了墙板。那人走到前门,把门打开。透过木槿树篱,他可以看见闪着微光的灵车。除了蟋蟀的鸣唱和低速运转的汽车引擎轻柔的轰鸣声外,没有任何声音。大路上下没有其他任何生命的迹象。那人又走进烟雾缭绕的门厅,轻轻松松地扛起那个大袋子走了出来,还把门敞开着,以便通风。他快速走过小径,来到大路上。灵车的后门敞开着,他把袋子递上去,看着另外两个人把它塞进棺材里,压在斯特兰韦斯的尸体之上。然后,他爬上车,关上门,坐下来,戴上大礼帽。

当别墅上层的窗户开始冒出火苗时,灵车静悄悄地离开人行道,朝莫纳水库开去。在那儿,一具沉重的棺材被滑进九十米深的水底,仅仅四十五分钟后,情报局加勒比站的人员和记录就会被彻底毁灭。

第二章 挑选武器

三周之后,3月像条响尾蛇般袭击了伦敦。

3月1号天刚一亮,冰雹和冻雨便夹带着八级大风接二连三地抽打着这座城市,人们穿着雨衣,潮湿的衣边抽打着双腿,脸颊被冻得通红,在痛苦中三三两两地赶去上班。

这可真是糟糕的一天,每个人都这么说——甚至连 M 也这么说,他平时可是很少承认有天气这种东西的存在,哪怕是极端恶劣的天气。当那辆挂着毫不起眼车牌的老式黑色劳斯莱斯的"银色幽灵"在摄政公园旁的那幢高楼外停下来,他手脚僵硬地从车里爬到人行道上,冰雹像一把碎石一样打在他脸上。他没有急匆匆地走进大楼,而是特意绕车走了一圈,来到驾驶座旁的车窗前。

"今天不会再用车了,史密斯,开回家吧。晚上我坐地铁。这天根本开不了车,比坐北冰洋上的护航舰还要糟糕。"

艾克斯里丁·斯托克·史密斯感激地咧嘴笑了："是，长官。谢谢！"他看着那个苍老却笔挺的身影从劳斯莱斯车头前绕过，穿过人行道，进了大楼。他真是喜欢这个老头儿。他总是要先把别人都安排得妥妥帖帖，现在很少见到他这样的人了。史密斯把变速杆推到一挡，发动了车，透过淌着水的挡风玻璃紧盯着前方。

M坐电梯来到八楼，沿着铺着厚厚地毯的走廊来到他的办公室。他随手关上门，脱下外套和围巾挂在门后，又拿出一块大大的蓝色丝绸手帕，胡乱地擦了把脸。这习惯有些奇怪，在门童或者电梯工面前他是不会这么做的。他走到办公桌前，坐下来朝内部通话系统弯下腰去，摁下一个按钮。"我来了，莫尼潘妮小姐。请把通讯记录给我，还有你收到的其他任何东西，然后帮我接通詹姆斯·莫洛尼先生，这会儿他应该在圣玛丽医院巡房。告诉办公室主任我半小时后要见007。还有，把斯特兰韦斯的档案给我。"等到听见那声清脆的"是，长官"之后，M松开了按钮。

他坐直身体，伸手掏出烟斗，开始往烟斗里装烟丝，边装边沉思着。他的秘书拿着一堆文件进来的时候他没有抬头，他甚至都没有理会通讯记录上面的那五六件粉红色的"特急"件。如果真是很要紧的东西，他半夜就会被电话叫醒了。

通话系统的黄灯闪起了。M拿起了四部电话中黑色的那一台。"是詹姆斯吗？能聊五分钟吗？"

"给你六分钟！"电话那头那位著名的精神病学家咯咯地笑了，"想让我证明女王陛下的某位大臣是不是得了精神病？"

"今天不是这事。"M生气地皱了皱眉，这位老海军军人对政府还是很尊敬的,"是关于你一直在管理的我的那位手下。名字我们就不说了,这是一条明线。我听说你昨天让他出院了。他能干活了吗?"

电话那头迟疑了一下,声音变得专业而审慎:"从身体上说,他一点问题都没有,腿已经好了,应该也不会有什么后遗症。是的,他没问题。"电话那头又迟疑了一下,"只有一件事,M。他太紧张了,你知道的。你用你手下这帮人用得挺狠的。不能先让他干点轻松的活?从你向我介绍的情况看,他已经辛苦好几年了。"

M冷漠地说:"付钱给他就是干这个的。是不是能干活很快就能看出来,他不会是第一个崩溃的人。从你说的情况来看,他状态不错,不像我给你送过去的另一些病人,真受了什么伤害,那些人可是真的到鬼门关走了一遭。"

"那是当然,如果你这么说的话。但疼痛是件很奇怪的东西,我们对它了解很少,你衡量不了它,分不清一个女人生孩子时的痛和一个男人肾绞痛有什么区别。而且,感谢上帝,身体好像很快就会忘记曾经的痛苦。但你的这位手下的确经历过真正的痛苦,M。不要仅仅因为没有断胳膊断腿就觉得……"

"那是,那是。"邦德犯了一个错误,并因此而遭了罪。不管怎么样,M不喜欢有人在他应该如何对待他的手下的问题上教训他,哪怕教训他的人是世界最著名的医生之一。詹姆斯·莫洛尼先生刚才的话语中带着一股批评的口气。"听说过一个叫斯坦因克罗恩的人吗,彼特·斯坦因克罗恩博士?"M突然问道。

"没有。什么人?"

"一个美国医生。他写了一本书,我们在华盛顿的人寄过来放我们图书馆了。讲的是一个人的身体到底能承受多大的惩罚。他还列出了一张单子,说一个普通人没有哪些器官也还能活下来。事实上,我把这张单子抄了下来,以备将来查询。想听听这张单子吗?"M伸手从外套口袋掏出几封信和几张小纸片,扔在面前的桌子上。他用左手挑出一张纸,展开来,没有因为电话那头的沉默而感到不安。"喂,詹姆斯先生!嗯,都包括这些:'胆囊、脾、扁桃体、阑尾、一个肾、一个肺、两升血、肝脏的五分之二、大部分的胃、二十三英尺肠子中的四英尺,还有半个大脑。'"M顿了一下,见电话那头仍旧沉默着,他问道,"有什么评论吗,詹姆斯先生?"

电话那头犹犹豫豫地咕哝了一声:"我很奇怪他怎么没加上一条胳膊和一条腿,或者是所有的胳膊和腿。我不明白你到底想证明什么。"

M略微笑了一声。"我没想证明什么。我只是觉得这单子很有意思。我想说的是,跟那样的惩罚比起来,我的人好过多了。不过,"M心软下来,"咱们不争论这个了。"他换了柔和些的口气说,"事实上,我心里的确有过让他喘口气的想法。牙买加那边出了点事,"他瞟了一眼淌着雨水的窗户,"那对他来说会更像是一种疗养。我的两个手下,一男一女,同时失踪了。或者说,表面上看起来是这样。我们的那位朋友可以做一回调查员——同时还能享受享受阳光。你觉得怎么样?"

"没问题。像今天这样的日子连我自己都想接这个活儿。"但詹姆斯·莫洛尼先生打定了主意要把自己的意思说清楚。他口气温和地继续说道:"不要觉得我是想干涉你的事,但一个人的勇气总是有限的。我知道你对待你手下的这帮人必须做到他们随时都是可以牺牲的,但我也可以想象得到你并不希望他们在错误的时间崩溃掉。我手里的这位病人是很硬朗,可以说他能为你做的事还多得很,但你还记得门罗在他那本书里是怎么说勇气的吗?"

"不记得了。"

"他说勇气是一份资本总额,消耗越多余量就越少。我同意他的说法。我想说的是,这个人自从战争前夕就消耗得很厉害。我不是说他已经透支了——目前还没有,但总是有限度的。"

"完全正确。"M觉得这话题已经够了,"这正是我要把他派到国外的原因,到牙买加度假。别担心,詹姆斯先生,我会照顾他的。顺便问一句,你发现了那俄罗斯女人注射进他身体里的是什么东西了吗?"

"昨天找到答案了。"詹姆斯·莫洛尼先生也很高兴他们换了个话题。这老头儿像今天的天气一样生猛。他有没有可能已经把自己的意思灌输进了M的笨脑瓜呢?"花了我们三个月的时间。是热带医学院一个聪明的小伙想出来的。那药叫河豚毒素。日本人把它用于自杀,它来自河豚的性器官。原以为俄罗斯人会用一种谁都没听说过的东西。他们也可以用箭毒,效果基本是一样的——麻痹中枢神经系统。河豚毒素这东西很可怕,药效非常快。像你的手下被注射的那种剂量,几秒钟之内运动和呼吸肌就会瘫痪,一开始会出现重影,然后眼睛就睁不开,然后就不能吞咽,脑袋垂下来,再也抬不起来,死于呼吸系统麻痹。"

"他能逃过这一劫还真是幸运。"

"是个奇迹。完全要感谢当时跟他在一起的那个法国人,把你的手下放到地下,给他做人工呼吸,就像他溺水了一样。想办法让他的肺继续工作,直到医生赶到。幸运的是那医生在南美工作过。诊断他是中了箭毒,并进行了相应的治疗。但这样成功的概率也只有百万分之一。也顺便问一句,那俄罗斯女人后来怎么样了?"

"哦,她死了。"M简短地答道,"非常感谢,詹姆斯先生。别担心你的病人。我保证他会度过一段轻松的时光的,再见。"

M挂了电话。他脸色阴冷,面无表情。他把通讯记录拿过来,快速浏览起来。在一些通讯记录上他草草做了批注,还时不时抄起电话给某个部门简短地交代几句。等这些都忙完了,他把这堆文件扔进标着"送出"的文件框里,伸手拿过烟斗和用十四磅炮弹的底座做成的烟草罐。他面前除了一个标着"绝密"星的浅黄色文件夹外,已经空无一物了。在那个文件夹的中央用方块大写字母写着"加勒比站",在那之下,用斜体字写着"斯特兰韦斯和特鲁布拉德"。

通话系统上的一盏灯闪了起来,M摁下开关。"什么事?"

"007来了,长官。"

"叫他进来。叫军械官五分钟后过来。"

M身体往后一仰。他把烟斗放进嘴里,点上一根火柴。他透过烟雾盯着通往他秘书办公室的门。他的眼睛炯炯有神,洞察秋毫。

詹姆斯·邦德从那扇门走进来,随手把门关上。他走到M办公桌对面的椅子前,坐了下来。

"早上好,007。"

"早上好,长官。"

除了 M 的嘴巴发出的刺耳的吧嗒声外,屋子里一片寂静。要让那烟斗一直燃着好像要费掉不少的火柴。隐隐约约可以听见雨夹雪在抽打着那两扇宽大的窗户。在他从一家医院被转到另一家医院的那几个月中,在数个星期的恢复期中,在让身体重新恢复健壮的艰难过程中,他所记得的正是这幅景象。对他来说,这意味着重归生活。走进这个房间坐在 M 的对面是他所渴望的正常状态的标志。他透过烟雾看着那双敏锐的灰色眼睛。那双眼睛也在看着他。等待着他的会是什么?他搞砸的上一次任务的事后调查?不留情面地把他做降级处理,调回内务部门临时做案头工作?还是一件 M 一直留着等他邦德回来的诱人新任务?

M 把火柴盒扔到办公桌的红色皮垫上,身体往后一仰,双手抱在脑后。

"感觉怎么样?回来高兴吗?"

"非常高兴,长官。我感觉很好。"

"对你上一次任务有什么总结吗?在你身体好起来之前,一直没拿这事打扰你。你也听说了,我下令进行调查。我想参谋长从你那儿拿到了一些证据吧,有什么要补充的吗?"

M 的话音中透着一股公事公办的冷漠味道。邦德不喜欢这种口吻。会有麻烦事,他想。他说:"没有,长官。的确是糟糕透了。我为被那女人算计而深深自责。本来不应该发生的。"

M 把手从脖子后面拿出来,慢慢朝前俯下身,把手平摊在桌子上。他的眼神很犀利。"没错。"声音很柔和，这很危险，"你的枪卡壳了，如果我没记错的话，是那把带消音器的贝雷塔。这就有问题了，007。如果你还想要00的编号，你就不能犯这种错误。你想放弃它，重新执行正常的任务吗？"

邦德身体一紧。他眼睛愤愤地盯着M的眼睛。编号前的00前缀是允许特工杀人的标志，是极大的荣誉。他得到它非常不容易。是它给邦德赢得了所有他喜欢的任务，那些危险的任务。"不，我不想，长官。"

"那你必须更换装备。这是军事法庭得出的结论之一。我也赞同。你明白吗？"

邦德固执地说："我习惯用那把枪，长官。我喜欢带着它执行任务。发生在我身上的事任何人都可能发生，不管带什么枪。"

"我不这么认为。军事法庭也不这么认为。所以，这事就这么定了。唯一的问题是，你要换一把什么枪。"M朝通话系统俯过身去，"军械师来了吗？叫他进来。"

M坐直身体。"你知道吗，007？布思罗伊德少校是全世界最优秀的轻武器专家。如果他不是我们也不会叫他来。我们听听他怎么说吧。"

门开了。一个矮小瘦削、长着浅棕色头发的男人进了门，走到办公桌前，站在邦德的椅子旁。邦德抬头看着他的脸。邦德以前并不是经常见到这个人，但邦德记得他那双分得很开的明亮的灰色眼睛，那眼睛好像从来都不会眨一眨。他若无其事地瞟了邦德一眼，很放松地站在那儿，眼睛看着M。"早上好，长官。"他说，口气平淡，不带任何感情色彩。

"早上好,军械师。我想问你几个问题。"M 的口气很随意,"首先,你觉得贝雷塔 25 怎么样?"

"女人用的枪,长官。"

M 嘲讽地朝邦德扬了扬眉毛。邦德勉强地挤出一丝笑。

"是嘛!为什么这么说?"

"没有杀伤力,长官。但操作简单,也挺好看,你明白我的意思,长官。对女士挺有吸引力。"

"装上消音器怎么样?"

"杀伤力更小了,长官。而且我不喜欢消音器,太沉,着急掏出来的时候容易被衣服绊住。我不建议任何人尝试这种组合,长官,如果是要用来干活的话。"

"有什么想说的吗?"M 开心地对邦德说。

邦德耸了耸肩。"我不这么看。我用贝雷塔已经十五年了,从没出过故障,我也从没失手过。对一把枪来说这纪录相当不错了。我凑巧就是习惯它,而且瞄得准。我也用过大一些的枪,比如长把的科尔特,但从便于近战和隐藏的角度说,我还是喜欢贝雷塔。"邦德顿了一下,他觉得自己应该在某些地方退让一点,"但我同意关于消音器的说法,长官。它们是挺麻烦。但有时候你不得不用。"

"我们已经看到你用的时候发生什么了,"M 冷冰冰地说,"至于你换了枪,只要练习练习就好了。你很快就会找到适应一把新枪的感觉的。"M 让自己的口吻带有一丝理解和同情,"很抱歉,007。但我已经决定了。你站起来一下。我想让军械师看看你的身材。"

邦德站起来，面对着军械师。那两双灰色的眼睛中都没有一丝热情。邦德的眼睛透着一股恼火，而布思罗伊德的眼睛则透着冷淡和冷静。他绕着邦德转了一圈，说了声"不好意思"，摸了摸邦德的肩头和小臂。他转回邦德面前，说："能看一下你的枪吗？"

邦德的手慢慢伸进外套里。他把那把枪管被锯短了的贝雷塔递给军械师。布思罗伊德检查了一下枪，用手掂了掂。他把枪放在桌上，问："枪套呢？"

邦德脱掉外套，把羊皮枪套和系带解下来，把外套再穿上。

布思罗伊德瞟了一眼枪套口，可能是想看看那上面是不是有曾经把枪绊住的痕迹，然后微微冷笑着把枪套扔到枪旁边。他看着M，说："我想我们有比这更好的东西，长官。"那口吻像极了邦德第一次见面的那位高级制衣师。

邦德坐下来。他刚才一直在愤怒地瞪着天花板，此刻他转而面无表情地盯着M。

"好了，军械师，你有什么推荐？"

布思罗伊德少校拿出一副专家的口吻。"事实上，长官，"他审慎地说，"我最近把大部分小型自动手枪都试验了一遍。每把向二十五米外的靶子打五千发子弹。在所有这些枪中，我会选择7.65毫米口径的沃尔瑟PPK。它仅次于日本的M-14、俄罗斯的托卡列夫和德国索尔M-38，排名第四，但我喜欢它扳机的轻巧，而且它弹夹的延伸突笋使得它更好把握，这对007来说是很合适的。它是一把真正有杀伤力的手枪。而且沃尔瑟的子弹全世界哪都能找到，这也是它比日本和俄罗斯枪好用的地方。"

M朝邦德转过身来:"有什么想说的吗?"

"的确是把好枪,长官,"邦德说,"但它比贝雷塔要笨重一些。军械师建议我怎么带着它呢?"

"伯恩斯·马丁三抽枪套,"布思罗伊德少校简短地答道,"最好系在裤带里面靠左边。当然,系在肩膀下面也是可以的。坚硬的马鞍皮,用弹簧把枪压在里面,抽起来比那应该快得多,"他指了指桌上,"击倒二十英尺以外的目标大概只要五分之三秒。"

"那就这么定了,"M的口气是不容分辩的,"还有更大些的武器吗?"

"那就只有一种选择了,长官,"布思罗伊德少校不动声色地答道,"史密斯韦森百年纪念版极轻型左轮手枪。38毫米口径。是一种内击锤枪,所以不会被衣服绊住。总长六英尺半,总重只有十三盎司。为了减轻重量,旋转弹膛只装有五发子弹。不过,等这五发子弹都打完了,"布思罗伊德少校冷笑了一下,"那肯定也有人被打死了。枪配有38毫米的史密斯韦森专用子弹,非常精准的子弹。标准装载状态下,枪口速率可以达到八百六十尺每秒,枪口动能可以达到二百六十焦耳。有各种不同长度的枪管,三英尺半的,五英尺的……"

"好了,好了,"M性急地说道,"不用再多说了。哪怕你说它是最好的枪我也相信你。那就定下了,沃尔瑟和史密斯韦森。一样给邦德一把,还有枪套。安排他练熟,从今天开始,他必须在一个星期内变成行家。没问题吧?那谢谢你了,军械师。你可以走了。"

"谢谢长官。"布思罗伊德少校说。他转过身,直挺挺地大步走出了房间。

屋子里一阵沉默。雨雪抽打着窗户。M转过椅子,看着淌着水的玻璃窗。邦德趁机瞟了一眼手表。10点。他的眼睛滑向桌上的手枪和枪套。他想起自己跟这堆难看的破铜烂铁十五年的亲密接触。他还记得它的一声枪响救了他的命的时刻,以及仅仅拿出它来吓唬一下就已经足够了的时刻。他想起自己穿戴整齐去杀人的时刻——当他在世界上的某个旅馆的房间里把枪卸开,擦上油,小心翼翼把子弹压进装有弹簧的弹仓,试一两次开枪的动作,然后把子弹退出来,倒在床罩上,最后用干抹布擦一次枪,把枪装进小小的枪套里,在镜子前照一照,确保枪不露出来,然后,他走出门,去赴一场结局非生即死的约会。它救过他多少次命?它给多少人宣判了死刑?邦德感到异常悲哀。人怎么会跟一个没有生命的东西——而且还是很丑陋的东西——有这么深的感情?而且,他不得不承认,这武器跟军械师推荐的东西根本不在一个档次。但他已经跟它有了很深的感情,而M要切断他们的这份感情。

M转回来面对着邦德。"对不起,詹姆斯,"他说,但他的话音里没有丝毫同情,"我知道你喜欢那把破东西,但恐怕你只能把它扔了。绝不能给一种武器第二次机会——就像不能给人第二次机会一样。我不能拿00部门打赌,他们必须装备精良。你明白吗?在你的工作中,一把枪比一只手或者一条腿都要重要。"

邦德勉强地笑了一下:"我知道,长官。我不争了。我只是有点舍不得。"

"那就好。这事我们不再谈了。还有消息要告诉你。来了一项任务,在牙买加。人员的问题,或者说看起来是这样。例行的调查报告。阳光对你有好处,而且你可以拿那儿的海龟或者其他什么东西练练你的新枪。这对你来说就像度假一样。愿意接受吗?"

邦德想:他因为上次任务已经对我很恼火了,感觉我让他失望了。不会放心让我去干什么难办的事了。我倒要看看。"嗯,好吧!"他说,"听起来好像很清闲,长官。这种日子我最近已经过得太多了。但如果非办不可的话……如果这是你的意思的话,长官……"

"没错,"M说,"我就是这意思。"

第三章　度假任务

天快黑了,屋外天色变得越发浓重了。M伸手拧开了罩着绿色灯罩的台灯,屋子中央变成了一个温暖的黄色光圈,桌上的皮垫在灯下泛着血红色的光。

M把一份厚厚的文件拉过来,邦德这才注意到这份文件。他倒着看文字没有任何困难。斯特兰韦斯在查什么?特鲁布拉德是谁?

M摁下桌上的一个按钮。"我得把办公室主任叫过来说说这事。我知道案情的大概,但他知道细节。恐怕是个无聊的小故事。"

办公室主任进来了。他是一位工程兵上校,年纪跟邦德差不多,但因为工作职责无休无止的折磨,鬓角的头发已经过早地发白了。只是因为身体强壮而且富有幽默感,他才不至于精神崩溃。他是邦德在总部最好的朋友,他们相互笑了笑。

"搬把椅子过来,办公室主任。我把斯特兰韦斯的案子交给

007了,必须先把这堆乱麻理清楚才能重新再派人去。在此期间007可以担任执行站长。我想让他一星期后就出发。你能跟殖民办公室和总督联系好吗?现在我们先来回顾一下案情。"他转向邦德,"我想你是认识斯特兰韦斯的,007。大约五年前你和他一起处理过那件国库的案子。你觉得他怎么样?"

"是个好人,长官。但他工作有点太紧张了。我以为他已经换岗位了呢,在热带待五年可是够长的。"

M没有理会邦德的评论。"他的副手特鲁布拉德,玛丽·特鲁布拉德,以前见过吗?"

"没有,长官。"

"她的履历不错。原来是一位皇家海军女子服务队大副,之后来了我们这里。从秘密档案上看没有任何对她不利的东西,从照片看长得还挺漂亮。这很可能就是原因了。你觉得斯特兰韦斯是不是有点好色?"

"可能吧,"邦德小心翼翼地说,他不想说任何对斯特兰韦斯不利的话,但他记得斯特兰韦斯长相非常英俊,"不过,他们到底出什么事了,长官?"

"这正是我们想要查清楚的。"M说,"他们不见了,消失在了空气中,大约三周前的同一个晚上他俩都失踪了。斯特兰韦斯的别墅被烧成了灰烬——包括电台、密码本和文件。除了几张烧焦的碎片什么也没剩下。那姑娘的东西倒是都没动,肯定是只带走了她当时身上的东西,甚至她的护照都还在她的房间里。不过,斯特兰韦斯要伪造两本护照也是很容易的,他有很多空白护照,他是那岛上的护照控制官。他们可能上了任何一趟航班——前往佛罗里达、南美或者他管辖区域的其他某一个小岛。警察还在查对旅客名单,到目前为止没有任何发现。不过他们要躲起来一两天然后逃之夭夭,那也是轻而易举的事。比如把那姑娘的头发染一染之类。那种地方的机场安检起不了什么作用。是这样吧,办公室主任?"

"是的,长官。"办公室主任的声音听上去有些犹豫,"不过我还是没法理解最后那次无线电联络。"他转向邦德,"你看,他们在牙买加时间6点半开始进行他们例行的无线电联络。有人——无线电安全部门认为是那个女孩——应答了我们WWW的呼叫,然后就断线了。我们试图再次联络,但很明显情况有异常,所以我们中断了联络。'蓝色'呼叫没有应答,'红色'呼叫也没有。情况就是这样了。第二天,三组派了258号从华盛顿过去。但那时候警察已经接手了,而且总督已经打定主意要把这案子压下来。在他看来这事很明显,斯特兰韦斯在那儿已经有过女人方面的问题。我想也不能怪这伙计,那个站里很清闲,他没多少事来打发时间。总督因此得出了显而易见的结论。所以,警察也自然得出了同样的结论。他们能理解的也就是男女关系和械斗之类的东西了。258号在那儿待了一个星期,找不出任何相反的证据。他做了如实汇报之后,我们就把他送回华盛顿了。从那之后,警察一直在毫无效率地东找西翻,没有任何进展。"办公室主任停了一下,他抱歉地看了一眼M,"我知道您倾向于赞同总督的结论,长官,但那次蹊跷的无线电联络一直让我如鲠在喉。我就是不明白它怎么能合理地与一对要逃亡的男女联系在一起。而且斯特兰韦斯在俱乐部的朋友都说他非常正常,打桥牌打到一半就走了——他一向这样,当时间接近他必须要发报的时限的时候。他还说二十分钟就回来,还给在座的所有人都点了酒——也像平时一样——6点15分离开俱乐部,严格按照日程安排,然后便消失了,甚至把车都留在了俱乐部门口。好了,如果他真是想和那姑娘溜走的话,他为什么要让他的桥牌四人组等他?为什么不在清晨,或者更好一点,在半夜离开,等他们把无线电联络进行完,把今后的日子都安排好?我觉得根本解释不通。"

M不置可否地咕哝了一声。"恋爱中的人,容易做蠢事,"他粗声说,"有时候像精神病一样。不管怎么样,还有其他的解释吗?完全没有谋杀的痕迹——也没人能找出谋杀的理由。那的确是一个清闲的情报站。每个月做的事都一样——偶尔会有个共产党人想从古巴跑到岛上去,或者是几个英国骗子跑过去,以为牙买加离伦敦很远他们就能在那儿藏身。我想自从上次007到那儿之后斯特兰韦斯就没办过什么大案子。"他朝邦德转过身来,"从你听说的情况看,你觉得如何,007?没有什么更多的可以告诉你了。"

邦德很有把握地说:"我不相信斯特兰韦斯会就这么撒手跑了,长官。我猜他和那姑娘的确是有私情,尽管我不认为他是一个会把职业和感情搅和在一起的人。但情报局对他来说就是他全部的生命,他不可能失信于它。他递上请辞报告,那姑娘也递上请辞报告,然后在你派去了接替的人之后他和她一起离开,这我倒是能想象。但我不相信他会像这样把我们不明不白地扔在这儿。而且从你所说的那位姑娘的情况看,我想她也会是同样的状况。皇家海军女子服务队的大副是不会轻易晕了头的。"

"谢谢,007。"M的口吻很克制,"这些考虑我也想过。谁都不能不权衡所有的可能性就轻易下结论。也许你能给出其他的解释。"

M往后一仰,等待着。他伸手拿过烟斗,开始往里面装烟丝。这案子让他烦得要命,他不喜欢人员出问题,最讨厌的就是这种乱七八糟的情况。世界上还有很多其他烦心事需要他去应付。他之所以决定派邦德去牙买加了结这个案子,也就是想给他一个重归工作的机会,同时也让他好好休息一下。他把烟斗放进嘴里,伸手去拿火柴。"怎么样?"

邦德不会让人打乱自己的节奏,他喜欢斯特兰韦斯,而且办公室主任刚才的一番话他也觉得很有道理。他说:"好吧,长官。比方说,斯特兰韦斯处理的最后一件案子是什么?他报告了什么,或者三组有没有让他去调查什么东西?最近几个月有没有发生什么事?"

"什么事都没有,"M很肯定地答道,他把烟斗从嘴里拿出来,朝办公室主任点了一下,"是不是?"

"是的,长官,"办公室主任说,"除了那件关于鸟的破事。"

"哦,那个,"M不屑地说,"动物园或者是某个人的破事。殖民办公室推到我们这儿来了。六个星期前,是吗?"

"是的,长官。但不是动物园。是一个叫作奥杜邦的协会,成员都是美国人。他们做的是保护珍稀鸟类免遭灭绝之类的事。他们找到了我们驻华盛顿的大使,外交部把这事交给了殖民办。他们又把它推给了我们。那些护鸟协会的人好像在美国很有势力。他们甚至把西海岸的原子弹爆炸范围给改变了,因为它影响到了一些鸟类筑巢。"

M哼了一声:"一种该死的叫鸣鹤的东西,我在报纸上看到过。"

邦德继续问下去:"能跟我说说这事吗?长官,奥杜邦协会的人想要我们做什么?"

M不耐烦地摇了摇烟斗。他拿起斯特兰韦斯的档案,扔到办公室主任面前。"你告诉他吧,办公室主任,"他厌倦地说,"都在那里面。"

办公室主任拿起档案,快速地一页页往后翻。他找到他想要的内容,把档案对折过来。当他扫过那三页打印文件的时候,房间里一片寂静。邦德可以看到那些文件顶端都印有殖民办蓝白色的密码。邦德安静地坐着,尽量不去理会M压抑着的不耐烦正越过桌面辐射过来。

办公室主任啪的一声把档案合上,他说:"嗯,这就是我们1月20号传送给斯特兰韦斯的情况。他回应说他收到了,但之后他没有反馈回来任何东西。"办公室主任坐回他的椅子,看着邦德,"情况好像是这样,有一种鸟叫玫瑰琵嘴鹭。这儿有一张它的彩色照片。看起来像一种红鹳,长着一张难看的扁嘴,用来在泥地里掘食。若干年前这些鸟就濒临灭绝了。战争前夕全世界只剩下了几百只,主要分布在佛罗里达和周围地区。之后有人报告说,在牙买加和古巴之间的一个名叫蟹角的小岛上有一群这种鸟。那是英国的领地,附属于牙买加。以前是一个鸟粪岛,但相对于开采的代价来说那儿鸟粪的质量太低。在发现这种鸟之前,那儿大约五十年没有住人。奥杜邦协会的人到了那儿,租下岛上的一角作为这些琵嘴鹭的保护区,还派了两个管理员负责,并说服航空公司停止从岛上飞过,以免打扰那些鸟。那些鸟发展很快,最后一次统计的时候岛上大约有五千只。之后战争爆发了,鸟粪的价格涨起来了,有个精明的家伙想把岛买下来,重新开发。他和牙买加政府谈判,以一万镑的价格把那地方买下来,前提是出租出去的保护区不能动,那是1943年的事。那家伙引进了很多廉价劳动力,很快就从岛上挣钱了,一直到最近。之后鸟粪的价格跳水了,大家都觉得他维持收支平衡都不容易了。"

"这人是谁?"

"一个华裔,更准确地说是半华裔半德裔。他有个很古怪的名字,他称自己诺博士——朱利叶斯·诺博士。"

"诺?'是'的反义词?"

"没错。"

"有他的资料吗?"

"没有,除了他极少与人打交道这一点之外。他与牙买加政府谈妥之后就再没人见过他,也没有通往那个岛的交通工具。那岛是他的,他也就把它变成了私人领地。他说他不想让人打扰那些替他生产鸟粪的南美鸬鹚。似乎也有道理。一切都平安无事,直到圣诞节前奥杜邦协会的一个管理员坐着一只独木舟来到了牙买加北岸。他是一个巴巴多斯人,看上去很强壮,但当时病得很厉害。他被严重烧伤,几天后就死了。死之前他讲了一个令人难以置信的故事,说是有一条嘴里喷着火的龙袭击了他们的营地。那条龙杀死了他的同伴,烧毁了营地,冲进鸟类保护区,朝鸟儿们喷火,吓得它们逃得不知所终。他自己也被严重烧伤了,逃到了海岸边,偷了一只独木舟,划了一整夜跑到了牙买加。那可怜的家伙肯定是疯了。情况也就是这样了,向奥杜邦协会提交了一份例行的报告后就不了了之了。但他们不满意,派了两位高级官员乘坐比奇飞机从迈阿密飞过来进行调查。岛上有一条简易飞机跑道。那华裔有一架格鲁曼水陆两栖运输机,用来补充给养……"

M尖酸地插话道:"这些人好像都有大把的钱往那些该死的鸟身上扔。"

邦德和办公室主任相视一笑。M多年来一直想让财政部给他提供一架奥斯特飞机,供加勒比情报站使用。

办公室主任继续道:"比奇飞机在着陆时坠毁了,那两个奥杜邦协会的人也死了。这令那帮护鸟协会的人非常愤怒。他们让美国在加勒比训练的舰队的一艘小型护卫舰去找诺博士,这些人就是这么有势力,看来他们在华盛顿很有一帮人替他们说话。护卫舰的舰长报告说,他受到了诺博士非常客气的接待,但根本没让他靠近开采鸟粪的地方。他被带到飞机跑道,查看了飞机残骸。飞机已被摔得粉碎,但没有任何可疑的地方,很可能是着陆的速度太快了。那两位官员和飞行员的尸体被毕恭毕敬地做了防腐处理,装在漂亮的棺材里,并以隆重的仪式转交给了舰长。诺博士的谦恭有礼给舰长留下了深刻的印象。应舰长的要求,他被带到了管理员们的营地那儿,看到了剩下的那片废墟。诺博士的推测是,那两个人因为炎热和寂寞而疯掉了,或者至少是其中一个疯掉了,把营地烧了,而另外一个在里面。在见识了那些人在其中生活了十多年的那片荒芜的湿地后,舰长觉得这种推测是可能的。没有其他更多可看的了,舰长于是被客气地送回了他的护卫舰。"办公室主任摊了摊手,"整个情况就是这样,不过舰长报告说他只见到了很少的几只玫瑰琵嘴鹭。当奥杜邦协会接到他的报告后,最让他们恼火的是那些该死的鸟损失了不少,自那以后他们就不断地纠缠我们,让我们对整个事件进行调查。当然,殖民办和牙买加方面没人对此有任何兴趣,所以到最后这个'神话故事'也就扔给我们了。"办公室主任下结论似的耸了耸肩,"这也就是这一堆文件,"他摇了摇那些档案,"或者至少说它的主要内容为什么会交到斯特兰韦斯手里的原因。"

M愁眉苦脸地看着邦德。"明白我的意思了吗,007?那帮协会成天搅和的就是这些毫无价值的破事。人们开始保护一些东西——教堂、老房子、腐烂的画、鸟——而且总是弄得很热闹。问题是,这些人对他们那些该死的鸟或者其他那些东西真的是很狂热。他们把政客们也牵扯进来。而且不知怎么回事,他们好像都有大把的钱。天知道这钱是从哪儿来的。然后到了某个时候就会有人不得不做点什么,让他们保持安静。就像现在这个案子。它之所以被推到我这儿来,就是因为那地方是英国领地,同时它又是块私人土地。没人想以官方身份介入。那我应该做什么呢?派一艘潜艇去那岛上?去干什么?去查清楚一群红鹳出了什么事。"M哼了一声,"不管怎么样,你问起斯特兰韦斯最后的案子是什么,就是这个了。"M咄咄逼人地朝前俯下身,"有什么问题吗?我今天还很忙。"

邦德咧嘴笑了，他忍不住。M偶尔发火的样子总是令人忍俊不禁，没有什么比浪费时间、精力和情报局那点微薄的资金更能令M恼火了。邦德站起身来。"能不能把档案给我，长官，"他安抚地说道，"我突然意识到已经有四个人或多或少因为这些鸟而死掉了。也许还有另外两个——斯特兰韦斯和那个叫特鲁布拉德的姑娘。我也认为这听起来有点荒唐，但我们也没有其他东西可以下手了。"

"拿去吧，拿去吧，"M不耐烦地说，"赶紧去度你的假吧。你可能没意识到，除了那儿，全世界都乱成一锅粥了。"

邦德伸手拿起档案。他还想把他的贝雷塔和枪套也拿回来。"不，"M厉声说道，"那得留下。记得在我再见到你之前把另外两把枪练熟。"

邦德看着M的眼睛。他生平第一次开始恨这个人了。他非常清楚M为什么会这么粗暴而残忍。这是对他上次执行任务差点送命的迟到的惩罚。另外就是因为他可以逃避这恶劣的天气去享受阳光。M就是不能看到他的手下有轻松的时候。在某种程度上邦德感觉他把自己派去执行这件轻松的任务肯定是想羞辱羞辱他。这个老浑蛋。

压抑着心中腾起的怒火，邦德说了声"保证做到，长官"，便转身走出了房间。

第四章　迎接队伍

重达六十八吨的"超级星座"号客机在绿褐相间的古巴上空疾速飞过，因为只有一百公里的航程了，飞机开始缓慢地朝牙买加降落。

邦德看着那个巨大的、龟背状的绿色岛屿在地平线上变得越来越大，身下的海水由古巴海沟的深蓝变为近海浅滩的蔚蓝和乳白。然后飞机便到了北岸上空，下面是密密麻麻的富豪酒店，之后越过中部的高山。山坡上、丛林的空地上，四处可见一块一块的小农田，夕阳在弯弯曲曲的河流和小溪上洒下耀眼的金光。阿拉瓦印第安人称呼此岛为"Xaymaca"——意思是"山水之地"。这是世界上最肥沃的土地之一，风景美不胜收，邦德看得不禁心旷神怡。

山脉的另一边笼罩在深紫色的阴影中。山丘上已经有星星点点的灯光，金斯敦的大街上也已是华灯闪烁。但在远处，港口的远端和机场仍然有落日余晖的光顾,"皇家港口"灯塔闪烁的灯光基本不起什么作用。此刻飞机正俯下机头,在港口外围做一个大幅度的盘旋。当机身下的三轮起落架伸展出来锁定入位时,轻微地、砰地响了一声,而当减速板从机翼后沿滑出时,液压系统发出了刺耳的呜呜声。大飞机又慢慢掉转过来朝陆地飞去。有那么一刻,夕阳在客舱里洒下一片金光。然后,飞机降到了蓝山的高度以下,贴着山边朝那条唯一的南北走向的跑道降落下去。人们能瞥见一条道路和几根电话线。然后飞机便落在了布满黑色滑痕的混凝土跑道上。着陆非常平稳,飞机只发出了两声轻微的砰砰声,带着反向推进器的轰鸣声,朝低矮的白色机场建筑滑行过去。

邦德下了飞机,朝检疫与移民局走去,黏黏的热带风像手指一样拂在他的脸上。他知道等他过了海关他就会大汗淋漓了。他无所谓,经历过了伦敦的严寒,这种轻微的闷热还是很好承受的。

邦德的护照称他是一个"进出口商"。

"什么公司,先生?"

"宇宙出口公司。"

"来这儿经商还是度假,先生?"

"度假。"

"希望您在这儿过得愉快,先生。"黑人移民官漫不经心地把护照递回给了邦德。

"谢谢。"

邦德走进海关大厅。他立刻看见依在栅栏上的那位褐色皮肤的高个子。他还穿着五年前邦德第一次见他时穿着的那件褪了色的蓝色旧衬衫,裤子也很可能还是那条卡其布斜纹裤。

"科勒尔!"

站在栅栏后的那位来自开曼群岛的人咧嘴笑了。他抬起右前臂从眼前划过,以西印度群岛古老的敬礼方式向邦德打招呼。"你好吗,上尉?"他开心地喊道。

"很好,"邦德说,"等我先把包过了关。你开车了吗?"

"当然,上尉。"

像港口大多数人一样,海关官员也认识科勒尔,他包都没打开就用粉笔在邦德的包上画了个记号,邦德拿起包,从栅栏后走了出来。科勒尔接过包,伸出右手。邦德握住这只温暖、干燥、粗糙的手,看着他那双深灰色的眼睛,从这双眼睛你就可以看出他似乎有克伦威尔战士或者摩根时代的海盗的血统。"你一点没变,科勒尔,"邦德满含感情地说,"海龟钓得怎么样?"

"不好也不坏,上尉,跟以前差不多。"他打量着邦德,"你病了,还是怎么啦?"

邦德吃了一惊:"说实话,是的。不过已经好了几个星期了。你怎么会这么问?"

科勒尔有些尴尬。"对不起,上尉,"他说,以为自己冒犯邦德了,"跟上次相比,你的皱纹多了。"

"哦,"邦德说,"不是什么大事。不过跟你训练一段时间也是不错的。我应该比现在更健康。"

"没问题,上尉。"

他们正朝出口走去,突然听见照相机快门咔嚓一响,眼前闪光灯一闪。一位穿着牙买加服装的漂亮华裔女孩放低手中的新闻摄影机,朝他们走过来。"你们好,两位。我是《搜集日报》的记者,"她用一种做作的甜美腔调说,她瞟了一眼手中的名单,"您是邦德先生,对吗?您会在这儿逗留多久,邦德先生?"

邦德毫无心理准备,这可不是个好的开头。"只是路过,"他简短地说,"我想飞机上有其他更值得你采访的人。"

"哦,不,肯定没有,邦德先生。您一看就是个大人物。您会入住哪家饭店?"

见鬼,邦德寻思。"莱特尔河畔。"他说着继续往前走。

"谢谢,邦德先生,"那姑娘清脆地说道,"祝您在逗留期间……"

他们已经走了出来,朝着停车场走过去,邦德问道:"你以前在机场见过那女孩吗?"

科勒尔想了想。"好像没有,上尉。但那家报社倒真是有不少女记者。"

邦德隐隐感到有些不安,他想不出报社有什么理由会想要他的照片。他上次在这岛上执行任务已经是五年前的事了,而且当时他也避免了自己的名字登上报纸。

他们走到车前,这是一辆黑色的"阳光·阿尔宾"。邦德放眼打量了一下这辆车,然后又看了看它的车牌,这是斯特兰韦斯的车。这到底是怎么回事?"这车你是从哪儿弄来的,科勒尔?"

"是副官叫我开来的,上尉。他说这是他们唯一一辆空闲的车了。怎么了,上尉?这车不好?"

"哦,没问题,科勒尔,"邦德通融地说,"我们走吧。"

邦德坐进乘客座位。这完全是他的错,他可能是想过看有没有可能弄到这辆车。但这样一来,如果有人留意的话,他和他在牙买加的任务就肯定会被暴露。

他们沿着那条路旁种满仙人掌的公路朝金斯敦开去,远远地能看到那儿灯光闪烁。通常,邦德都会坐在那儿享受这美妙的一切——蟋蟀不停地鸣唱,温暖、芳香的空气拂面而过,天空布满星星,一连串黄色的灯光在港口闪烁——但此刻,因为知道自己做错了什么,他却在咒骂自己的粗心大意。

他所做的只是通过殖民办向总督发了一条讯息。在其中他首先要求副官把科勒尔从开曼群岛调过来,以每周十英镑的工资无限期地在这儿工作一段时间。邦德上次在牙买加执行任务的时候科勒尔就和他在一起。他是一个难得的好帮手,拥有开曼群岛水手的所有优秀品质,而且他是一张通往有色低层生活人群的通行证,没有他邦德是进入不了那个世界的。所有人都喜欢他,他是一个极好的伙伴。邦德知道,如果自己想在斯特兰韦斯的案子上有任何进展,科勒尔是至关重要的,不管那是一件真正意义上的案子,还仅仅是一桩风流韵事。然后,邦德要求在蓝山饭店订一间带淋浴的单间,租辆车,让科勒尔开车到机场来接他。这些要求大部分都是错误的,特别是邦德应该坐出租车去饭店,之后再和科勒尔联系,那样的话他就会看到这辆车,还有机会换掉它。

像现在这样,邦德想,他几乎就像是把自己的造访及目的在《搜集日报》上做了一个广告一样。他叹了口气,这是在一件案子调查之初犯下的最严重的错误了。这些错误无可挽回,它们让你出师不利,而让敌人赢了第一局。不过,真有敌人吗?他是不是过于谨慎了?心血来潮地,邦德在座位上转过身来。在他们身后一百米远的地方,有两盏车侧灯昏暗的灯光。大多数牙买加人开车的时候都会把车前灯全打开。邦德转回身来。他说:"科勒尔,在帕利塞多斯路尽头,就是左拐去金斯敦右拐去莫兰特的岔路口,你迅速朝莫兰特方向拐,然后马上停下来,把灯关掉。明白吗?现在拼命往前开吧。"

"好的,上尉。"科勒尔的声音听上去挺开心。他把油门踩到底,小车发出一声低沉的轰鸣,沿着那条白色的道路狂奔而去。

他们开到直路的尽头了,小车沿着港口一角伸进陆地的弧线滑行过去,再过五百米他们就到岔路口了。邦德往后看,根本没有另外那辆车的影子,路标就在眼前。科勒尔做了一个赛车换挡的动作,汽车猛地转了个圈,纹丝不动地停住了。他把车停到一边,把灯关掉,邦德转过身来等待着。他立刻听到了一辆大车高速飞奔的轰鸣声。车灯大开着,显然是在找他们。之后这辆车便冲过去了,朝金斯敦疾驰而去。邦德只注意到那是一辆美式大型出租车,车里除了司机以外没有其他人。随后那车便消失不见了。

灰尘慢慢沉落下来。他们静静地坐了十分钟,什么都没说。然后邦德让科勒尔掉转车头,朝金斯敦方向开。他说:"我觉得那车是冲我们来的,科勒尔。没有哪辆出租车会空着从机场开回来,这可得花不少钱。小心一点,他可能发觉我们要了他,在前面等着咱们。"

"没问题,上尉。"科勒尔开心地说。这正是他接到邦德的信息后所希望的那种生活。

他们进入了朝金斯敦方向去的车流中——公共汽车、小车、马车、载着箩筐从山上下来的驴以及售卖紫色饮料的手推独轮车等等。在这拥挤的车流中,不可能判断出是不是有人在跟踪他们。他们朝右一拐向山上开去。他们背后有很多辆车。其中任何一辆都可能是那辆美式出租车。他们开了一刻钟,过了"半路树",来到横穿小岛的主路"交叉路"。很快他们便看到一个霓虹灯告示牌,牌子上的绿色棕榈树下写着"蓝山饭店,你的饭店"。他们沿着车道开了进去,车道旁种着修剪得整整齐齐的圆形九重葛。

再往前一百米的地方,那辆黑色出租车的司机摆手让跟在后面的司机往前开,自己往左边一停。乘着车流的空隙,出租车掉了个头,重又往山下朝金斯敦方向疾驰而去。

蓝山饭店是一家舒适的、有着现代装饰的老式饭店。邦德受到了毕恭毕敬的接待,因为他的房间是国王官邸替他预订的。他被领进一间靠角落的精致房间,房间的阳台可以俯瞰在远处绵延弯曲的金斯敦港。他急不可耐地脱下已被汗水打湿的衣服,走进玻璃墙面的淋浴室,把冷水全部打开,他在冷水下站了五分钟,洗了洗头,把自己从大城市带来的所有灰尘都冲洗干净。然后他穿上一条棉布的海岛短裤,感受着温暖的海风吹在自己裸露身体上的快感,才把行李打开,按铃呼叫服务员。

他点了一杯双份金汤利和一整个绿酸橙。酒送到后,他把酸橙切成两半,把橙汁挤进长长的酒杯里,用冰块把酒杯几乎装满,然后把酒倒进去。他端着酒杯来到阳台,坐下来欣赏外面的美景。他心想,能够远离总部、远离伦敦、远离医院,来到这里,此时此刻,做着自己正在做的事,清楚地知道自己又在接手一件棘手的案子——他的直觉告诉他这案子绝对不简单——这是一种多么美妙的感觉。

邦德舒坦地坐了一会儿,任酒精放松自己。他又要了一杯,喝了下去。时间是7点15分。他让科勒尔7点半来接他,他们要一起吃晚饭。当时邦德让科勒尔推荐个地方。思考了片刻之后,科勒尔说只要他想在金斯敦消遣一下,他就会去一个叫"快乐帆船"的夜店。"不是什么豪华的地方,上尉,"他不好意思地说,"但吃的喝的还有音乐都很好,而且我还有一个好朋友在那儿。那地方就是他开的。他们都叫他'章鱼佬',因为他曾经抓过一条巨大的章鱼。"

科勒尔像大多数西印度群岛人一样,说话的时候在不需要加"h"音的时候加上一个"h"音,而在需要加"h"音的时候却又省略掉,想到这儿邦德不禁笑了。他走进屋里,穿上那件老式深蓝色精纺热带西服,配上白色无袖衬衫和黑色针织领带,照了照镜子,确保那把藏在腋窝的沃尔瑟手枪不露出来,然后下楼出门,走向那辆等着他的车。

他们在柔和的暮色中,伴着昆虫的鸣唱,疾速驶向金斯敦,左转沿着港口一侧向前开去。他们经过几家漂亮的旅馆和夜总会,里面传出卡里普索音乐的律动和轰鸣。之后是一片私人宅院,一家廉价的购物中心,然后便到了棚屋区。随后,在道路拐离海边的地方,出现了一个西班牙帆船形状的金色霓虹灯,下面用绿色字体写着"快乐帆船"。他们把车开进停车场,随后邦德跟着科勒尔穿过大门,来到一个草坪上种着棕榈树的小花园。花园的尽头便是海滩和大海。棕榈树下四处摆着桌子,花园中央是一小块水泥舞池,舞池的一侧一个穿着镶亮片紫红色衬衣的卡里普索三人合唱团在轻声即兴演唱着《带她去朗姆酒的故乡牙买加》。

只有一半的桌子坐着人,大多数都是有色人种。有少数几个英国和美国水兵带着姑娘们混迹在这里。一个穿着漂亮的白色无尾礼服的胖黑人从一张桌子旁站起身来,迎向他们。

"嘿,科勒尔先生。好久不见。找个两人桌?"

"好呵,章鱼佬。离厨房和乐队近一点。"

那胖家伙哈哈笑了。他领着他们朝靠海的方向走去,找了一张安静的桌子让他们坐下,桌子上面是一棵从餐厅的地基上长出来的棕榈树。"喝点什么,两位?"

邦德点了金汤利加酸橙,科勒尔要了一杯红带啤酒。他们扫了一眼菜单,都点了烤龙虾和嫩牛排加当地时蔬。

酒水送来了。杯子上挂着凝结的水珠。这个小小的细节让邦德想起了自己在炎热气候下度过的其他时光。几码开外的地方,海浪轻舔着平坦的海滩,三人合唱团开始演唱《厨房》,在他们的头顶,棕榈叶在夜风中发出轻微的摩擦声,一只壁虎在花园的某个地方发出咯咯的笑声。邦德想起自己一天之前离开的伦敦。"我喜欢这地方,科勒尔。"他说。

科勒尔听了很开心。"他是我的好朋友,这个章鱼佬。金斯敦发生的事大部分他都知道,你有什么问题尽管问他。他是开曼群岛人。我和他以前共用一条船。有一天他跑到蟹角岛上去找海鹅蛋。

他游到一块礁石上去找更多的海鹅蛋,结果遇上了一只大章鱼。这附近的章鱼都比较小,蟹角岛上的就要大一些,因为那儿靠近古巴海沟,那是这一带最深的海。章鱼佬跟那条章鱼搏斗了半天,憋坏了一个肺才脱了身。他吓坏了,把他那半条船卖给了我,来到金斯敦。那是战前的事了。现在他成了有钱人,而我还在打鱼。"说到这里,科勒尔哈哈笑了起来,命运真是弄人。

"蟹角岛,"邦德问道,"那是个什么地方?"

科勒尔紧张地看了邦德一眼。"那是个倒霉的地方,上尉。"他简短地说,"一个中国人在战争期间把它买了下来,带人上去挖鸟粪。不让任何人上岛,也不让任何人出来。我们都离它远远的。"

"为什么会这样?"

"他有一大帮看守。还有枪,机枪。还有雷达。还有一架侦察机。我有朋友到那岛上去,后来就再也没见到过了。那中国人把那岛看守得很严。说实话,上尉,"科勒尔不好意思地说,"我对蟹角岛也很害怕。"

"哦。"邦德若有所思地说。

吃的送来了。他们又点了一轮酒,吃了起来。吃东西的时候,邦德简要地向科勒尔介绍了一下斯特兰韦斯案子的情况。科勒尔仔细地听着,时不时问个问题。他尤其感兴趣的是蟹角岛上的那些鸟、两个看守所说的话,还有那架飞机是怎么坠毁的。吃完后他把盘子往旁边一推,用手背抹了抹嘴,掏出一支烟点上。他身体往前一倾,轻声地说:"上尉,不管那是鸟还是蝴蝶还是蜜蜂,只要它们是在蟹角岛上,而斯特兰韦斯想一探究竟,你就可以押上最后一个子儿打赌他被干掉了。他和他的那位姑娘。那中国人肯定把他们干掉了。"

邦德仔细打量着科勒尔那双急切的灰色眼睛。"你凭什么这么有把握?"

科勒尔摊开双手,对他来说答案很简单。"那中国人喜欢隐居,他不喜欢被人打扰。我知道他为了不让人上蟹角岛把我的朋友都杀了。他是个很有势力的人,他会把任何一个打扰他的人都杀掉。"

"为什么?"

"我也不是很清楚,上尉,"科勒尔轻描淡写地说,"这世界上不同的人想要的东西不同。想要的东西不同做事的方式也就不同。"

邦德的眼角瞥见了一道闪光,他猛地转过身来。在机场遇到的那位华裔姑娘站在附近的阴影里。此刻她穿着一件绸缎紧身装,一条裤腿裁剪得很短,几乎到了她屁股的位置。她一只手拿着装着闪光灯的莱卡照相机,另一只手伸进了身边的皮盒子里。那只手从盒子里掏出一只闪光灯泡。她把灯泡的底座在嘴里舔了一下,让接触更好一些,然后开始把灯装进反射器里。

"抓住那女孩。"邦德急促地说。

科勒尔两大步就跨到了那女孩身边。他伸出手去。"晚上好,小姐。"他柔声说。

那女孩笑了。她松开手,让照相机悬在脖子上那根细细的带子上,握住了科勒尔的手。科勒尔把她像芭蕾舞演员表演一样旋转了一圈,把她的手别到了身后,而让她的身体倒在他的臂弯里。

她抬头愤怒地看着他。"不要!你弄痛我了!"

科勒尔笑着看着她那双闪亮的黑眼睛和那张杏仁形的雪白脸庞。"上尉想请你陪我们喝杯酒。"他安抚地说。他拽着那姑娘走回他们的桌子。他用脚钩出一把椅子,让她在他身边坐下,仍旧把她的手腕扣在她的背后。他们都笔直地坐着,像两个吵架的恋人。

邦德打量着那张娇小的、生气的脸。"晚上好。你在这儿干什么?为什么还要拍我?"

"我在报道夜总会。"姑娘那丘比特之弓一般的双唇微微张开着,试图说服他们,"你的第一张照片没有发表。让你的人把我松开。"

"你真是为《搜集日报》工作吗?你叫什么?"

"不告诉你。"

邦德冲科勒尔挑了挑眉毛。

科勒尔的眼睛眯缝起来。他在姑娘背后的手慢慢转动了一下。姑娘像条鳗鱼似的挣扎着,牙齿咬着下嘴唇。科勒尔继续拧她的手。她突然尖声叫起来,喘着粗气。"我告诉你!"科勒尔放松了手,姑娘暴怒地看着邦德,"安娜贝尔·陈。"

邦德对科勒尔说:"叫章鱼佬来。"

科勒尔用空闲的手拿起一把叉子,敲了一下杯子。那黑大个赶忙走了过来。

邦德抬头看着他,问道:"以前见过这姑娘吗?"

"见过,老板。她有时候会到这儿来。她打扰你们了?要我赶她走吗?"

"不。我们喜欢她。"邦德和气地说,"不过她想拍一张我的工作室人物照,我不知道她行不行。你能不能给《搜集日报》打个电话,问问他们有没有一个叫安娜贝尔·陈的摄影师?如果她真是他们的人,那就没任何问题。"

"没问题,老板。"那家伙匆匆忙忙地走了。

邦德冲那姑娘笑了笑。"你为什么不叫那人救你?"

姑娘愤怒地瞪了他一眼。

"很抱歉给你压力了,"邦德说,"不过我伦敦的出口经理告诉我说金斯敦有很多身份不明的人。我肯定你不是,但我真的不明白你为什么这么急于拍我的照片。告诉我为什么。"

"我告诉你了,"姑娘愠怒地说,"那是我的工作。"

邦德试着问了其他几个问题。姑娘不予回答。

章鱼佬回来了。"没错,老板。安娜贝尔·陈。他们的一个自由摄影师。他们说她摄影技术很不错。你跟她在一起没问题的。"他显得泰然自若。

"谢谢。"邦德说,那黑人走了。邦德回头看着那姑娘。"自由摄影师,"他轻声道,"那还是解释不了到底谁想要我的照片。"他的脸色冷峻起来,"快说吧!"

"不。"那姑娘愠怒地说。

"那好吧,科勒尔,动手吧。"邦德身体往后一仰。他的直觉告诉他这是一个非常重要的问题,如果他能从姑娘这儿得到答案他就能省去几个星期的奔波。

科勒尔的右肩开始往下沉。姑娘身体朝他扭动着,试图减轻他的力量,但他用他空闲的手把她推开,姑娘的脸被拧向科勒尔的脸。

她突然猛地对着他的眼睛吐了口痰。科勒尔咧嘴一笑,加大了力度。姑娘的腿在桌下狂乱地蹬着。她咬牙切齿地用中文咒骂着,额头上冒出豆大的汗珠。

"说吧,"邦德柔声说,"说出来就没事了,我们可以成为好朋友,一起喝一杯。"他有些担心了。那姑娘的胳膊肯定都快要被拧断了。

"去你的!"姑娘突然扬起左手,朝科勒尔脸上挥去。邦德没来得及拦住她。有什么东西闪了一下,响起了刺耳的爆炸声。邦德一把抓住她的胳膊,把胳膊拽了回来。血从科勒尔脸上淌了下来。玻璃和金属丁零当啷地落到桌子上。她把闪光灯泡砸在科勒尔的脸上了。如果她能够砸到他的眼睛,那眼睛肯定瞎了。

科勒尔抬起空闲的那只手,摸了摸脸颊。他把手举到眼前,看着手上的血。"哈!"他的声音里只有敬佩和猫一般的快感。他息事宁人地对邦德说:"我们从这姑娘这儿问不出什么来,上尉。她够强硬的。你想让我把她胳膊拧断吗?"

"天哪,不。"邦德放开了自己抓着的那只胳膊,"让她走吧。"伤害了这姑娘还什么都没问出来,他暗自生气。不过他还是看出了点什么,那姑娘背后的人物控制他手下的人非常严厉。

科勒尔把姑娘的右胳膊从她背后转过来,但仍旧掐着她的手腕。他把姑娘的手掌打开,看着她的眼睛,他的眼神很是冷酷。"你给我做了个记号,小姐。现在我也得给你做点记号。"他抬起另一只手,用拇指和食指捏住她的"维纳斯掌丘"——拇指下手掌中那块菱形的嫩肉。他开始使劲掐。姑娘尖叫了一声,用拳头用力捶打科勒尔的手,然后是他的脸。科勒尔咧嘴一笑,掐得更狠了。他突然松开了手,那姑娘跳了起来,从桌边逃开,把瘀青的手放进嘴里。她把手放下,愤怒地嘶嘶喘息着。"他饶不了你们的,你们这帮浑蛋!"然后,脖子上挂着照相机,从树丛中跑了。

科勒尔笑了几声。他抓起一张纸巾抹了抹脸,把纸巾扔到地上,又抓起一张。他对邦德说:"我的脸好了很久之后她手上的爱丘还会痛很久。那是个好女人,手掌上那个地方很鼓。手掌那地方像她一样鼓的姑娘在床上肯定错不了。你知道吗,上尉?"

"不知道,"邦德说,"从来没听说过。"

"没错的。手上那块地方最能说明问题了。你不用担心那姑娘,"注意到邦德脸上那疑虑的表情,他加了一句,"她没受什么伤害,只不过手掌上的爱丘被狠掐了一下。不过,伙计,那可是一块厚厚的爱丘呵!我会再找那姑娘的,看看我的理论是不是对的。"

乐队很合时宜地弹奏起《别碰我,美女》。邦德说:"科勒尔,你该找个女人安定下来了。别再找那姑娘,不然你会被人在腰上插上一刀。好了,算完账咱们走吧。现在已经是伦敦时间凌晨 3 点了。我得睡上一觉。你今天就得让我开始训练了,我觉得我需要训练。你脸上得抹点膏药。她把她的名字和地址都写那上面了。"

想起刚才发生的事,科勒尔留恋地咕哝了一声。他平静而开心地说:"那可真是个野蛮的宝贝。"他拿起一把叉子,敲了一下自己的杯子。

第五章 事实与数据

"他饶不了你们的……他饶不了你们的……他饶不了你们的,你们这帮浑蛋!"

第二天,当邦德坐在阳台上享用着美味的早餐,眼睛越过一堆杂乱无章的热带花园,俯瞰五英里之外的金斯敦时,这句话还在他脑海里回荡。

此时他已很肯定斯特兰韦斯和那位姑娘已经被杀害了。有人想要阻止他们打探更多他的事,于是杀了他们,把他们的调查记录也给毁了。那个人知道或者是怀疑情报局会跟进斯特兰韦斯失踪的案子。他不知通过什么途径得知了这任务被交给了邦德,他想要一张邦德的照片,并且想知道邦德住在哪儿。他肯定在监视邦德,看他会不会找到能解开斯特兰韦斯死亡之谜的任何线索。如果邦德找到了,那么他也必将被除掉。那样就会发生一场车祸、一次街

Dr. No

头械斗或者是其他非因犯罪而导致的死亡。邦德心想,他们这么对付那个陈姓姑娘之后,那个人会有什么样的反应呢?如果他真如邦德想象的那般狠毒,那这已经够了。因为它表明邦德已经掌握了些什么。也许斯特兰韦斯在被杀之前已经向伦敦提交了一份初步报告。也许有人泄了密。敌人是不会愚蠢到对此心存侥幸的。如果他有一点头脑,在发生陈姓姑娘那件事后,他就会毫不迟疑地开始对付邦德,也许还有科勒尔。

邦德点上他那一天的第一支烟——他五年来抽的第一支"皇家混合"烟——让烟从牙齿缝里嘶嘶地冒出来,享受极了。这就是他的对手评估。不过,到底谁是他的对手呢?

只有一个人有可能,而这种可能性还很不确定——诺博士,朱利叶斯·诺博士,那个拥有蟹角岛并靠鸟粪赚钱的华裔日耳曼混血。这个人没有任何案底,向联邦调查局问询得到的答案也是否定的。而玫瑰琵嘴鹭那桩事以及跟奥杜邦协会的麻烦,正如 M 所说的,只意味着一大帮老女人对红鹳的事很是上心,除此以外什么也说明不了。话虽如此,但毕竟已经有四个人因那些鹳鸟而死亡了,而且,最说明问题的是,科勒尔对诺博士和他的那个岛也很是害怕。这是件很奇怪的事,开曼群岛的人是不会轻易害怕什么东西的,科勒尔尤其如此。另外,为什么诺博士会如此热衷于保护他的隐私以至于到了疯狂的程度?他为什么要如此费钱费力地拒人于他的鸟粪岛之外?鸟粪,谁会想要这玩意儿呢?它有什么价值?邦德约了 10 点钟去拜访总督。与总督见面之后,他会去找殖民大臣,尽力把那该死的鸟粪和蟹角岛的事问个清楚,如果可能的话,还有诺博士的情况。

门口响起了两声敲门声。邦德站起身,把门打开。敲门的是科勒尔,他左脸上交叉贴着两块橡皮膏,看起来很像海盗。"早上好,上尉。你说的8点半。"

"是呵,进来吧,科勒尔。我们今天会很忙。吃过早餐了吗?"

"吃了,谢谢,上尉。咸鱼加荔枝,还有一大杯朗姆酒。"

"天哪,"邦德说,"一大早吃这种东西可是够受的。"

"非常提神。"科勒尔认真地说。

他们在阳台上坐下来。邦德递给科勒尔一支烟,自己也点上一支。"听我说,"他说,"我今天大部分时间都会待在国王官邸,可能还会去一趟牙买加学院。明天早上之前我都不用你陪,不过有几件事需要你到城里去办一下。没问题吧?"

"没问题,上尉。照你说的办。"

"首先,咱们那辆车已经被人盯上了,咱们必须把它扔掉。到摩塔汽车租赁公司或者其他什么租车的地方,找一辆最新最好、里程数最少的小型自驾车,要轿车,租一个月,明白吗?然后到港口一带转转,找两个跟我们长得最像的人,其中一个必须会开车。给他们都买套像我们身上这样的衣服,至少是上身,还有我们可能戴的那种帽子。说我们想要他们明早开辆车到蒙特哥——走西班牙城,奥乔里奥斯路。把车扔在那儿的利维修车厂。给利维打电话,告诉他等着这辆车,给我们留着。明白吗?"

科勒尔咧嘴笑了。"你想制造个假象?"

"没错。给他们每人十英镑。说我是一个美国富翁,希望两个体面的人把我的车开到蒙特哥湾。把我说得有点像个神经病。他们必须在明早6点到达那儿。你开另一辆车到这儿。确保他们看起来像我们,让他们开着那辆'阳光',走的时候把顶篷放下来。明白吗?"

"没问题,上尉。"

"上次我们在北岸租的那套房子——摩根港的'美丽沙漠'——后来怎么样了?你知道它被租出去了吗?"

"说不准,上尉。它远离旅游区,而且租金很贵。"

"到格雷厄姆联合租赁公司看看能不能租一个月,不行就租一套附近的别墅。我不管要付多少钱。说是替一位美国富翁詹姆斯先生租的。拿到房门钥匙,把租金付了,说我会签字确认。如果他们需要了解更多细节,我可以打电话给他们。"他伸手从屁股兜里掏出一厚沓钱,递给科勒尔一半,"这是两百英镑。应该够付所有这些钱了。如果还需要钱就找我。你知道我会在哪儿。"

"谢谢,上尉,"科勒尔说,他被这么一大笔钱惊呆了,他把钱塞进蓝色衬衣里,把衬衣钮扣一直扣到脖子上,"还有什么事吗?"

"没有了,不过千万要小心,别被跟踪。把车扔在城里的某个地方,走路去办那些事。要特别提防你身边的任何华裔。"邦德站起身来,两个人一起走到门口,"明早6点15分见,然后我们去北岸。从目前来看,那儿会是我们近期的基地。"

科勒尔点点头,脸上一副难以捉摸的表情。他说了声"好的,上尉。"便沿着走廊离开了。

半小时后邦德下了楼,坐一辆出租车来到国王官邸。在凉爽的大厅里,他没有在总督的签到簿上签字。他被领进一间等候室,等了一刻钟,以示他并不是那么重要。然后副官走了进来,把他领到总督在二楼的书房。

这是一个宽敞、凉爽的房间,满是雪茄烟的味道。代理总督穿着一件米色的蚕丝西装,很不协调地搭配着硬翻领和斑纹领结,坐在一张宽大的桃花心木桌前,桌上除了一张《搜集日报》、一本《时代周刊》和一盆芙蓉花之外什么都没有。总督的双手平摊在面前的桌上,看上去六十来岁的样子,长着一张喜怒无常的红脸和一双明亮、冷酷的蓝眼睛。他既没有露出笑脸也没有站起来。他说:"早上好,呃,呃,邦德先生。请坐。"

邦德拿起桌前的一把椅子,在总督对面坐了下来。他说了声"早上好,长官"便没有再说话。他一位在殖民办的朋友早就告诉过他,对他的接待肯定会是冷淡的。"他已经差不多到了退休的年龄,来当总督只是一个过渡性的安排。休·富特被提升之后我们只能找一个代理总督来马上接替他。富特干得非常成功,这个人根本也没想跟他比,他知道他在这个位子上只会待几个月,等我们找到人来正式接替富特。这个人想干罗得西亚总督,结果没被选上。他现在只想着退休,在城里当个董事之类的。他最讨厌牙买加出什么麻烦事,所以他一直想了结斯特兰韦斯这件案子。他不想你在这儿搜来搜去。"

总督清了清嗓子,他意识到邦德不是一个卑躬屈膝的人。"你想见我?"

"只是来报个到,长官,"邦德心平气和地答道,"我是来调查斯特兰韦斯的案子的。我想你应该接到国务大臣的通知了吧。"这是提醒总督,邦德背后的人可不是一般的人。邦德不喜欢有人试图压低他或者是他所在的情报局。

"是接到通知了。我能为你做什么？在我们看来这案子已经结了。"

"怎么叫'结了',长官？"

总督不高兴地说:"很明显斯特兰韦斯跟那女孩上了床。在最好的情况下他也是一个靠不住的家伙。你的一些,呃,同事,见了女人就迈不开腿。"总督的话很显然把邦德也包括在内了,"那家伙之前就闹过很多丑闻,一次次为他开脱对殖民地没起到任何好作用,邦德先生。希望你们能派个好一点的人来接替他的位子。当然,"他冷冷地加上一句,"前提是这儿真的需要一位区域控制官。从我个人来说,我很信任我们的警察。"

邦德表示理解地笑了笑。"我会反映你的看法的,长官。我想我们局长会很希望和国防部长、国务大臣讨论你的这些观点的。当然,如果你愿意承担那些额外的职责,那至少对我们局来说意味着节省了人力。我也相信牙买加警察是很有效率的。"

总督怀疑地看了邦德一眼,意识到也许应付这个人他最好更小心一点。"我们这只是非正式地聊聊,邦德先生。等我的想法定下来了,我会亲自和国务大臣沟通的。对了,我的手下当中你有什么想见的人吗？"

"我想和殖民大臣聊聊,长官。"

"是吗？为什么？"

"蟹角岛出了点麻烦,是关于一个鸟类保护区的事。这案子被殖民办公室转给我们了。局长让我趁在这儿的时候调查一下。"

总督看上去松了口气。"没问题,没问题。我安排普莱德尔-史密斯马上接待你。这么说,你也觉得我们可以让斯特兰韦斯这件案子自然而然地自己理出头绪?他们很快就会出现的,别担心。"他伸手摁了一下铃,副官走了进来,"这位先生想见见殖民大臣,副官,你带他去吧。我亲自给普莱德尔-史密斯打电话,叫他准备好。"他站起身,绕到桌子前面,伸出手来,"那么,再见了,邦德先生。很高兴我们的看法是一致的。蟹角岛,我从来没去过,但我肯定它值得一去。"

邦德跟他握了握手。"我也是这么想的。再见,长官。"

"再见,再见。"总督看着邦德的背影退出了房间,心满意足地回到了办公桌前。"不知天高地厚的毛头小子。"他对着空荡荡的房间嘀咕道。他坐下来,打电话给殖民大臣,态度专横地说了几句。然后,他拿起《时代周刊》,看起了股票价格。

殖民大臣看上去挺年轻,头发蓬乱,长着一双明亮的、孩子气的眼睛。他是那种抽烟斗成瘾的人,老是在不停拍口袋找火柴,摇火柴盒看还剩下多少,或者是把烟渣从烟斗里敲出去。在他和邦德见面的前十分钟里他就把这套动作重复了两三遍,而邦德怀疑他根本就没有把任何烟吸进肺里。

在抓着邦德的手上下使劲摇晃了一番,又大致冲着一把椅子的方向摆了摆手之后,普莱德尔-史密斯一边用烟斗柄刮着自己的太阳穴,一边在房间里走来走去。"邦德。邦德。邦德!听着耳熟。

让我想想。呵,对了!你曾经参与过这儿的国库那桩事。没错,就是你!四五年前。前两天我还在哪儿看见了那份档案。干得漂亮,真是搞笑!真希望你再在这儿点上一把那样的火,把这地方搅动一下。现在他们想的就只有联邦,还有他们那该死的自尊。应该是自决才对!他们甚至连公共汽车也运转不起来。还有就是肤色问题!听我说,直发的牙买加人和卷发的牙买加人之间的肤色问题比我和我的黑人厨师之间还要多。不过,"普莱德尔-史密斯倚在了桌边。他在邦德对面坐下来,一条腿挂在椅子扶手上。他伸手拿起一个上面刻有剑桥大学国王学院纹章的烟草盒,把烟斗伸进去,开始装烟,"我的意思是我不想拿这些破玩意儿来烦你,还是你来烦我吧。你有什么事?很乐意效劳。我敢打赌肯定比这堆垃圾要有意思。"他冲贴着"收到"标签文件盒中那堆文件摆了摆手。

邦德冲他咧嘴笑了。这还差不多,他找到了一个同盟,而且还是一个聪明的同盟。"嗯,"他一本正经地说,"我是来调查斯特兰韦斯的案子的。但我首先想问你一个听上去可能有些奇怪的问题。你究竟是怎么知道那案子的?你说你看到档案放在那儿。那是怎么回事?有人提出来要看吗?我不想显得太随便,所以如果你不想回答就不回答。我只是好奇。"

普莱德尔-史密斯冲他斜了一眼。"我想那就是你的工作。"他想了想,眼睛盯着天花板,"现在回想起来,我是在我秘书的桌上看到的。她是新来的,说是想熟悉熟悉那些档案。听着,"殖民大臣赶紧替他的手下解释,"她桌上还有很多其他文件。我只是注意到了那一份。"

"哦,明白了,原来如此。"他抱歉地笑了笑,"不好意思,不过好像有很多人对我来这儿这件事都很感兴趣。我真正想跟你聊的是蟹角岛。你对那地方所掌握的任何情况,还有买下那地方的华裔诺博士和他的鸟粪生意的情况。这要求恐怕有点高,但任何一点零星的信息都会有帮助。"

普莱德尔-史密斯嘴含着烟斗笑了一下。他把烟斗从嘴里抽出来,边说边用火柴盒把燃着的烟丝压紧。"说起鸟粪的事,我可能还是比你懂得多一点。我能跟你聊上几个小时。在调到殖民办之前,我在领事馆工作的时候就开始知道这东西了。我第一份工作是在秘鲁,跟管着整个这个行业的人——鸟粪运营公司,打过很多交道。那些人很不错。"烟斗着起来了,普莱德尔-史密斯把火柴盒扔到桌上,"至于其他的,看档案就行了。"他摁了一下铃。很快门就在邦德身后打开了,"泰诺小姐,请把蟹角岛的档案拿来。出售那地方的那份文件,还有关于圣诞节前跑出来的那个管理员的文件。朗费罗小姐知道文件在哪儿。"

"好的,长官。"泰诺柔声答道。然后邦德听见门关上了。

"好了,现在说说鸟粪,"普莱德尔-史密斯把椅子往后一仰,邦德知道下面的内容肯定是很没有意思的,"你知道的,也就是鸟的粪便。有两种鸟产这种东西,鲣鸟和南美鸬鹚。至于说蟹角岛,那儿只有南美鸬鹚,也叫绿鸬鹚,英国也有这种鸟。南美鸬鹚就是一种把鱼转化成鸟粪的机器。它们主要吃凤尾鱼。给你举个例子你就知道它们要吃掉多少鱼了,他们在一只鸟肚子里发现了七十条凤尾鱼!"普莱德尔-史密斯把烟斗从嘴里拿出来,冲邦德点了点,以示印象深刻,"秘鲁的全部人口每年才要吃掉四千吨鱼,而它们国家的海鸟要吃掉五万吨!"

邦德噘起嘴以示很吃惊:"是吗?"

"好了,"普莱德尔-史密斯说,"一只南美鸬鹚每天吃掉一磅左右的鱼,然后在鸟粪岛上拉出一盎司的鸟粪,而这些鸟有成万上亿只。"

邦德打断他的话:"它们为什么不在海上拉?"

"不知道。"普莱德尔-史密斯在脑子里琢磨了一下这个问题,"从来没想过。反正它们不在海上拉,它们只在陆地上拉,从来如此。这样就产生了大量的鸟粪——在澎湖列岛和其他鸟粪岛上有数百万吨。然后,大约在1850年左右,有人发现它是世界上最好的天然肥料——硝酸盐、磷酸盐等等之类的东西含量很高。于是人们开着船到这些鸟粪岛来掠夺鸟粪,抢了二十多年。这段时间在秘鲁被称为'农种节'。人们为了这些鸟粪而争斗,相互劫持船只,枪杀劳工,出售假冒的鸟粪岛秘密地图,手段不一而足。而人们也的确靠这玩意儿发了财。"

"蟹角岛是什么时候被发现的?"邦德想直入主题。

"它是北方这一带唯一有价值的鸟粪岛,也被开采过,是谁开采的就只有天知道了。但这儿的鸟粪硝酸盐含量很低。这附近的海水不像洪堡寒流带的海水那么富含营养,所以鱼的化合物含量也不高,导致鸟粪的营养成分也不高。价格高的时候,蟹角岛成天都有人开采,但德国人发明了人造化肥之后,蟹角岛的鸟粪和其他劣质鸟粪便在货车里堆积如山,整个产业都崩溃了。到了这个时候秘鲁才意识到它已浪费了一份非常宝贵的资产,开始组合剩余的产业,保护鸟粪岛。它把这个产业国有化,并对这些鸟类加以保护,慢慢地,非常缓慢地,鸟粪供应又增长起来了。然后人们发现德国人造的玩意儿也有缺陷,它会让土地变得贫瘠,而鸟粪不会,鸟粪的价格又慢慢地涨上来了,鸟粪产业跟跟跄跄地又立住了脚。现在这个产业发展得不错,只不过秘鲁把大多数鸟粪都留给了自己,用于自己的农业。这就是蟹角岛重又被人发现的原因。"

"哦。"

"就是这样,"普莱德尔-史密斯挨个拍了拍口袋找火柴,发现火柴在桌上,他把火柴盒拿起来在耳边摇了摇,然后又开始了装烟斗的那套动作,"战争刚开始的时候,那个华裔——顺便说一句,他肯定是个老谋深算的魔鬼——他想到他可以从蟹角岛上的那些陈年鸟粪身上大发一笔。他从我们这儿把那个岛买了下来,价格我记得大概是一万英镑,然后雇了劳工去开采,而大西洋这边的鸟粪价格大约是五十美元一吨。从那之后,他就一直在开采。他肯定发了大财了。他把鸟粪直接运到欧洲,运到安特卫普。他们每个月给他派一条船过来。他安装了最新式的压碎机和分离机,逼着他的劳工拼命地干,我敢肯定。要赚钱,他就不得不这么做。尤其是现在。去年我听说他的鸟粪在安特卫普到岸价格只有大约三十八到四十美元一吨。天知道以这种价格他支付他的劳工多少钱才能有利润。我始终没有想出来。他把那地方弄得像个堡垒似的——有点像强迫劳动营。从来没人从那岛上出来过。我听到过一些可笑的传言,但从来没人投诉过。当然,那是他的岛,他想干什么就可以干什么。"

邦德试图找出点蛛丝马迹。"那地方真的对他那么有价值吗？你觉得它值多少钱？"

普莱德尔－史密斯说："南美鸬鹚是世界上最有价值的鸟。一对鸟每年能产生大约价值两美元的鸟粪，而主人没有花费任何费用。每只雌鸟平均每年产三只蛋，哺育两只幼鸟。假设一对鸟值十五美元，又假设蟹角岛上有十万只鸟——从我们原来的数据看这种假设是很有道理的——这就意味着他的鸟价值一百五十万美元。这可是一笔价值不菲的财产。再加上那些设备的钱，就算一百万吧，那个小破岛可就是一笔不小的财富了。想起来了，"普莱德尔－史密斯按了一下铃，"那些该死的文件怎么还没拿来？你想知道的东西看文件就全有了。"

邦德身后的门开了。

普莱德尔－史密斯生气地问道："怎么回事，泰诺小姐，文件呢？"

"非常抱歉，长官，"泰诺小姐柔声说，"文件找不到。"

"找不到是什么意思？谁最后用过？"

"指挥官斯特兰韦斯，长官。"

"我清楚地记得他把文件送回这个房间了。那之后是什么情况？"

"不清楚，长官，"说话的声音很平静，"封面还在，但里面的东西都不见了。"

邦德在椅子上转过身来。他瞟了那姑娘一眼，转回身来。他暗自冷笑了一下。他知道那些文件去哪儿了。他也知道有关他自己的那份旧文件怎么会出现在普莱德尔-史密斯的办公桌上。他也猜想到"进出口商詹姆斯·邦德"的特殊身份是怎么从国王官邸泄露出去的,他的特殊身份只有国王官邸知道。

像诺博士、安娜贝尔·陈小姐一样,那位戴着角质架眼镜、看上去很能干的端庄娴静的小秘书也是一个华裔。

第六章　扣动扳机的手指

　　殖民大臣请邦德在皇后俱乐部吃午饭。餐厅很漂亮，四周镶着桃花心木嵌板，天花板上挂着四台大大的吊扇。他们坐在餐厅的一角，轻声聊着牙买加的事。等到咖啡端上来的时候，普莱德尔－史密斯已经透过世人所了解的这个岛屿富饶、平静的表象，深入到那背后的真实境况了。

　　"打个比方说吧，"他说着又开始了他那一套装烟斗的怪异动作，"牙买加人就是一个善良的懒人，有着一个孩子的所有优缺点。他生活在一个非常富饶的岛屿上，却没有因此而发财。他不知道怎么办，而且也太懒。英国人来来去去，带走了一些唾手可得的战利品，但两百年来也没有一个英国人从这儿发了大财。他们待的时间不够长，捞一把就走。赚得最多的是葡萄牙犹太人。他们跟着英国人一起来到这儿，然后留了下来。但他们都是很势利的人，在修建漂亮房子和举办舞会上花了太多的钱。没有游客的时候,《搜集日报》的社会栏目上到处都是他们的名字。他们喜欢朗姆酒和烟草,管理着这儿的英国大公司——汽车公司、保险公司之类。然后就是叙利亚人,也非常有钱,但做生意没有那么厉害。他们拥有着大多数的商店和一些最好的旅馆。他们不是很善于控制风险,老是存货太多,必须偶尔发生一次火灾才能重新流动起来。然后就是印度人,一般都是做一些鲜艳的纺织品之类的生意。他们算不上一大类人。最后就是中国人了,严肃、敦实、谨慎,他们是牙买加最有势力的一派。他们拥有面包房、洗衣店和最好的食品店。他们不和外人接触,以保持血统纯洁。"说到这里普莱德尔-史密斯笑了起来,"这并不是说他们想要的时候不会碰黑人姑娘。你在金斯敦到处都可以看到这种后果——满大街都是华裔黑人混血。华裔黑人是一帮强硬却又被人遗忘的人。他们看不起黑人,而华人又看不起他们。将来有一天他们可能会成为很大的麻烦。他们有华人的一些聪明,又有黑人的大多数恶习。警察拿他们很是头疼。"

邦德问:"你的那位秘书,也是其中的一个?"

"没错。很聪明也很能干。我雇了她大约六个月了,她是应聘的人当中最优秀的一个。"

"看上去是挺聪明,"邦德不动声色地说,"他们有组织吗,这些人?这帮华裔黑人有没有个头儿什么的?"

"目前还没有。但很快就会有人掌控他们。他们会成为一个很有用的小集团。"普莱德尔-史密斯瞟了一眼手表,"想起来了。我得走了。必须为那些文件的事教训他们一顿。我不明白到底是怎么回事。我清楚地记得……"他打住了,"不管怎么样,关键是我没能告诉你太多关于蟹角岛和那个博士的情况。但我可以告诉你你从文件里也找不到的东西。诺博士好像说话还挺中听,办事非常麻利,跟奥杜邦协会有矛盾。我想这些你都知道。至于那地方本身,档案里什么都没有,只有一两份战前的报告和最后一次陆地测量的测量图,听起来是一个非常荒凉的地方,什么都没有,除了大片大片的红树林湿地和在岛的一头的一座巨大的鸟粪山。不过,你不是说要去学院吗?我可以带你去那儿,把你介绍给那儿负责绘制地图的部门的人。"

一小时以后,邦德便坐在了一间昏暗的房间的一角,一份署期为 1910 年的蟹角岛陆地测量图摊在他面前的桌上。他要了一张学院的信纸,画了一张粗略的草图,草草记下一些要点。

蟹角岛的总面积大约是五十平方英里。其中的四分之三,在岛的东边,是沼泽和浅湖。一条平坦的河流从浅湖蜿蜒流向大海,半路沿着南海岸流入一个小小的沙湾。邦德猜想,奥杜邦协会的管理员们很可能选择了这条河流源头的某个地方作为他们的营地。在西边,小岛的地势陡然升高,出现了一座标称有五百英尺高的山,山的尽头便是直落海面的悬崖。有一条虚线从这座山指向地图角落的一个方格,方格里写着"鸟粪储藏地。最后施工时间 1880 年"。

没有岛上道路甚至小道的标记,也没有房屋的标记。从地形图上看,小岛看起来像一只向西游泳的河鼠——平平的脊背连着陡然升起的脑袋。它位于牙买加北海岸加利纳角的正北约三十英里,古巴以南约六十英里。

从地图上基本看不出其他任何东西。蟹角岛四周基本都被浅滩所围绕，除了西边的悬崖。悬崖下最浅的标记都有九百米，再往外便是深深的古巴海沟了。邦德把地图卷起来，递给了图书管理员。

他突然感到非常累。现在是下午4点钟，金斯敦的气温如同烧烤炉一般，他的衬衣黏在了身上。邦德走出学院，找了辆出租车，回到凉爽的山里，回到他的宾馆。他对自己的这一天很满意，但在小岛的这一端他没什么其他事可做。他可以在宾馆安静地度过一个晚上，准备明天早起，离开这儿。

邦德走到前台，想看看有没有科勒尔的留言。"没有留言，先生，"女服务员说，"但国王官邸送来了一个果篮。午饭后送过来的。信差把它送到您房间了。"

"什么样的信差？"

"一个深色皮肤的人，先生，他说他是副官办公室派来的。"

"谢谢。"邦德拿上钥匙，走楼梯来到二楼。这是不可能的，太可笑了。邦德把手放在外套下的枪上，轻轻走到门边。他转动钥匙，一脚把门踹开。房间里没有人。邦德把门关上，锁好。梳妆台上有一个装饰得很漂亮的大果篮——里面有柑橘、葡萄、粉蕉、番荔枝、星苹果，甚至还有两个温室里种出来的油桃。果篮提手上系着一条宽宽的丝带，丝带上贴着一个白色信封。邦德把信封取下来，拿到灯下看了看。他把信封打开，空白的豪华信纸上打印着一行字"总督阁下敬上"。

邦德哼了一声。他站在那儿看着那些水果。他弯腰把耳朵凑近水果听了听，然后握住提手把果篮拎起来，把里面的东西都倒在地板上。水果在椰子壳垫上弹起来，滚得四处都是。篮子里除了水果什么都没有。邦德为自己的谨小慎微咧嘴笑了。还有最后一种可能性。他拿起一个油桃——贪吃的人最可能首先选择它——走进浴室。他把油桃扔进洗脸池，走回卧室，检查了一下衣柜上的锁，把衣柜打开。他小心翼翼地把手提箱拎出来，立在房间中央。他跪下来，查看他在两把锁四周洒下的滑石粉的痕迹。滑石粉被抹花了，锁眼四周有细微的刮痕。邦德愠怒地检查着那些记号。这些人不像他以前打交道的其他人那么谨慎。他打开箱子的锁，把箱子倒立起来。箱盖右前角的缝边上有四个铜饰钉。邦德用指甲撬了一下最上面的一个饰钉，饰钉松了出来。他握住饰钉，拔出一根三英尺长的粗铁丝，放在身边的地板上。这根铁丝穿过箱盖里的一个小小的铁丝孔，用来把箱子扣紧。邦德抬起箱盖，确认箱子里的东西没被翻动过。他从他的"工具箱"里拿出一副鉴定珠宝的眼镜，走回浴室，打开剃须镜上方的灯。他把眼镜架在眼睛上，小心翼翼地把油桃从洗脸池里捡起来，用食指和大拇指慢慢捻动着。

邦德停止了转动。他发现了一个小小的针孔，针孔四周有一圈淡淡的晕黄色。它藏在油桃的裂缝中，除非用放大镜否则根本看不见。邦德小心翼翼地把油桃放回洗脸池。他站了一会儿，若有所思地看着镜子里自己的眼睛。

果然是开战了！哈，真是有意思。邦德感觉到自己下腹的皮肤在微微收紧。他对着自己镜子中的影子淡淡地笑了。这么看来他的直觉和推理是对的。斯特兰韦斯和那位姑娘被杀害了，他们的资料被毁了，因为他们追踪得太紧了。然后，邦德加入了进来，而拜泰诺小姐之福，他们早已恭候着他了。陈小姐，也许还有那位出租车司机，发现了他的踪迹。他被一路跟踪到了蓝山饭店。现在第一枪已经打出来了，还会有其他子弹。到底是谁的手指在扣动扳机呢？是谁瞄得如此之准呢？邦德打定了主意，没有任何的证据，但他心里很肯定。这是从蟹角岛射出的远程火力，枪背后的人就是诺博士。

邦德走回卧室。他把水果一个一个捡起来，全都拿到浴室用珠宝鉴定眼镜检查了一番。每个水果上都有针孔，或藏在水果梗附近，或藏在裂缝里。邦德打电话到楼下，要来了纸板箱、纸和绳子。他把水果小心翼翼地装在箱子里，拿起电话打给国王官邸找殖民大臣。"是你吗，普莱德尔－史密斯？我是詹姆斯·邦德。不好意思打扰你了。有件小事需要你帮忙。金斯敦有公共化验师吗？知道了。嗯，我有点东西想化验一下。如果我把箱子寄给你，你能帮我把它转交给那个人吗？我不想让人知道我跟这件事有关。没问题吧？我以后会跟你解释的。你拿到他的报告之后能不能给我发个简短的电报，告诉我结果？下个星期我会在摩根港的'美丽沙漠'。这件事你最好不要告诉别人。搞得这么神神秘秘的，真是不好意思。下次见面的时候我会把一切都解释给你听。我想你看到化验师的结果会猜到点什么的。顺便说一句，请告诉他处理这些样品的时候一定要小心。告诉他它们里面有一些眼睛看不到的东西。非常感谢。幸亏今天早上见到了你。再见。"

邦德在包裹上写好地址，走下楼，叫了辆出租车，付钱让它马上把包裹送到国王官邸。现在是 6 点。他走回房间,冲了个澡,换了衣服,叫了一杯酒。他正打算把酒端到阳台上去,电话响了。是科勒尔。

"全办好了,上尉。"

"全办好了?太好了。那房子没问题吧?"

"全都没问题,"科勒尔答道,口气很谨慎,"一切都是照你说的办的,上尉。"

"很好。"邦德说。他很欣赏科勒尔的效率和警惕性。他放下电话,走到阳台上。

太阳正在落山。紫红色的阴影像波浪一样正慢慢爬向城区和港口。等它爬到了城区,邦德想,灯光就会亮起来了。事实正如他的想象。他头顶上响起了飞机的轰鸣声。他看到了飞机,一架"超级星座",跟一天前邦德坐的是同一趟航班。邦德看着飞机向大海方向冲过去,然后转回头降落在帕利塞多斯机场。仅仅二十四小时之前,他还听见机舱门咣当一声打开,喇叭里在说:"飞机已经到达牙买加金斯敦。各位旅客请在座位上坐好,等待检疫部门清理飞机。"然而,从那一刻到现在,他已经走过了多么漫长的一段路。

他应该告诉 M 情况有变吗?他应该向总督汇报吗?想起总督的嘴脸,他打消了这个念头。但 M 怎么办?邦德有他自己的密码,他可以轻而易举地通过殖民办向 M 发送一条讯息。他该怎么跟 M 说呢?说诺博士给他送来了下了毒的水果?但他甚至都不知道它们是不是被下了毒,或者它们到底是不是诺博士送来的。邦德可以想象 M 看到这条讯息后脸上的表情。他想象着 M 按下通信系统的控制杆,说:"办公室主任,007疯了。他说有人想给他吃下了毒的香蕉。那家伙慌了神了,在医院待得太久了,最好把他召回来。"

邦德笑了。他站起身,打电话下楼,又要了一杯酒。当然,情况不一定完全是这个样子。不过,尽管如此……不,他要等到有了更多的证据再说。当然,如果真出了什么大乱子,而他又没有提前发出警告,他会有麻烦。必须确保不出什么乱子。

邦德喝完了第二杯酒,思考了一下计划的细节。然后他下了楼,在稀稀拉拉地只坐了一半人的餐厅吃了晚饭,看了看西印度群岛手册。到了9点钟,他已经快睡着了。他回到自己的房间,把第二天早晨要用的包收拾好。他打电话到楼下,约好明早5点半叫醒他。然后他从里面把门闩上,把窗户上的板条百叶窗也关上、闩紧。这意味着他将度过一个闷热的夜晚。这也是没有办法的事。邦德裸身钻到单层棉床单下,身体侧向左边,右手伸进枕头下,握住沃尔瑟PPK手枪的枪把。五分钟后他便睡着了。

邦德醒来已是凌晨3点了。他知道是3点,因为有着发光指针的手表就放在他脸边。他一动不动地躺着。房间里没有一点声音。他竖起耳朵。外面同样是一片死寂。在远处,一条狗开始叫了起来。其他狗也加入进来,一时间变成了狗儿们歇斯底里的大合唱。然后这合唱又戛然而止,一如它开始时的突然。然后一切又变得非常安静了。透过百叶窗的板条射进来的月光在他床边的房间一角洒下黑白光条。他看上去像是躺在一个牢笼里。是什么把他弄醒了?邦德轻轻动了一下,准备溜下床。

邦德停止了动作。他像个死人一般一动不动。

有什么东西在他右脚踝上动了一下。现在它在沿着他的小腿内侧往上爬。邦德可以感觉到它从自己的腿毛中间穿过。它是某种昆虫。一只很大的虫子,很长,有五六英寸——跟他的手一样长。他能感觉到有几十条细小的脚在轻轻碰触着他的皮肤。它是什么?

然后邦德听见一种他从未听见过的声音——他的头发在枕头上发出的刮擦的声音。邦德分析了一下这种声音。不可能!绝对不可能!没错,他的头发竖起来了。他甚至能感觉到清凉的空气吹进他发间的头皮。真是不可思议!太不思议了!他一直以为那只是一种比喻的说法。但是为什么?他为什么会发生这样的事?

他腿上的东西又开始动了。邦德突然意识到那是因为他害怕了,被吓坏了。他的直觉,甚至在没和他的大脑交流之前,就已经告诉他的身体他身上有一只蜈蚣。

邦德纹丝不动地躺着。他曾经在一家博物馆的展架上看到过一只装在酒精瓶里的热带蜈蚣。它呈淡褐色,非常扁平,有五六英寸长——跟这一只差不多。它那扁平的脑袋两侧都有卷曲的毒须。瓶子上的标签说如果它的毒素进入动脉,将是致命的。邦德当时只是好奇地看了看那只死了的蜈蚣螺丝锥一般的外壳,并没有过多地停留便走了。

蜈蚣爬到他的膝盖了。它开始沿着他的大腿往上爬。不管发生什么他绝对不能动,甚至都不能颤抖。邦德的所有意识都集中在那两排轻轻移动着的脚上了。此刻它们已经到了他的腰窝了。天哪,它转身朝他的腹股沟爬去了!邦德咬紧了牙!假设它喜欢那儿的温暖呢!假设它试图爬进缝隙里!他忍受得了吗?假设它选择那地方开咬呢？邦德能感觉到它在他的耻毛间寻找。很痒。邦德肚子上的皮肤颤动起来。他没办法控制。但此时那东西又开始沿着他的肚子往上爬了。为了防止掉下来，它的脚抓得更紧了。现在它到了他的心脏部位了。如果它在这儿咬一口，那无疑会要了他的命。蜈蚣穿过邦德右胸上浅浅的胸毛稳步爬到了他的锁骨。它停住了。它在干什么？邦德可以感觉到它那扁扁的脑袋在胡乱地来回找寻着。它在找什么？他的皮肤和床单之间有没有足够的空间让它穿过？他敢不敢把床单稍微掀起一点帮帮它？不行。绝对不行！那东西就在他的咽喉下方。也许它是对那地方粗重的脉搏发生了兴趣。天哪，要是他能控制自己血液的涌动就好了！该死的东西！邦德试图跟那蜈蚣交流。那脉搏，它算不了什么。它并不危险。它对你造成不了伤害。继续爬，爬出来享受新鲜空气吧！

那东西好像听懂了他的话似的，沿着他的脖子爬进了他下巴上的胡楂里。现在它到了邦德的嘴角，让邦德痒得要命。它继续爬，沿着鼻子往上。现在他可以感受到它的整个体重和长度了。邦德轻轻闭上了眼睛。两两一对，双脚交替行进，它跨过了邦德的右眼睑。等它爬过他的眼睛，他应不应该冒一下险，把它抖下去——指望它的脚因为他的汗水而抓不牢？不，绝对不行！那些脚的抓力是无穷的，他可能能甩脱一些，但不可能是全部。

令人不可思议的是，好像是存心似的，这只巨大的虫子居然慢慢地从邦德额头上爬过去，在头发下停住了。该死的，它现在到底在干什么？邦德能够感觉到它在蹭他的皮肤。它在喝水！喝咸咸的汗水。邦德确信是这样。有好几分钟，它基本没有动。邦德因为紧张而感到虚脱。他可以感觉到汗水从自己身体的其他部位喷涌而出,滴落在床单上。再过一秒他的四肢就该开始颤抖了。他能感觉到这种状况很快就会发生。他会因为恐惧而打寒战。他能控制住吗?邦德躺在那儿等待着,气息从他那张开的、扭曲的嘴里徐徐呼出。

蜈蚣又开始动了。它爬进了他浓密的头发里。邦德能够感觉到它从头发中挤过去的时候发根被它分开。它会喜欢那儿吗?它会不会在那儿停留下来?蜈蚣是怎么睡觉的?身体蜷起来还是平躺着?千足虫你一碰它们就会蜷曲起来,他从小就知道千足虫,它们好像总是能够找到路从放水孔爬进空浴缸里。它现在爬到他的头挨着床单的地方了。

它会爬到枕头上还是会待在他那浓密而温暖的头发里?蜈蚣停住了。出去!出去!邦德内心在对它叫喊。

蜈蚣动起来了。它慢慢从他头发里爬出来,爬到了枕头上。

邦德等了一秒钟。此刻他能听见一排排的虫足在棉布上轻轻抠扒。那是一种细微的刮擦声,就像指甲在轻挠一样。

像一道划过房间的闪电一般,邦德的身体猛地从床上弹射起来,落在了地板上。

邦德立刻站稳了脚,跨到门边。他打开了灯。他发现自己在不可控制地颤抖。他哆哆嗦嗦地走到床边。蜈蚣从枕头边缘爬不见了。邦德的第一个本能的反应是把枕头扯到地上。他控制住了自己,让自己冷静下来。然后,他轻轻地、小心翼翼地拎起枕头的一角,走到房间中央,把枕头扔下去。蜈蚣从枕头下爬了出来。它开始快速地扭动着身体从垫子上爬走。此时邦德已经很淡然了。他四下里看了看,准备找东西拍死它。他慢慢走过去,拎起一只鞋,又走了回来。危险已经过去了。他的脑子现在想的是这蜈蚣怎么会到了他的床上。他举起鞋,慢慢地,甚至是漫不经心地,砸了下去。他听见了硬壳碎裂的声音。

邦德把鞋拎起来。

蜈蚣在痛苦地左右扭动。这条五英寸长的、发亮的淡褐色蜈蚣正在走向死亡。邦德又砸了一下。蜈蚣迸裂开来,流出一摊黄水。

第七章　夜航

邦德和一辆挡风玻璃上印着"褐色轰炸机"字样的公共汽车斗起了车技。公共汽车往旁边一闪,沿着山路往金斯敦飞奔而去,一路狂拉着它的三只汽笛,以修补司机的自尊。"顺便问一句,科勒尔,你对蜈蚣了解多少?"

"蜈蚣,上尉?"科勒尔往旁边瞟了一眼,想知道怎么会有此一问,邦德的表情很随意,"嗯,牙买加这儿有一些很厉害的蜈蚣。有三到五英寸长。能咬死人。大多数都长在金斯敦的老房子里。它们喜欢腐烂的木头和发霉的地方,主要在夜间活动。怎么啦,上尉?你看到蜈蚣了?"

邦德没有回答这个问题。他也没有告诉科勒尔水果的事。科勒尔是个很坚强的人,但没有必要在他心里播下恐惧的种子。"那你可能在一幢现代的房子里发现蜈蚣吗?比如在你的鞋里、抽屉里或者是在床上?"

"不会。"科勒尔的口气很肯定,"不会,除非他们故意放在那儿。这些虫子喜欢洞穴和裂缝。它们不喜欢干净的地方,它们是喜脏的虫子。你可能在树丛里,在木头和石头下面发现它们,但绝不可能在有光亮的地方。"

"明白了,"邦德转移了话题,"顺便问一下,那两个开'阳光'车的人出发了吗?"

"当然,上尉,他们很高兴干这活。而且跟你和我长得很像,上尉。"科勒尔哈哈笑了起来,他瞟了邦德一眼,犹犹豫豫地说,"我担心他们不是什么好人,上尉。但没办法,只能找这两个人。像我的那个人,是个乞丐。冒充你的人,上尉,我从贝琪那儿找了一个愁眉苦脸的白人无赖。"

"贝琪是谁?"

"她是城里最烂的妓院的老板,上尉。"科勒尔用力朝窗外吐了一口痰,"那个白人是那儿记账的。"

邦德笑了。"只要他能开车就行。我只希望他们能平安开到蒙特哥。"

"你不用担心,"科勒尔误会了邦德的担忧,"我跟他们说如果他们不把车开到那儿,我就告诉警察说车是他们偷的。"

他们开到了斯托尼山的鞍状峰位置,从这儿交叉路陡然向下,经过五十里的S形弯路奔北海岸而去。邦德把那辆小小的奥斯汀A.30挂到二挡,匀速前进。太阳爬到了蓝山山顶之上,灰蒙蒙的金光射入陡峭的山谷。路上没有什么人——偶尔有个男人右手挂着把三英尺长的钢刀,左手握着一英尺长的甘蔗,嘴里嚼着早餐,走向他在陡峭的山坡上的小农场,或者是一个女人,拎着个盖着布的篮子,里面装着准备拿到斯托尼山的市场去卖的水果或是蔬菜,不急不慢地沿路走来,鞋子顶在脑袋上,快到村庄的时候再穿上。这是一幅荒蛮、平静的景象,除了路面以外,两百多年来基本没变。邦德几乎能闻到1750年从皇家港去访问摩根港要塞必须要坐的骡车的骡粪味儿。

科勒尔打断了他的思绪。"上尉,"他抱歉地说,"不好意思,但是你能告诉我你心里的计划吗?我一直在琢磨,但好像想不出你到底想怎么个玩法。"

"我自己也还没完全想明白呢,科勒尔。"邦德换到低速挡,慢悠悠地从卡斯尔顿花园凉爽、漂亮的林间空地穿过,"我告诉过你我到这儿来是因为指挥官斯特兰韦斯和他的秘书不见了。大多数人都认为他们是一起逃走了,但我觉得他们是被暗杀了。"

"是吗?"科勒尔平静地说,"你觉得是谁干的?"

"我已经和你的想法一样了。我觉得是诺博士,蟹角岛上的那个华裔干的。斯特兰韦斯在调查他的事——跟鸟类保护有关的某件事。而诺博士非常在意保密。这是你告诉我的。好像他会做出任何事来阻止别人窥探他的事。不过,关于诺博士还仅仅是一种猜想。但在过去的二十四小时当中发生了一些很蹊跷的事。这就是为什么我要把那辆'阳光'派到蒙特哥去制造一个假象的原因。这也是为什么我们要到'美丽沙漠'去躲几天的原因。"

"然后怎么办,上尉?"

"首先我要你把我练得非常健壮——就像上次我在这儿的时候你训练我那样。还记得吗？"

"当然，上尉。这我能做到。"

"然后我在想我俩可以到蟹角岛去看看。"

科勒尔吹了个口哨。这口哨是以降调结束的。

"只是在周围查看查看。我们不用太靠近诺博士的地方。我想看看那个鸟类保护区，亲眼看看管理员们的营地到底发生了什么。如果发现有什么不对的地方，我们就溜回来，再从正门回去——带一些士兵帮忙，展开一次正式的调查。在找到一些线索之前我们不能那么做。你觉得怎么样？"

科勒尔伸手从屁股兜里掏出一支香烟。他费了半天劲才把烟点上。他从鼻孔里呼出一团烟，看着它被猛地吹出窗外，说："上尉，我觉得你要去闯那个岛实在太疯狂了。"科勒尔很是紧张。他顿了顿。邦德没有说话。科勒尔看了看旁边平静的侧影。他用一种尴尬的口气稍微平静一些地说道："只有一件事，上尉。我在开曼群岛还有一些家人，你能不能考虑在我们出发之前给我买一份人身保险？"

邦德动情地看了一眼科勒尔那张坚毅的褐色的脸。在那张脸上，两眼之间有一道忧虑的深沟。"没问题，科勒尔。明天到玛丽亚港我就把这件事办好。我们把保险额定高一点，比方说五千英镑。好了，我们怎么去？划独木舟？"

"没错，上尉。"科勒尔的口气有些犹豫，"我们要趁风平浪静的时候。必须是漆黑的夜晚。现在就已经开始起信风了。等到这个周末就是上弦月了。你打算在哪儿登陆，上尉？"

"南岸靠近河口的地方。然后我们沿河往上到湖边。我肯定那些管理员的营地就在那儿。因为那有淡水，也能下到海里去捕鱼。"

科勒尔没有兴致地嘟哝了一声："我们在那儿待多久，上尉？我们没法带太多吃的。面包、奶酪和咸肉。不能带烟——弄出烟和光都太冒险。那儿环境很恶劣，上尉，全是沼泽和红树林。"

邦德说："最好按三天来安排。有可能天气发生变化，我们得推迟一两晚离开。带两把好猎刀。我会带把枪，谁知道会发生什么呢。"

"没错，长官。"科勒尔很是赞同。说完他便陷入了沉思，一直到他们到达玛丽亚港都没有再说话。

他们穿过小小的城区，绕过海岬，来到摩根港。它还是邦德记忆中的样子——圆锥形的瑟普赖斯岛被平静的海湾所环绕，从海里拉上来的独木舟放在成堆的空贝壳旁边，远远传来海浪拍击礁石的声音，而那礁石差点儿就成了他的坟墓。邦德满脑子都是回忆，驱车沿着窄窄的岔路穿过一片甘蔗地，原本的"美丽沙漠种植园大宅"的废墟像一艘搁浅的帆船矗立在甘蔗地中央。

他们来到通往别墅的大门。科勒尔下了车，把门打开，邦德把车开进去，停在这幢白色单层房子后面的院子里。四周非常安静。邦德绕过房子，穿过草坪来到海边。没错，就是这儿，一片深深的、平静的海水——上次他就是沿着这条潜艇通道来到瑟普赖斯岛的。有时候邦德在噩梦中还会想起它。

邦德站在那儿看着这片海，想起了索丽泰尔，那位他从这片海中救起的姑娘,当时她浑身是伤,不停地流血。他抱着她穿过草坪进了屋子。她发生了什么事?她在哪儿?邦德猛地转过身,走回了屋子,把这些恼人的念头从心里赶走。

现在是8点半。邦德打开简单的行李,换上凉鞋和短裤。很快便飘来了咖啡和煎肉的香味。他们吃早餐的时候邦德定下了自己的锻炼日程——7点起床,游泳四分之一英里,吃早餐,晒一小时太阳,跑步一英里,再游一次泳,吃午饭,睡午觉,日光浴,游泳一英里,热水浴,按摩,吃晚饭,9点睡觉。

吃完早餐,这套程序便开始了。

一周的苦练没有受到任何的打扰,除了《搜集日报》上的一篇小报道和普莱德尔-史密斯发来的一份电报。《搜集日报》称,一辆"阳光·阿尔宾"在"魔鬼赛道"——金斯敦至蒙特哥路上位于西班牙城和奥乔里奥斯之间的一段弯道——发生了严重车祸。一辆失控的卡车在转过一个弯道的时候撞上了那辆"阳光",警方正在追踪卡车司机。两辆车都冲下了道路,掉进了下面的深谷。"阳光"车里的两位乘客,居住在港口街的本·吉本斯和住址不详的乔赛亚·史密斯在车祸中丧生。租车人,英国游客邦德先生,被要求与最近的警察局联系。

邦德把那份《搜集日报》烧了。他不想让科勒尔不安。

仅仅一天之后,普莱德尔-史密斯便发来了电报。电报上说:

"每件物品都含有足以杀死一匹马的氰化物。建议更换食品商。祝好运。史密斯。"

邦德把电报也烧了。

科勒尔租了一条独木舟,他们花了三天时间练习划独木舟。那是由一棵巨大的木棉树挖成的船,很粗糙。它有两根薄薄的横梁,两柄笨重的桨和一张用脏兮兮的帆布做成的船帆。这是一件笨重的工具,但科勒尔挺喜欢。

"我们漂七八个小时,上尉,"科勒尔说,"然后就把帆降下来,用桨划,这样雷达的目标就小一些。"

天气没什么变化。金斯敦电台的预报称天气很好。一连几天晚上都黑得如漆一般。俩人拿到了他们的装备。邦德给自己配备了一套廉价的黑色帆布牛仔裤、一件深蓝色衬衣和一双绳底鞋。

最后一晚到来了。邦德很高兴自己终于上路了。他只离开过训练营一次——去取他们的装备,安排科勒尔的保险——像一匹拴在马厩里的马一样,他急切地想从马厩里出来,奔驰在路上。他承认自己为这次冒险而深感兴奋。它的所有因素都很合适——费力,神秘,还有一个残暴的对手。他还有一个好伙伴。他的事业是正当的。也许还会有直接回击M"阳光下的假日"说法的快感。那让他很是愤怒。邦德不喜欢被人照顾。

经过了美丽的燃烧后太阳的光芒熄灭了。

邦德走进卧室,拿出自己的两把枪,端详了一番。两把枪都不像他那把贝雷塔一样是他身体的一部分——他右手的延伸——但他已经知道它们是比贝雷塔更好的武器。他应该拿哪一把呢?他轮流拿起两把枪,在手里掂了掂。必须选择更重一些的史密斯韦森。如果在蟹角岛上有交火的话,也不会有近距离的射击。如果要选的话,他必须选择重型的、远射距的东西。这种杀伤力很强的短粗的左轮手枪比沃尔瑟的射程远 25 米。邦德把枪套装进牛仔裤的腰带，把枪装进枪套。他在口袋里装上二十发备用子弹。这也许只是一次热带野餐，带上这么多枪弹是不是过于谨慎了？

邦德走到冰柜前，拿出一瓶"加拿大俱乐部"混合黑麦威士忌、一些冰块和苏打水，走出来坐在花园里，看着最后的阳光燃烧然后熄灭。

阴影从屋子后面爬过来，跨过草坪，笼罩住了他。棕榈树的树梢在岛中央刮起的风中轻轻地沙沙作响。青蛙开始在树丛中呱呱鸣叫。萤火虫们——科勒尔称它们叫"闪闪"——飞了出来，开始闪出它们吸引异性的摩斯密码。有那么一刻，这种热带黄昏的忧郁气息令邦德心生感触。他拿起酒瓶看了看。他已经喝掉了四分之一。他又往杯子里倒了一大口，加了些冰。他为什么喝酒？因为他今晚要穿越的三十英里的黑黢黢的海？因为他要深入未知的境地？因为诺博士？

科勒尔从海滩边回来了。"是时候了，上尉。"

邦德一口把酒咽下，跟着这位开曼群岛人来到独木舟旁。独木舟船头搁在沙滩上，船身在水里静静地摆动着。科勒尔走到船尾，邦德则爬进了前横梁与船头之间的空间里。他身后是缠绕在短短的桅杆上的船帆。邦德拿起桨，把独木舟推开来，慢慢把船掉过头，朝着轻轻荡漾着的海浪的空隙划去，那是穿过礁石的通道。他们协力轻松地划着桨，桨在他们手中转动，这样朝前划的时候桨也不用离开水面。细浪轻轻敲击着船头。除此以外，他们没有发出任何的声响。天色很暗，没有人看见他们离开。他们就这样离开了陆地，渡海而去。

邦德唯一的任务就是不断地划桨,方向由科勒尔掌控。在礁石的开口处,不同的洋流形成了一个漩涡,造成了一股强大的吸力,他们四周到处都是锯齿状的黑礁砾和被浪涌冲刷得像根根毒牙似的珊瑚树。邦德能够感受到科勒尔划桨的巨大力量,在他的划动下,沉重的独木舟在海水中猛地一起一伏。邦德自己的桨频频砸在石头上,有一次独木舟撞上了一堆脑珊瑚然后又滑了开来,邦德只好停止划桨,紧紧抓着独木舟。等到他们穿过了漩涡,在独木舟之下的深处便是一片一片靛蓝色的沙地,而在他们周围则是一片深海,给人一种凝固的油脂般的感觉。

"好了,上尉。"科勒尔轻声说。邦德把桨放好,放下跪着的一条腿,背靠着横梁坐下。他听见科勒尔解开船帆时指甲刮擦帆布的声音,之后便是船帆在风中啪的一声展开的声音。独木舟摆正过来,开始移动。它慢慢翘了起来。船头下有轻微的嘶嘶声。一股被激起的海水喷在了邦德的脸上。推动他们前进的风很凉爽,而这风很快就会变得寒冷。邦德把双膝收起来,用胳膊抱住。他的屁股和背已经开始感受到木头的刺痛了。他意识到这将是一个炼狱般漫长而难过的夜晚。

在前方的黑暗中,邦德只能看出世界的轮廓。然后天空出现了一层黑雾,在那之上星星开始出现,先是零零散散地,然后交汇在一起织成了一块密密的、明亮的星毯。银河在他们头顶流淌。有多少颗星星呢?邦德试着数了数一指距离里的星星,数目很快就超过了一百。星星们把海点亮成了一条淡灰色的路,然后便越过桅杆顶照向了牙买加黑色的轮廓。邦德朝后看了看。在科勒尔弓着的身后远处,有一簇灯光,应该是玛丽亚港。他们已经驶出好几英里了。很快他们就会走完十分之一的路程,然后是四分之一,然后一半。大约要到半夜的时候,就该邦德来接科勒尔的班了。邦德叹了口气,把头埋进膝盖里,闭上了眼睛。

他肯定是睡着了,因为他是被船桨撞击船身的咣当声惊醒的。他抬起胳膊示意他听见了,然后瞟了一眼自己发光的手表。12点15分。他伸直僵硬的双腿,转过身,从横梁爬了过来。

"对不起,科勒尔,"他说,听到自己的声音他有点怪怪的感觉,"你应该早点叫醒我。"

"没关系,上尉,"科勒尔说,牙齿露出灰色的光,"睡觉对你有好处。"

他们小心翼翼地从对方身边蹭过去,邦德在船尾坐下来,拿起了船桨。船帆被固定在他身边的一颗弯钉上,啪啪作响。邦德让船头顺着风,慢慢移动了一下,让北斗星直接照在船头科勒尔垂下的头上。有那么一刻,这也是种乐趣。总算有点事干了。

夜色没有任何的变化,只是显得更加黑暗、更加空旷了。睡梦中的海的脉搏似乎慢了一些。沉沉的浪涌波幅更长了,上下波动也更深了。他们正穿过一片磷光,它在船头闪烁,在它的照耀下,邦德拎起船桨的时候滴下的水珠像一颗颗宝石。海洋是多么安全,他们居然可以坐着这么一艘脆弱得可笑的小船在夜晚穿过它。海洋可以是多么善良和温和。一群飞鱼从船头前的海面上冲出来,像霰弹一般散了开来。其中一些继续在船边往前游了一段时间,一飞就是二十米远,然后才扎进波浪掀起的水墙里。有没有一条更大的鱼在追着它们或者它们认为这艘独木舟就是一条鱼,或者它们只是在玩耍?邦德想象了一下船底几百米深的地方是一番什么样的景象。那些大鱼,比如鲨鱼、梭鱼、海鲢还有旗鱼,在安静地巡游,还有一群群的石首鱼、鲭鱼和鲣鱼。在更深的海底,在昏暗的光线下,那些从没见过的、发出磷光的无骨的胶状的东西,还有五十英尺长的乌贼,眼睛都有一英尺宽,游动起来像飞艇一样,它们是最后的、真正的海怪,它们的大小只能从它们在鲸鱼肚子里的残骸中推算出来。假如有一个浪从侧面打过来,把船掀翻了会怎么样?他们能坚持多久?邦德更用心地掌握着方向,把这个念头抛到了一边。

1点,2点,3点,4点。科勒尔醒过来,伸了伸懒腰。他轻轻地对邦德喊了一声:"我闻到陆地的味儿了,上尉。"很快,前方的黑暗越发地浓重了。低低的阴影慢慢有了一只巨大河鼠的形状。此刻,几英里外的小岛变得清晰起来,远远地听见有海浪拍岸的声音。

俩人互换了一下位置。科勒尔把船帆放下来,俩人都拿起了船桨。至少还有一英里,邦德寻思,他们会藏在波谷里间,不会被人发现。甚至雷达也无法把他们与波峰区别开来。这是他们必须抓紧渡过的最后一英里,因为黎明已经不远了。

此时他自己也能闻到陆地的味儿了。它并不是一种特别的味道,只是在闻过了几个小时清新的海洋的味道之后鼻孔当中出现的一种新的东西。他已经能够看到拍击海岸的波浪的白色边缘了。浪涌渐渐平息,而波涛变得更加汹涌了。"快,上尉。"科勒尔喊道。汗水已经从邦德的脸上滴落下来,他把桨划得更深,频率也更快了。

天哪,真是累人!这块笨重的木头在风帆的推动下曾经冲得飞快,此刻却好像根本不动了。船头激起的浪花只是一片涟漪。邦德的肩膀痛得像火烧一般。他跪着的那个膝盖开始瘀血了。他握着船桨的手开始抽筋了,那桨沉得简直就像铅做的一般。

简直令人难以置信,但他们已经划到礁石边了。船下深处已经可以看到片片沙地。此时海浪拍击沙滩的声音已经是一种轰鸣了。他们沿着礁石的边缘划过去,寻找一个豁口。进入礁石一百米之后,沙线上出现了一个缺口,他们看到了流向陆地的水光,是那条河!看来他们登陆的地点选对了。墙一般的海浪在此处断了开来,有一股黑色的、油一般的水流在下面隐藏的珊瑚岬上翻腾。他们把船头对准这个地方,划了进去。经过一段动荡混乱的水流,弄出一系列刺耳的撞击声之后,独木舟突然冲进了一片平静的水域,沿着平滑如镜的河水向海岸慢慢驶去。

科勒尔把独木舟转向海滩尽头遍布岩石的海岬的背风处。邦德不明白为什么海滩在淡淡的月光下没有泛白。当独木舟靠了岸,他浑身僵硬地从船上爬下来的时候,邦德明白是为什么了。沙滩是黑色的。沙滩很柔软,脚踩在上面感觉很舒服,但它肯定是火山岩经过海浪数个世纪的冲刷后形成的,邦德光脚踩在上面形成的脚印就像一串白色的螃蟹。

他们匆忙行动起来。科勒尔从船上拿出三块厚厚的短竹板,把它们铺在平坦的沙滩上。他们把独木舟的船头抬到第一块竹板上,沿着竹板往上推。每前进一米,邦德就把后面的竹板拿起来,放到前面。慢慢地,独木舟被推上了沙滩,直到越过涨潮线,来到岩石、海龟草和低低的马尾藻丛之中。他们把独木舟继续往里推了二十米,来到红树林开始的地方。在那儿,他们用干海草和从涨潮线上捡来的浮木把独木舟盖了起来。然后,科勒尔砍下长长的螺旋棕榈树枝,走回到他们来时的路上,把痕迹清扫干净。

天色还很暗,但东方的灰色很快就会转为珍珠白。现在是5点。他俩都累坏了。他们简单地交流了几句,然后科勒尔便消失在了海岬的岩石之中。邦德在一片浓密的马尾藻丛下干燥的细沙上挖出一个沙坑。在他的"床"边有几只寄生蟹。他尽量把它们抓干净,扔进了红树林。然后,顾不上想会不会有其他动物或者昆虫会被他的气息和体温吸引而来,他在沙坑里躺平,把头枕在胳膊上。

他立刻就睡着了。

第八章　优雅的维纳斯

邦德懒洋洋地醒过来，摸到四周的沙子他才想起自己身在何处。他瞟了一眼手表，10点，透过马尾藻圆圆厚厚的叶子射进来的阳光已经很炙热了。一个更大的阴影从他面前光影斑驳的沙滩上穿过。科勒尔？邦德转过头，从遮挡自己的树叶和草丛的边缘凝神望去。他僵住了。他的心跳停顿了一下，然后开始狂跳不止，以至于他必须要靠深呼吸来使它平静下来。他透过叶片向外凝视的眼睛眯成了两条缝，往外喷着火。

那是一个裸体的姑娘，背对着他。她并不是全裸。她腰间系着一根宽宽的皮带，皮带上挂着一把插在刀鞘里的猎刀，刀鞘垂在右边的屁股上。这皮带使得她的裸体显得尤其性感。她站在离他不到五米远的涨潮线上，低头看着手里的什么东西。她以一种裸女经典的、放松的姿势站在那儿，所有的体重都放在右腿上，左膝弯曲，稍微往里侧着,头偏向一边,查看着手里的东西。

她的后背很美,全身的皮肤都是一种淡淡的浅褐色,泛着深色绸缎的光泽。脊骨柔和的曲线向里深深地凹进去,意味着她有着比普通女人更强健的肌肉,屁股像一个男孩子一般结实、浑圆。双腿很直、很漂亮,微微抬起的左脚跟没有紫红色。她不是一个有色人种女孩。

她那灰金色的头发剪成了齐肩长,粗粗、湿湿的一缕一缕垂在肩头和她低下的脸庞边。一副绿色的潜水面罩被推到了额头上,一根绿色的皮带把她的头发扎在脑后。

整个画面,空旷的海滩、绿蓝的海、有着一缕缕金发的裸体女孩,让邦德想起了什么?他思索了一会。没错,从背后看,她就是波提切利的维纳斯。

她是怎么到这儿来的?她在干什么?邦德上下看了看海滩。他现在发现它并不是黑色的,而是一种深巧克力色。往右他可以一直看到河口,大约有五百米远。除了到处有一些小小的桃红色的东西,沙滩上空无一物,毫无特别之处。那种东西很多,邦德猜想可能是某种贝壳,在深褐色的背景下它们显得很有装饰性。邦德朝左边看去,离他这儿二十米远的地方便是那个小小的满是岩石的海岬的起点。没错,在沙滩上有一道沟痕,那是独木舟被拖上来藏在岩石后面时留下的痕迹。那独木舟肯定很轻,不然她一个人肯定拖不上来。也许她并不是一个人。但从岩石到海边只有一组足迹,从海边到她现在站的地方也只有一组足迹。她是住在这儿呢,还是她也是昨晚从牙买加驾船过来的?一个女孩子这么做可真是够难的。不管怎么样,她到底在这儿干什么呢?

　　似乎是回答他的问题一般,那姑娘右手做了一个抛洒的动作,把十几个贝壳扔在了她身边的沙地上,它们都是紫红色的,在邦德看来跟他在海滩上见过的一模一样。那姑娘低头看了看自己的左手,开始轻轻吹起口哨来。她在吹《玛丽恩》,一首忧伤的卡里普索小调,这首歌现在被禁了,反而使它在牙买加以外的地方变得很有名。它一直都是邦德最喜欢的歌曲之一。歌中唱道:

　　　　整天,整晚,玛丽恩,
　　　　坐在海边筛沙子……

　　姑娘停顿了一下,伸开双臂深深地打了个哈欠。邦德偷偷笑了。他舔了舔嘴唇,接上了副歌部分:

　　　　她的泪水可以驾船,
　　　　她的头发可以拴羊……

　　那姑娘的双手立刻收了回来,盖在了胸前。她屁股上的肌肉因为紧张而收缩起来。她在侧耳倾听,头歪向一边,仍旧隐藏在她那瀑布般的头发里。

她犹犹豫豫地又开始吹起了口哨。听到邦德的第一声应和时口哨声颤抖着停止了,那姑娘猛地转过身来,她并没有用那两个经典的动作把自己的身体遮盖起来,而是一只手飞快地移向了下面,而另一只手并没有去盖住她的胸,而是扬起到了脸上,捂住了眼睛以下的部分,那双眼睛此时因为恐惧而瞪得大大的。"是谁?"这句话因为恐惧而几乎成了一句耳语。

邦德站起身来,穿过马尾藻走了出来。他在草丛边停住了。他把手在身边摊开,以示手里没有东西。他乐呵呵地对她笑了笑:"是我。另一个侵入者。别害怕。"

姑娘把手从脸上拿了下来。手伸向了皮带上的刀。邦德看着她的手指握住了刀柄。他抬头看了看她的脸。现在他明白为什么她的手会本能地移向刀了。那是一张漂亮的,被阳光晒白了的睫毛下是一双分得很开的深蓝色的眼睛。嘴很宽,如果不是因为紧张而噘起来嘴唇应该很丰满。那张脸很严肃,下颌的轮廓显得很坚毅——那是一张惯于自我保护的姑娘的脸。邦德想,她没有保护好自己,因为她的鼻子伤得很严重,像个比赛中的拳击手似的被打歪了。想到一位如此绝顶美丽的姑娘居然遭此打击,邦德心里充满了愤怒,身体不由得绷紧了。难怪她为此而感到羞耻,而不是她那对漂亮、坚挺的乳房,此刻它们正毫不掩饰地朝他高耸着。

她目光凶狠地打量着邦德。"你是谁?在这里干什么?"话语中略带一丝牙买加口音。她口气很严厉,似乎是习惯了被服从。

"我是个英国人。我是来看鸟的。"

"噢。"她的声音有些将信将疑,手还放在刀上,"你看我多久了？你怎么到这儿来的？"

"十分钟,但在你告诉我你是谁之前我不会再回答问题了。"

"我没什么特别的。我从牙买加来。来捡贝壳。"

"我是坐独木舟来的。你是吗？"

"是。你的独木舟在哪儿？"

"我有个朋友跟我一起来。我们把独木舟藏在红树林里了。"

"看不到独木舟上岸的痕迹。"

"我们很谨慎。我们把痕迹掩盖起来了,不像你。"邦德朝岩石堆那边指了指,"你应该更小心一点。你用船帆了吗？一直到礁石那儿？"

"当然。为什么不用？我一直都用。"

"那他们就会知道你来这儿了。他们有雷达。"

"他们还从来没抓到过我。"姑娘把手从刀上拿开了。她伸手把潜水面罩摘了下来,站在那儿摇着面罩。她好像是觉得自己已经摸清了邦德的底细。她开口道,口气里少了几分严厉:"你叫什么名字？"

"邦德。詹姆斯·邦德。你呢？"

她想了想,说道:"赖德。"

"什么赖德？"

"哈妮切尼·赖德。"

邦德笑了。

"有什么好笑的？"

"没什么。哈妮切尼·赖德。这名字很好听。"

她放松下来。"人们都叫我哈妮。"

"哦,很高兴见到你。"

这句俗套的话似乎提醒了她自己现在还是一丝不挂。她脸红了,迟疑地说:"我得穿上衣服。"她低头看了一眼自己脚边散落的贝壳,显然她很想把它们捡起来,但她也许意识到如果那么做她会比现在的姿势更加暴露无遗,她厉声说道:"我离开的时候你不许碰这些贝壳。"

听到这句孩子气的命令邦德笑了。"别担心,我会照看它们的。"

姑娘将信将疑地看了他一眼,转过身,迈着僵硬的脚步走到岩石堆边,消失在岩石后面。

邦德沿着海滩走了几步,弯下腰,捡起一个贝壳。它还是活的,两扇壳闭得紧紧的。它看上去像某种海扇,有深深的棱纹,呈一种淡紫色。在结合部的两边有细细的角伸出来,两边各有六只。在邦德看来它并不是什么太特别的贝壳。他小心翼翼地把它放回到其他贝壳中间。

他站在那儿低头看着这些贝壳,心里琢磨着。她真是来捡贝壳的吗?看起来当然像。但这么做得冒多大的风险——独自驾独木舟过来然后再回去。而且她似乎也意识到这地方很危险。"他们还从来没抓到过我。"真是个特别的姑娘。想起她邦德心头一热,浑身的感官都躁动起来。他已经几乎忘记了她那破损的鼻子,一如他以前也会常常忘记那些有畸形的人的缺陷一样。他只记得她的眼睛,她的嘴和她那漂亮得不可思议的身体,而对她那破损的鼻子的印象却不知不觉地溜走了。她那刁蛮的态度和她的攻击性都令人兴奋。她伸手去拿刀保护自己的样子真是令人着迷！她就像一只幼仔受到威胁的野兽。她住在哪儿？她的父母是谁？她身上有一种因为不被人照顾而产生的气质——就像一条无人收养的小狗。她是谁？

邦德听见她踩在沙子上的脚步声。他转过身来看着她。她简直可以说是衣衫褴褛——一件袖子破了的、褪了色的褐色衬衣，外加一条打了补丁的褐色及膝棉裙，用那条挂着刀的皮带系着。她一边肩膀上挂着一只帆布背包，看上去就像一个打扮成奴仆的女主角。

她走到他身边，立刻单膝跪地去捡那些活着的贝壳，然后把贝壳装进背包里。

邦德问："这些贝壳很稀有吗？"

她蹲在那儿抬头看着他。她打量了一番他的脸，显然她很满意。"你保证不会告诉别人？发誓？"

"我保证。"邦德说。

"嗯，那好吧，它们是很稀有，非常稀有。一个完好的标本可以换五美元。在迈阿密。我就是在那儿交易。它们被称为'优雅的维纳斯'。"她的眼睛因为兴奋而泛着光，"我今天早上找到了我想要的东西——它们生活的海床，"她冲海上挥了挥手，"不过你找不到的，"她突然变得谨慎起来，补了一句，"在很深的地方，而且很不好找。我怀疑你能不能潜得那么深。而且，不管怎么样，"她看上去很开心，"我今天就会把整个海床都清干净。如果你再回来，也只能找到一些不完美的贝壳。"

邦德笑了。"我保证不会偷任何贝壳。我真的对贝壳一点都不懂。我发誓。"

捡完贝壳她站了起来。"你那些鸟是怎么回事？它们是什么鸟？它们也很值钱吗？如果你告诉我，我也不会告诉别人。我只捡贝壳。"

"它们叫玫瑰琵嘴鹭，"邦德说，"一种扁嘴红鹳。见过吗？"

"哦，那种，"她不屑地说，"以前这儿有成千上万只，但现在你找不到很多了。他们把它们都吓跑了。"她在沙地上坐下来，胳膊抱着双膝，对自己比他懂得更多很是骄傲，而且她现在也很肯定自己没有什么好怕这个男人的了。

邦德在离她约一米远的地方坐了下来。他伸直身体躺下，朝她转过身来，身体支在胳膊肘上。他希望保持这种轻松的氛围，更多地了解一下这个奇特的、漂亮的姑娘。他口气很轻松地说："哦，是吗？发生什么事了？谁干的？"

她耸了耸肩，说道："这儿的人干的。我不知道他们是谁。有一个华裔。他不喜欢鸟儿什么的。他有一条龙，他让龙去追那些鸟，那条龙把它们筑巢的地方都烧了，把它们都吓跑了。以前有两个人跟那些鸟生活在一起，照看它们。他们也被吓跑了，或者是被杀了什么的。"

这一切在她看来都很自然。她漫不经心地说着这些事，眼睛看着大海。

邦德说："那条龙什么样子？你见过吗？"

"是的，我见过。"她眯起眼睛，做了个鬼脸，好像正在吞下一杯苦药似的。她认真地看着邦德,想让他分享自己的感受。"我来这儿差不多有一年了,来捡贝壳和探险。差不多一个月前我才找到这些,"她朝海滩扬了扬手,"就是上一次来的时候。但我还找到了其他一些很好的贝壳。就在圣诞节之前,我想我该考查考查这条河。我沿河走到了源头,那些看鸟的人的营地就在那儿,全都被毁坏了。天色已经晚了,所以我决定就在那儿过夜。半夜里我醒来了。那条龙从离我只有几米远的地方走过去了。它有两只大大的发光的眼睛和一根长长的鼻子。它有两只短短的翅膀似的东西和一条尖尖的尾巴,它浑身都是黑金色。"看到邦德的表情她皱了皱眉,"那天正好是满月。所以我看得很清楚。它就从我身边走过。它发出一种咆哮般的声音。它走过沼泽,来到一处密密的红树林前,直接就从树丛上踏过,往前走了。一大群鸟在它前面飞了起来,一大团火突然从它嘴里喷了出来,烧死了很多鸟,把它们栖息的树全都给烧了。太可怕了,那是我见过的最可怕的事。"

姑娘向旁边侧了侧身,盯着邦德的脸。她又坐直了身体,眼睛倔强地望着大海。"我看得出你不相信我,"她说,口气愤怒而着急,"你是个城里人。你们什么都不信。呸。"她的身体因为对他的不满而发抖。

邦德理性地说:"哈妮,世界上就不存在龙这种东西,你看到的是一种很像龙的东西,我只是在想它到底是什么。"

"你怎么知道没有龙这种东西?"此刻他真的让她生气了,"在岛的这一头没有人生活,龙很容易在这儿存活下来。不管怎么样,你觉得你对动物之类的东西了解多少?我从小就跟蛇之类的东西生活在一起。独自一人。你见过螳螂在做爱之后把自己的丈夫吃掉吗？你见过猫鼬跳舞吗？或者是章鱼跳舞？蜂鸟的舌头有多长？你有没有过宠物蛇，脖子上戴个铃铛，摇铃来叫醒你？你有没有见过蝎子中暑，然后用自己的刺把自己扎死？你在夜里见过海底的花毯吗？你知道公乌鸦能闻到一里之外的死蜥蜴吗？……"姑娘像挥着一把剑一般刺出了这一连串轻蔑的问题。此时她停了下来，因为她喘不过气来了。她无可奈何地说："唉，你就是个城里佬，跟其他人一样。"

邦德说："哈妮，你听我说。你是了解这些东西。我生活在城里我也没办法，我也很想了解你知道的这些东西。我只是没有过那样的生活。我知道的是其他的东西。比如……"邦德在脑子里搜罗了一番，他想不出任何跟她拥有的一样有趣的东西，他讪讪地替自己打了圆场，"比如这一次那个华裔会对你的造访更感兴趣。这一次他会尽力不让你溜走。"他顿了一下，又加了一句，"说起来，也包括我。"

她转过身来，饶有兴致地看着他。"哦。为什么？不过那也没什么关系。我白天躲起来，晚上溜走就可以了。他派狗，甚至还派飞机追过我，但他还从来没抓到过我。"她带着一种新的兴味打量着邦德，"他要抓的是你吧？"

"嗯，是的，"邦德承认道，"我恐怕是这样。你瞧，我们在离这儿两英里的地方就把船帆给降下来了，免得他们的雷达发现我们。我想那个华裔可能想到了我会到这儿来。你的船帆肯定被发现了，而且我敢打赌他会以为你的独木舟是我的。我最好去把我的同伴叫醒,一起商量一下。你会喜欢他的。他是个开曼群岛人,名叫科勒尔。"

那姑娘说:"哦,我很抱歉如果……"说话的声音渐渐变弱了。对一个自我保护意识如此之强的人来说,道歉不是一件容易的事,"不过,我事先也不可能知道,是不是?"她观察着他的脸。

邦德看着她那双探寻的蓝眼睛笑了。他想让她放宽心,便说:"你当然不可能知道。这全怪运气不好——你也运气不好。我想他不会太在意一个独自捡贝壳的姑娘。你可以肯定他们已经仔细地观察了你的足迹,发现了诸如那样的线索,"他朝海滩上散落的贝壳挥了挥手,"但我恐怕他对我会有不同的看法。现在他会尽一切可能来找到我。我只是担心在这个过程中可能把你也卷进来。不管怎么样,"邦德宽慰地咧嘴笑了,"我们先看看科勒尔会怎么说吧。你待在这儿。"

邦德站起身来。他沿着海岬走过去,四下里打量着。科勒尔把自己隐藏得很好。邦德花了五分钟时间才找到他。他躺在两块大石头中间的一处长满草的沙坑里,一块灰色的浮木遮住了半个身体。他还在熟睡中,褐色的脑袋枕在小臂上,睡梦中的表情很是严肃。邦德轻轻吹了声口哨,科勒尔的眼睛像野兽般猛地睁大了,邦德不由得笑了。看见邦德,科勒尔匆忙爬了起来,简直有点像自己做错了什么事似的。他用一双大手抹了抹脸,好像洗脸一样。

"早上好,上尉。"他说,"我还以为我沉到深海里去了,那华裔姑娘来找我来了。"

邦德笑了。"我有个不一样的东西。"他说。他们坐下来,邦德告诉了科勒尔关于哈妮切尼·赖德、她的贝壳以及他们遇到的困境。"而且现在已经是11点了,"邦德补充道,"我们必须制定一个新的计划。"

科勒尔挠了挠脑袋。他侧眼看着邦德。"你不会打算带着这姑娘吧?"他满怀希望地问道,"她跟我们没有任何关系……"他突然停住了,头猛地转过去,像条狗一般偏向一边。他举起一只手示意邦德不要说话,专注地聆听着。

邦德屏住了呼吸。在远处,在东边,隐隐约约有一种嗡嗡的声音。

科勒尔跳了起来。"快,上尉,"他焦急地说,"他们来了。"

第九章　侥幸脱险

十分钟后海湾已是空无一物,纤尘不染。细浪打着旋儿漫过礁石内平滑如镜的海面,有气无力地打在深色的沙滩上,沙滩上淡紫色的贝壳像脱落的脚指甲一般闪闪发光。那一堆丢掉的贝壳已经不见了,也没有任何脚印的痕迹。科勒尔砍了一些红树枝,沿来时的路走回去,一路仔细拂扫干净。他扫过的地方沙子呈现出与海滩其他地方不一样的质地,但差别并不是太大,从礁石外面看不出来。那姑娘的独木舟被拖到了岩石更深处,用海藻和浮木盖了起来。

科勒尔回到了海岬。邦德和那姑娘则分开几英尺远躺在邦德原来睡觉的地方的马尾藻丛下,默不作声,眼睛越过海面盯着海岬的转角处,来船必须要绕过那个转角。

那船离他们可能有四分之一英里远。从双柴油机缓慢的震动声来看,邦德猜想得到,为了发现他们的踪迹,那船在仔细搜索海岸线的每一个缝隙。那听起来是一艘动力很强劲的船,可能是条大游艇。船上有多少人?谁在指挥搜索?诺博士?不太可能。这种搜查工作他是不会辛苦自己来干的。

从西边出现了呈楔形的一队鸬鹚,在礁石外的海面上低低地飞着。邦德注视着它们。它们是他见到的有关在小岛的另一端的南美鸬鹚群落的第一个证据。这些鸟,按照普莱德尔-史密斯的描述,应该是在搜寻海面附近的银光。没错,邦德看到它们像倒踩自行车脚蹬般在空中蹬踏,然后像弹片似的浅浅地扎入水中。几乎与此同时,西边出现了另一群鸬鹚,然后又一群,再一群,汇合成长长的一列,最后汇集成了密密麻麻的一条黑色的鸟的河流。有那么几分钟,它们遮蔽了天际,然后它们落到了水上,占据了几亩的水面,搜寻着、争斗着,把脑袋扎入水面之下,像水虎鱼享用一匹淹死的马一般,收获着密密麻麻的一大片鳀鱼。

邦德感觉到姑娘用肘轻轻推了推他。她用脑袋示意了一下。"那华裔的母鸡在吃它们的玉米粒。"

邦德打量着她那张开心的、漂亮的脸。她似乎对搜寻队伍的到来很不在意。对她来说,这不过是她从前玩过的一场捉迷藏游戏。邦德只希望她不会被惊到。

柴油机的轰鸣声变得越来越响了,那船肯定就在海岬背后了。邦德最后巡视了一圈平静的海湾,然后把目光,透过树叶和草丛,定在了礁石内侧的海岬尖儿上。

尖刀一般的白色船头出现了。随后是十来米长油光锃亮的、空荡荡的甲板,挡风玻璃,低矮的、倾斜的船舱,船舱上装着一个汽笛和一根粗粗的天线杆,隐约可以看见一个人站在船舱后面,然后便是长长、平平的船尾和一面垂着的红色船旗。这是一艘改装的鱼雷艇。难道是英国政府多余的?

邦德的眼睛转向了站在船尾的那两个人。他们是两个肤色较浅的黑人。他们穿着整洁的卡其布裤子和衬衣,系着宽宽的腰带,带着黄色麦秆做成的、帽舌很深的棒球帽。他们并排站着,在缓慢的浪潮中努力保持着平衡。其中一个人手里拿着一个长长的黑色扩音器,上面系着一根电线。另一个则把着一挺支在三脚架上的机枪。

手里拿着扩音器的那人把手松开,扩音器在他脖子上系着的一根带子上晃荡着。他拿起一副双筒望远镜,缓慢地扫视着海滩。他低低的嘟哝声越过柴油机那闷声闷气的震颤声,正好能传到邦德耳朵里。

邦德看着望远镜的镜头从海岬开始扫过海滩。它们在岩石处停顿了一下,然后继续往下移动,又移了回来。嘟哝的评论声变成了一种叽叽喳喳的叫唤。那人把望远镜递给机枪手,机枪手匆匆透过镜头扫了一眼,然后把望远镜又递了回来。负责搜索的人向舵手嚷了句什么。游艇停下来,往回倒退了一下。此刻它停在礁石边,正对着邦德和那姑娘的方向。负责搜索的人再一次把望远镜对准了姑娘的独木舟藏身的岩石堆。兴奋的叫声再一次越过海面传了过来。望远镜又被递给了机枪手,机枪手又看了一眼。这一次他果断地点了点头。

邦德想,这下我们完蛋了。这些人很在行。

邦德看着机枪手把枪栓拉回去,开始装子弹。越过柴油机的嘟嘟声他听见了枪栓咔嗒响了两声。

负责搜索的人举起扩音器,把开关打开。扩音器尖锐的颤音从海面呼啸而来。那人把喇叭举到嘴边。他的声音从海湾咆哮而来。

"好了,伙计们!出来吧,我们不会伤害你们的。"

这是一个很有教养的声音,隐约有一点美国口音。

"好了,伙计们,"那声音嚷道,"动作快点!我们看到你们上岸的地方了。我们发现了浮木下面的船。我们不是傻子,我们也不容易糊弄。别紧张。举起手走出来吧。没事的。"

一阵沉默。海浪轻拍着海滩。邦德可以听见那姑娘的呼吸。他们可以听见鸬鹚们零星的叫声,越过几英里的海面后那声音柔和多了。随着浪潮一会儿盖住排气管,一会儿又放开,柴油机的嘟嘟声不规则地传了过来。

邦德轻轻地伸手拽了拽姑娘的袖子。"靠近一点。"他低声说,"目标小一些。"他感觉到她的体温离自己近了一些。她的脸颊蹭到了他的手臂。他低声道:"往沙子里钻。扭动身体。每多钻一英寸都管用。"他自己开始小心翼翼地扭动身体,更深地往他们挖出的坑里钻。他感觉到那姑娘也在做同样的动作。他向外望去。现在他的眼睛仅仅在海滩顶端的地平线之上了。

那人又举起了他的喇叭。他的声音咆哮而来。"好了,伙计们!让你们知道知道这东西不是做摆设的。"他举起了他的大拇指。机枪手瞄准了海滩后面红树林的树梢。子弹密集发射的嗒嗒声响了起来,邦德上一次听到这种声音还是在阿登高地上,从德国人的前线传过来的。子弹发出的声音就是那种他熟悉的、像受惊的鸽子从头顶尖叫而过的声音。然后又是一阵寂静。

在远处,邦德看见鸬鹚们像黑云一般腾空而起,开始在空中盘旋。他的眼睛又转回到那条船上。机枪手摸了摸枪管,看它是不是发热了。两个人交换了几句话。负责搜索的人拎起了他的喇叭。

"好了,伙计们,"他厉声道,"已经警告过你们了。现在玩真的了。"

邦德看见机枪的枪管转动了一下,压低了。那人将从隐藏在岩石堆中的独木舟开始动手。邦德低声对那姑娘说:"没关系的,哈妮。坚持住。别抬头。不会持续太久的。"他感觉到她的手在掐他的胳膊。他想,可怜的小女人,她是因为我才被卷进来的。他向右侧身护住她的头,把脸深深地埋进沙子里。

这回子弹的噪音更可怕了。子弹咆哮着射向海岬的一角。碎裂的岩石像大黄蜂似的呜呜落向海滩。跳飞的子弹发出尖锐的颤音,嗡嗡地弹向腹地。在这一切噪音之后是机枪那持续不断的冲击钻似的吼叫声。

机枪停了一会儿。他们在装子弹,邦德想。现在该轮到我们了。他能感觉到那姑娘在紧紧抓着他。她的身体在他旁边颤抖。邦德伸出一只胳膊,把她揽过来。

机枪的咆哮声又响起来了。子弹沿着涨潮线嗖嗖地朝他们飞过来,密集的砰砰声持续不断。他们头顶上的树枝被撕成了碎片,像是有一条钢鞭在把树枝砍碎。碎屑散落在他们四周,慢慢把他们盖了起来。邦德能闻到空气变得凉爽些了,那意味着此刻他们已经被遮挡了。树叶和碎屑能把他们藏起来吗？子弹沿海岸线退去了。不到一分钟时间，一切的喧闹便停止了。

四周一片寂静。那姑娘轻轻抽泣起来。邦德让她不要出声，把她抱得更紧了。

喇叭又响了起来。"好了，伙计们。如果你们还听得见，我们很快就会回来收拾你们的断胳膊断腿的。而且我们会带狗来。先再见了。"

柴油机缓慢的轰鸣声变快了。发动机加速，发出一阵急促的轰鸣声，透过落下的树叶，邦德看见船尾在水中往下一沉，游艇匆匆往西而去，几分钟后，便听不到它的声音了。

邦德小心翼翼地抬起头。海湾很是安静，海滩上没有留下任何痕迹。一切都跟以前一样，除了火药的恶臭和碎裂的石头的酸味。邦德把姑娘拉起来。她脸上有条条泪痕，惊恐地看着他。她一本正经地对他说："这太可怕了。他们为什么要这么做？我们差点被打死了。"

邦德想，这姑娘一直都要自己保护自己，但对手只是大自然。她懂得野兽、昆虫和鱼的世界，而且她能战胜它们，但那只是一个小小的世界，局限于太阳、月亮和四季。她并不懂得一个大的世界，这个世界有烟雾缭绕的房间，有金银经纪人的会客室，有政府办公室的走廊和等候室，还有在公园椅子上的密会——她不懂得大人物们为了更大的权势和更多的财富尔虞我诈。她不知道她已经被从自己的岩层扫荡出来，落进了肮脏的水域。

他说："没关系的，哈妮。他们只是一帮害怕我们的坏人。我们能应付他们。"邦德伸手搂住了她的肩膀,"你很了不起,非常勇敢。好了,现在我们去找科勒尔,商量些计划。不管怎么样,我们该吃点东西了。你平时来这些地方探险都吃些什么?"

他们转过身,沿着海滩朝海岬走去。过了一分钟,她稳住气息说道:"噢,到处都有可吃的东西,主要是海胆,还有野香蕉之类的。我来这儿之前吃、睡了两天。我什么都不需要。"

邦德把她搂得更紧了。当科勒尔出现在地平线上时,他放下了自己的胳膊。科勒尔匆匆忙忙地从岩石上往下走。他停住了,往下张望着。他们走到他身边。那姑娘的独木舟几乎被子弹打成了两半。那姑娘叫了一声。她绝望地看着邦德:"我的船!我怎么回去?"

"别担心,小姑娘。"科勒尔比邦德更能理解失去一艘独木舟的损失有多大,他猜想那可能是这姑娘绝大部分的资产了,"上尉会另外弄一艘给你的。而且你可以跟我们一起回去,我们在红树林里有一条很好的船,没有被打坏。我去看过。"科勒尔看了邦德一眼。此刻他的脸色变得很凝重,"但是上尉,你现在明白我说的这帮人是怎么回事了吧。他们非常强悍,而且他们说到做到。还有他们说的那些狗,都是警犬,叫杜宾犬。很大的家伙。我朋友告诉我说有二十多条。我们最好赶紧想办法,而且得是好办法。"

"好吧,科勒尔。但首先我们得吃点东西。而且,在好好看一看这个岛之前,我是不会被吓跑的。我们带上哈妮一起。"他转向那姑娘,"可以吗,哈妮?跟我们在一起你会没事的。然后我们再一起坐船回家。"

姑娘将信将疑地看着他。"我想也没有其他选择了。我的意思是,如果不碍事的话,我很希望跟你们一起走。我真的不想吃东西。但你们能不能一有机会就带我回家?我不想再见到那些人了。你们看鸟要多长时间?"

邦德含糊其辞地说:"不长。我得搞清楚它们发生了什么事,为什么,然后我们就走。"他看了一眼手表,"现在是12点。你在这儿等着,冲个澡什么的。别到处走动,会留下脚印。来吧,科勒尔,我们最好把那条船藏好。"

等他们准备好已经是1点了。邦德和科勒尔把独木舟装满石头和沙子,把它沉到红树林中的一个水塘里。他们把脚印都抹去。子弹在海岸线后面留下了很多的垃圾,所以他们大部分时候都是走在碎叶和树枝上。他们吃了点东西——他们俩吃得狼吞虎咽,而那姑娘则吃得勉勉强强。之后他们攀过岩石,走进岸边的浅滩里,沿着浅滩一路朝离海滩三百米远的河口跋涉而去。

天气非常热。从东北方刮起了一阵炽热的大风。科勒尔说这种风一年到头天天都刮。这对鸟粪堆是至关重要的,它能把鸟粪吹干。来自海面的强光和红树林闪光的绿叶都让人睁不开眼睛。邦德很高兴自己下了功夫让自己的皮肤适应阳光的曝晒。

河口有一个沙洲和一个长长的、深深的死水潭。他们要么脱掉衣服要么就只能把衣服弄湿。邦德对那姑娘说:"哈妮,这一趟我们就不能害羞了。因为有太阳,所以我们得穿着衬衣。穿点合适的东西,跟在我们后面吧。"不等她回答,两个男人便脱掉了他们的裤子。科勒尔把裤子卷起来,塞进了装着食物和邦德的枪的背包。他们走进水潭里,科勒尔走在前面,然后是邦德,然后是那姑娘。水没到了邦德的腰际。一条大银鱼从水潭里跳出来,又落了回去,溅起一片水花。水面上有一些箭一般的鱼,而其他的鱼则从他们面前逃掉了。"大海鲢。"科勒尔说。

水潭聚合成了一条狭窄的水沟,红树树枝就垂在水面上。有那么一阵他们是穿行在一个清凉的隧道里,然后水面又变宽了,变成了一条深深的、流动缓慢的水渠,在红树巨大的蜘蛛腿形状的树根中蜿蜒而去。河底全是泥,每走一步他们的脚都会陷进几英寸深的泥浆里。小鱼小虾们在他们脚底扭动着溜走,他们时不时要弯腰趁水蛭在他们身上粘稳之前把它们拂掉。但除此之外,他们在树丛中走得很轻松,四周安静而凉爽,至少对邦德来说,能够躲开太阳已是一大福分。

很快,随着他们远离大海,空气变得很是难闻,充满了沼气的味道,一股臭鸡蛋一般的气味。蚊子和白蛉开始找上了他们。它们喜欢邦德干爽的身体。科勒尔叫他到河水里浸一浸。"他们喜欢带咸味的肉。"他乐呵呵地解释道。邦德脱掉衬衣,照他说的做了,然后便好些了。过了一会儿邦德的鼻子甚至习惯了沼气的味道,除了当科勒尔的脚偶尔碰到泥浆里长年形成的气袋,陈年的气泡从河底摇摇晃晃地冒上来,在他鼻子下面迸裂开来,发出一阵恶臭。

红树林变得稀疏起来,河面慢慢变宽了。河水变得更浅了,河底也坚实起来。很快,他们转了个弯,暴露在光天化日之下。哈妮说:"现在最好小心点了。我们更容易被发现了。这样的路大概还有一英里。然后河面会变窄一些,一直延伸到那个湖。然后就到了看鸟人住的沙嘴。"

他们在红树林隧道的阴影里停了下来,向外张望。河水从他们这儿缓慢地向着岛的中心蜿蜒而去。河的两岸有一些低矮的竹子和马尾藻,只能提供一半的掩护。在河的西岸,地势先是渐渐地升高,然后,在大约两英里之外,地势陡然升高成了一个圆锥形的山包,也就是那座鸟粪山。在山底的四周散布着一些半圆拱形的活动房屋。一条"之"字形的银线从山腰延伸到房屋前——窄轨轻便铁路,邦德猜,那是用来把鸟粪从开采区运往粉碎机和分离机。山顶是白色的,像是盖了一层雪。粪尘像一面烟的旗帜从山峰上飘落下来。在白色的背景下,邦德可以看见像小黑点似的鸬鹚们,像蜜蜂绕着蜂箱般落下又飞起。

邦德站在那儿凝视着远处那闪着微光的鸟粪山。这就是诺博士的王国了!邦德想,他一辈子也没见过如此荒凉的地方。

他打量着河与山之间的地面。它似乎就是一片普通的灰色死珊瑚,在稍有一点土的地方长着些矮矮的灌木和螺旋棕榈树。毫无疑问,从山腰到中心的湖和沼泽有一条路或者是小径,不然的话这地方看起来很难穿过去。邦德注意到所有的植物都朝西倾斜着。邦德想象了一下长年生活在这里的滋味,热风不停地在岛上肆虐,再加上沼泽和鸟粪的恶臭。再也找不到比这更恶劣的监禁地了。

邦德朝东望去。在那边,沼泽地里的红树林似乎更宜人一些。它们像一张厚实的绿毯延伸开去,直到它们的轮廓消失在地平线上跳动的热雾中。在树梢上,密密麻麻的一群鸬鹚不停地上下翻飞,落下来,再上下翻飞。热风把它们不停的尖叫声给带了过来。

科勒尔的声音打断了邦德的思绪。"他们来了,上尉。"

邦德顺着科勒尔的眼睛看过去。一辆大卡车从小房子那儿飞驰过来,车轮下扬起缕缕灰尘。邦德盯着它看了十分钟,直到它消失在河源头的红树林之中。他凝神听着,狗叫声随风而来。

科勒尔说:"他们会沿河搜过来,上尉。他们知道我们除了沿河而上没有地方可去,假设我们没死的话。他们肯定会沿河走到海边,搜寻我们的痕迹。然后很可能那条船会带一条小舢板来,把那些人和狗接走。至少如果是我的话,我会那么做。"

哈妮说:"他们找我的时候就是这么做的。没关系,你可以砍一根竹子,等他们靠近了你就躲到水底下,用竹子呼吸,直到他们走远。"

邦德对着科勒尔笑了,他说:"你去弄竹子,我去找一块密集的红树林。"

科勒尔将信将疑地点点头。他向上游的竹林走去。邦德则转身回到了红树林隧道之中。

邦德一直避免去看那姑娘。她不耐烦地说:"你不需要这么小心翼翼地不敢看我。在这种时候在意这些东西是没有意义的。你自己说的。"

邦德转过身来看着她,她破烂的衬衣垂在水面上。在水面之下可以瞥见她晃动的白皙的双腿。她那张漂亮的脸冲他微笑着。在红树林之中,她那破损的鼻子因为其野性而显得很合时宜。

邦德找到了他想要的东西,红树林中一处似乎可以向深处延伸的缝隙。"别碰断了树枝。"他低下头,涉水而入。这条通道延伸了十来米。他们脚下的泥变得更深更软了。然后他们便遇到了一堆树根,像一堵坚实的墙似的,他们不能再往里走了。褐色的河水缓慢地流过一处宽阔、安静的水塘。邦德停了下来。那姑娘向他靠过来。"这可真是捉迷藏呵。"她颤巍巍地说。

"可不是嘛。"邦德在想他的枪。他在想那枪在河里洗了个澡之后还好不好用——如果他们被发现的话他能干掉多少狗和人。他感觉到一阵不安。遇上这姑娘真是倒霉。在战斗中,不管你喜不喜欢,一个姑娘就是你的另一个心脏。你只有一个靶子,而你的敌人有两个。

邦德感觉到口渴了。他捧起一捧水。水是咸的,带着一股土味。还能接受,他又喝了一点。姑娘伸手拦住了他。"别喝太多。漱漱口,吐掉。你会发烧的。"

邦德一言不发地看着她,他照她说的做了。

科勒尔在主河道的什么地方吹了声口哨。邦德回了声口哨,朝他走过去。他们沿着通道往回走。科勒尔往他们的身体可能碰到的红树根泼了泼水。"把我们的味道消掉。"他简单地解释道。他拿出一把竹子,开始削了起来。邦德看了看自己的枪和多余的子弹。他们一动不动地站在水里,以免搅起更多的泥。

太阳透过厚厚的树叶洒下斑斑点点的光。小虾们轻轻咬着他们的脚。寂静中、炎热中,紧张的气氛越来越浓,让人直不起腰来。

听见狗叫声几乎成了一种解脱。

第十章 龙的足迹

搜寻的队伍飞快地沿河而来。两个穿着游泳短裤和高筒防水靴的男人只有一路小跑才能跟上前面的狗。他们是两个高大的华裔黑人混血,裸露的、淌着汗的胸前横挎着腋下手枪套。他们偶尔会嚷着交流几句,说的大多是骂人的话。在他们前面,一群杜宾猎犬在水中扑腾着往前游,兴奋地叫着。它们嗅着气味疯狂地搜寻着,菱形的耳朵竖起在它们那光滑的、蛇一般的脑袋上。

"可能有鳄鱼。"领头的那个家伙在一片喧闹声中嚷道。他手里拿着一根短鞭,偶尔像狩猎场上的赶狗人一般啪啪地甩动两下。

另一个人朝他靠过来,兴奋地嚷道:"我敢打赌,是那个英国佬!就在红树林里躲着呢。小心别被他伏击了。"他把枪从枪套里拿出来,放在腋窝下,手握着枪托。

他们正从没有遮蔽的河道走出来,走进红树林的隧道里。第一个人带着一支口哨。口哨从他那宽宽的脸上伸出来,像根烟蒂似的。他尖厉地吹了声口哨。猎犬们往前扑,他则拿鞭子在它们四周驱赶着。猎犬四处嗅着,缓慢的水流使得它们无法听从主人的指令,在皮鞭下发出阵阵悲号。那两个人拔出枪,在四处蔓延的红树根之间慢慢地顺流而下。

领头的那个人来到了邦德发现的那处狭窄的缺口。他抓住一条狗的项圈,把它拽进了通道里。那狗急切地喷着鼻子,向前划水。那人眯着眼睛查看着通道两侧的红树根,看它们有没有被刮擦过。

那狗和那人来到了通道尽头那个密闭的小水潭。那人恶心地四下看了看。他抓住那条狗的项圈,把它拽了回来。那狗不情愿离开这地方。那人拿鞭子朝水里抽了一鞭。

另一个人一直在这条小小的通道的入口处等着。第一个人出来了,他摇了摇头,两人继续往下游走。猎犬们一个接一个走在前面,不像刚才那么兴奋了。

渐渐地,搜寻队伍的声音变得越来越小,最终消失了。

接下来的五分钟,红树林中的水潭里没有任何动静,然后,在树根中的一角,一根细细的竹子做成的潜望镜慢慢从水里伸了出来。邦德的脸冒了出来,额头上挂着缕缕湿发,就像一张从水里冒出来的尸体的脸。他的右手在水下握好了枪。他凝神听着。周围死一般的寂静,没有任何声音。真的没有吗?主河道里那个轻轻的嗖嗖声是什么?是不是有人非常轻声地跟在搜寻队伍后面走过来?邦德向两侧伸手,轻轻地碰了碰趴在水潭边的树根之中的另外两个人。当他们的脸露出水面时,他把手指放到了嘴唇上。太晚了,科勒尔已经咳嗽了一声,吐了口痰。邦德面带苦相,着急地朝主河道点了点头。他们都凝神听着。一片死寂。然后那个轻轻的嗖嗖声又开始响了起来。不管是什么人,此刻他正朝侧面的通道走进来。三个人重又把竹管含进嘴里,轻轻把头埋进水里。

在水里,邦德把头靠在泥上,左手捏着鼻孔,噘嘴含着竹管。他知道这水潭已经被搜查过一次了。他感觉到了狗游动时搅动的水流。那一次他们没有被发现。这次他们还逃得掉吗?这一次搅动起来的泥浆不太可能再从水潭里渗出去了。如果这个搜查的人看见颜色更深的褐色斑迹,他是会朝那儿开枪还是往那儿捅一刀?他手里有什么武器?邦德打定主意,他不能冒险。一旦他身边的水里出现任何的动静,他就会站起来开枪,希望能有好的结果。

邦德躺在那儿,集中了全部的注意力。憋着呼吸真是让人难受,小虾们不停地轻咬更是让人抓狂!幸运的是他们身上都没有伤口,不然这些该死的东西肯定会盯着伤口咬。但那姑娘的主意的确不错,没有这个办法,不管他们躲到哪儿那些猎狗都会找到他们。

邦德的身体猛然收缩了一下。一只胶鞋踩到他的胫骨,滑向了一边。那人会以为是踩到了树枝吗?他不能冒这个险了。邦德猛地一下蹿了起来,把竹管吐掉。

匆忙中他瞥见一个巨大的身体几乎就站在他身上,一支来复枪的枪托挥动起来。他抬起左手护住自己的头,感到自己的小臂一阵钻心的痛。与此同时,他的右手猛地向前一挥,当他的枪口碰到那人的左胸时,他扣动了扳机。阳光下那人的脑袋只是一个没有头发的光环,而他的胸脯也在闪闪发光。

Dr. No

枪的冲击力，被那人的身体一挡，差点儿折断了邦德的手腕，但同时那人也像一棵被砍断的树一般猛地向后倒进了水里。他倒下去的瞬间邦德瞥见他身体的一侧有一个巨大的裂口。那人的长筒橡胶靴扑腾了一下，脑袋，一个华裔黑人混血的脑袋，露出了水面，眼睛翻着，水从张着的嘴里喷出来，像是在叫喊，却发不出声来。然后那脑袋又沉了下去，除了一堆沾满泥浆的泡沫和一个开始顺流渗去、慢慢变大的红色斑点，一切都不见了。

邦德抖动了一下。他转过身来，科勒尔和那姑娘都站在他身边，浑身淌着水。科勒尔咧大嘴笑着，而那姑娘则用手捂着嘴，眼睛惊恐地瞪着变红了的河水。

邦德简短地说："很抱歉，哈妮，但我只能这么做。他就在我们上面。来吧，我们走。"他粗鲁地抓起她的胳膊，把她从那地方推开，推到主河道上，直到他们来到红树林隧道开始的地方，那片没有遮挡的河面，才停了下来。

四周又变得空空荡荡了。邦德瞟了一眼手表。它停在了3点钟。他看了看西沉的太阳。现在可能是4点了。他们还要走多远？邦德突然感到很累。现在他打乱了他们的计划。即使没有听见枪声——枪声被那人的身体和红树林很好地压制住了——当其他人在河口集合等着被接上船的时候——如果科勒尔猜想得没错的话——他也会被发现失踪了。他们会沿河回来找那个失踪的人吗？很可能不会。等他们确定他失踪了的时候，天色已晚了。他们会在第二天早晨再派一支搜寻队伍来。猎狗们很快就会发现他的尸体。然后呢？

那姑娘拽了拽他的衣袖。她生气地说:"是时候告诉我这一切都是怎么回事了!为什么所有人都想互相残杀?你是什么人?我不相信那些关于鸟的鬼话了。没有人会拿着左轮手枪去找鸟。"

邦德低头看着那双愤怒的、分得很开的眼睛。"对不起,哈妮。我恐怕是把你卷进了一点小麻烦里。今天晚上等我们到了营地之后,我会把一切都告诉你的。像现在这样跟我搅和在一起,你只能认倒霉了。我跟这帮人在进行一场战争,他们好像要干掉我。现在我感兴趣的只是确保我们所有人都安全离开这个岛,不要再有其他人受到伤害。我现在已经有了足够的证据,下次我可以光明正大地从正门进来了。"

"你什么意思?你是个警察还是什么?你想把那个华裔送进监狱?"

"差不多吧,"邦德低头对她笑道,"至少你是站在正义一方的。现在你告诉我件事吧。还要走多久才能到那营地?"

"哦,大概一个小时吧。"

"那是个藏身的好地方吗?他们在那儿容易发现我们吗?"

"他们必须穿过那个湖,或者是沿河而上。只要他们不派他们的龙来追我们就没事。那龙能在水里走。我看到过。"

"哦,"邦德圆滑地答道,"真希望那龙尾巴会疼。"

那姑娘哼了一声。"好吧,什么都懂先生,"她生气地说,"你就等着吧。"

科勒尔水花四溅地从红树林里跑了出来。他手里拿着一把来复枪,抱歉地道:"多一把枪没什么坏处,上尉。看起来我们需要多一把枪。"

邦德把枪接过来。那是一把美国陆军雷明顿1300卡宾枪。这帮人显然选对了武器。他把枪递回给科勒尔。

科勒尔的话回应了他的想法。"这是一帮狡猾的家伙，上尉。那个人肯定是悄悄地跟在其他人后面，等我们在狗走了之后出来的时候抓住我们。他肯定是个狡猾的狐狸，那个博士。"

邦德若有所思地说："他绝对是个人物。"他耸耸肩，赶走自己的胡思乱想，"我们走吧。哈妮说还要一个小时才能到营地。最好靠左岸走，这样能借助点山体的掩护。我们现在已经知道了，他们有望远镜瞄着这条河。"邦德把自己的枪交给科勒尔，科勒尔把枪塞进湿漉漉的背包里。他们出发了，还是科勒尔走在前面，邦德和那姑娘一起走在后面。

他们能够从西岸的竹子和树丛得到一些阴凉，但现在他们不得不面对那灼热的风的全力冲击了。他们往胳膊和脸上泼了些水，以减轻一点灼伤。邦德的眼睛因为强烈的阳光而布满了血丝，胳膊上被枪托击打的地方痛得让他难以忍受。而且，他也根本不想吃那顿只有浸湿的面包、奶油和咸肉的晚餐了。他们能睡多久？他昨晚没睡多长时间。今晚看起来还得按昨晚的分工轮流值班。那姑娘怎么样？她并没有参与值班，他和科勒尔必须轮流守夜。然后就到了明天。再次钻进红树林里，慢慢穿过岛的东端，回到藏匿独木舟的地方。看起来就是这样了。然后第二天晚上再划船回去。邦德想了想在密实的红树林里砍出一条五英里通道的滋味。这都是一番什么景象呵！邦德脚步沉重地往前走，心里想着M所说的"阳光下的假日",他现在可是有东西来跟 M 分享了。

河面慢慢变窄了,直到成了竹林间的一条小溪流。然后,它又开阔起来,变成一个沼泽般扁平的河湾,河湾之外便是五平方英里的浅湖,像一面偶有褶皱的蓝灰色镜子一般向岛的另一侧蔓延开去。再往外,便可以看到简易机场的微光和太阳在那唯一的飞机棚顶上的反光了。姑娘告诉他们靠东走,他们沿着树丛内侧慢慢向前跋涉。

科勒尔突然停住了,他的脸像只猎犬似的指向他面前的沼泽地。泥地里有两道平行的深槽,中间另有一道模糊点儿的槽。那是从山上下来的,穿过沼泽走向湖边的某种东西留下的痕迹。

那姑娘冷冷地说:"那就是龙来过的地方。"

科勒尔翻了白眼斜视着她。

邦德慢慢沿着痕迹往前走。外面的两道槽很光滑,有锯齿状的弧线。它们可能是车轮留下的,但沟槽非常宽——至少有两英尺宽。中间的那道槽形状一样,但只有三英寸宽,大约是汽车轮胎一半的宽度。这些沟槽没有任何踩踏的痕迹,而且是新近留下的。它们沿着一条笔直的线往前延伸,它们经过的树丛都被压扁了,像是有一辆坦克从它们身上辗过一样。

邦德无法想象是一种什么样的车辆——如果是辆车的话——弄出了这些痕迹。那姑娘用胳膊肘轻轻推推他,怒气冲冲地低语道:"我跟你说了吧。"而他只能若有所思地说:"嗯,哈妮,如果它不是龙,那它也是一种我从来没有见过的东西。"

又往前走了走之后,她紧急地拽了拽他的衣袖。"看!"她低语道。她指着一大片树丛,那些沟槽从树丛旁边穿过。那些树都没了树叶,全烧黑了。在树丛中央,有被烧焦的鸟巢的残迹。"它冲它们吹了口气。"她兴奋地说。

邦德走到树丛边,仔细打量着那些树。"没错。"他承认道。为什么偏偏是这个树丛被烧掉了?真是太奇怪了。

那些沟槽突然转变方向,朝湖边而去,直至消失在水中。邦德本想继续跟踪下去,但又觉得没必要让自己暴露。他们继续向前跋涉,沉浸在各自不同的心思里。

太阳开始慢慢落山,终于,那姑娘向前一指,邦德可以穿过树丛看到一处长长的沙嘴,一直延伸到湖边。在它中间隆起的部分有密密的马尾藻丛。半路上,大约离岸边一百来米的地方,有一处有着茅草屋顶的小屋的废墟。它看上去像是一处过夜的好地方,而且它两侧都有水,能提供很好的保护。风已经停了,水面很安静、诱人。经过了几个小时泥浆中嘎吱嘎吱的跋涉,呼吸着河里和沼泽之后,能脱掉他们脏兮兮的衣服,在湖里洗个澡,能够躺在坚实、干燥的沙地上,是一件多么惬意的事!

太阳闪耀着金黄色的光芒,落到了山后。岛的东端还充满着生机,但那座圆锥形小山的阴影正慢慢地越过湖面,很快就会蔓延开来,把那线生机吞没。青蛙们开始鸣叫起来,声音比在牙买加的更大,直到沉沉的暮色把它们的声音压了下去。在湖的对面,一只公蛙开始鼓噪起来。那怪异的声音介乎于手鼓声和猿猴的吼叫之间。它发出简短的讯息,旋即又被闷住了。很快它便不出声了。它已经找到了它发出讯息所要找寻的东西。

他们来到了沙嘴的颈线位置,沿着一条小路排成一列往前走。他们来到小屋的废墟所在的空地。小屋是用编条筑成的,已经被完全摧毁了。那些宽大的、神秘的沟槽从水里延伸出来,在小屋的两边,在空地中间,在附近的树丛中,到处都是,仿佛那东西,不管它是什么,曾经在这地方乱窜一气。很多树都被烧坏甚至烧焦了。有一处残留的、用珊瑚块做成的火炉旁还散落着几口锅和几个空罐头盒。他们在废墟中翻找,科勒尔挖出了几个没有打开的亨氏猪肉和青豆罐头。那姑娘找到了一个皱巴巴的睡袋。邦德则发现了一个小皮钱包,里面装着五张一美元的钞票、三张牙买加英镑和一些银币。那两个人显然离开得非常匆忙。

他们离开这地方,继续往前走,来到一处小沙地。透过灌木丛,越过水面,他们可以看到约两英里之外的山上有灯光闪烁。在东边,除了那在越来越暗的天色下闪着柔和黑色微光的水面之处,什么东西都没有。

邦德说:"只要我们不发出光,我们在这儿就没事。第一件事就是好好洗一洗。哈妮,我们在靠陆地的这一端,沙嘴的其他地方归你用。半小时后一起吃晚餐。"

那姑娘笑了。"你们会穿上衣服吧?"

"当然,"邦德说,"裤子。"

科勒尔说:"上尉,趁着还有光我把这些罐头打开,把过夜的东西准备好吧。"他在背包里翻了一阵:"你的裤子和你的枪。面包看上去不是太好了,但只是湿了,应该还能吃,而且可能明天早上就干了。我想今天晚上我们最好吃罐头,把奶油和猪肉留着。这些罐头太沉,而且我们明天要走很远的路。"

邦德说:"好吧,科勒尔。吃什么就交给你了。"他接过枪和潮乎乎的裤子,沿着他们来时的路走回浅浅的湖水之中。他找到一片坚实、干燥的沙地,脱下衬衣,走回河里,躺了下来。湖水没有盐分的刺激,但热得让人难受。他挖起几把沙子,像用肥皂一样用沙子擦了擦身,然后他躺下来,尽情享受这份安静和孤独。

星星开始出现了,闪着惨淡的光,这些星星昨夜曾照耀着他们来到这里,而那仿佛是一年之前了,这些星星明晚还将照耀着他们离去,而那仿佛将是一年之后了。这是一趟什么旅行啊!但至少已经有所回报了。现在他有了足够的证据和目击证人,回去找总督,对诺博士的活动进行一次正式的调查。没有人会随便对人使用机枪,哪怕是对擅自闯入的人。而且,按照同样的逻辑,诺博士究竟是因为什么闯进奥杜邦协会的租地,捣毁他们的资产,还可能杀害了他们的一个管理员也必须调查清楚。当他光明正大地回到这个岛上,也许坐着一艘驱逐舰,还带着一支陆战队特遣部队,他会发现什么呢?诺博士之谜的答案是什么?他在隐藏什么?他害怕什么?为什么私密性对他如此重要,以至于他要一次又一次地杀人?诺博士究竟是谁?

邦德听见右边的远处传来泼水声。他想起了那姑娘。说起来,哈妮切尼·赖德又是谁呢?至少这个,他边想边从水里爬到干地上,他今晚应该就能知道。

邦德穿上他湿乎乎的裤子,坐在沙地上,把枪拆卸开。他凭触觉拆着枪,用衬衣把枪的每一个部件和每一粒子弹都擦干。然后,他把枪重新组装起来,没有装子弹,扣动了一下扳机。声音听上去很正常。还有好几天它都不会生锈。他装上子弹,把枪塞进他裤腰带里面的枪套里,站起身来,走回空地。

暗影中的哈妮伸手拉他在她身边坐下。"快点,"她说,"我们都饿死了。我把一口锅洗干净了,用它煮了豆子。每个人都有满满的两把,还有一小团面包。我吃你的食物并不感到过意不去,因为你让我比我一个人的时候辛苦多了。来,伸出手来。"

听到她那命令的口气,邦德笑了。暮色中他只能看清她的轮廓。她的头发显得更有光泽了。他不知道她的头发干的时候梳理好会是什么样子。她那金色的、美丽的身体穿上干净的衣服会是什么样子?他可以想象她在"美丽沙漠"走进一个房间或者穿过草坪的样子。她会是一只美丽的、迷人的丑小鸭。为什么她一直没有把她那破损的鼻子治好?只要做个简单的手术就行了。那样的话,她会是牙买加最漂亮的姑娘。

她的肩膀蹭了蹭他。邦德伸出手,把手张开放在她膝盖上。她把他的手拿起来,把豆子倒进他手里,邦德感觉到凉凉的豆子填满了他的手掌。

突然间,他闻到了她身上那股暖暖的、野性的味道。它是如此令人心旌摇曳,以至于他的身体不由得朝她靠了过去,眼睛闭上了一会儿。

她笑了一声,笑声里既有害羞,也有满足,还有柔情。她说"好了",像母亲对孩子一般,把他装满豆子的手从她身上拿开,推了回去。

第十一章　在可怕的甘蔗地里

现在是 8 点钟左右,邦德想。除了远处青蛙们的鸣叫之外,四周非常安静。在空地远端的一角,他可以看到科勒尔在黑暗中的轮廓。他正把那把雷明顿枪拆卸开来擦干,发出一阵轻轻的叮当声。

远处鸟粪山上黄色的灯光穿过灌木丛在黑暗的湖面上投下喜庆的条纹。那讨厌的风已经停了,丑陋的景色笼罩在黑暗之中。天气很凉爽。邦德的衣服已经在身上干了。那三大把食物已经让他的胃温暖了起来。他感到舒服、困倦而平静。明天还很远,除了大量的体力消耗之外也不会带给他们什么麻烦。生活突然间让人感觉轻松而美好。

那姑娘躺在他身边的睡袋里。她平躺着,脑袋枕在手上,望着满天的星星。他只能看清她脸的轮廓,像一汪白色的水。她说:"詹姆斯,你答应告诉我这一切都是怎么回事的。来吧。你不说我就不睡。"

邦德笑了:"你告诉我我就告诉你。我想知道你的一切。"

"我不介意。我没有任何秘密。不过得你先说。"

"那好吧。"邦德把膝盖收起来抵着下巴,胳膊抱着膝盖,"是这么回事。我像是某种警察。每当世界上某个地方发生什么奇怪的事,其他人都不管的时候,他们就会把我从伦敦派出来。嗯,不久之前,总督在金斯敦的一个手下,一个叫斯特兰韦斯的人,我的一个朋友,失踪了。他的秘书,一个漂亮姑娘,也失踪了。大多数人都认为他们是一起私奔了。我不认为,我……"

邦德把这件事简单地描述了一下,把人物分为好人和坏人,就像是从书里看来的一个冒险故事。他结束道:"所以你现在明白了,哈妮,这只是明天晚上回牙买加的问题,我们三个人一起坐独木舟,然后总督会听我们的建议,派很多士兵来抓住这个华裔,让他坦白交代。我想那意味着他会被送进监狱。他也知道这一点,这就是他试图阻止我们的原因。就是这样,现在轮到你了。"

那姑娘说:"你的生活好像非常刺激。你妻子不可能喜欢你总在外面。她不担心你受伤吗?"

"我没结婚。唯一担心我受伤的人是我的保险公司。"

她试探道:"但我想你有姑娘吧?"

"没有固定的。"

"哦。"

他们停顿了一下。科勒尔走了过来。"上尉,如果可以的话我值第一班吧。在沙嘴尖那儿。半夜的时候我过来叫你。然后你值班到 5 点,然后我们就走。必须在天亮之前远离这个地方。"

"可以,"邦德说,"一发现什么就叫醒我。枪没问题吧?"

"没问题。"科勒尔乐呵呵地答道。他说:"好好睡,小姑娘。"说得话中有话,然后便悄无声息地融入了黑暗之中。

"我喜欢科勒尔。"那姑娘说。她停了一下,然后又说:"你真的想了解我吗?没有你的故事那么刺激。"

"当然想。别省掉任何东西。"

"没什么可省的。一张明信片背后就可以写下我全部的生活。首先,我从没出过牙买加。我一辈子都住在北海岸靠近摩根港的一个叫'美丽沙漠'的地方。"

邦德笑了。"太巧了。我也住在那儿,至少目前是。我在那儿没见到过你。你住在树上?"

"哦,我想你是住在海边的房子里。我从来没到那附近去过。我住在'大宅'。"

"但那什么也没剩下了,只是甘蔗地中间的一片废墟。"

"我住在地窖里。我从五岁起就住那儿了。当时大宅被烧掉了,我父母也死了。我对他们什么也不记得了,所以你不用说对不起。一开始我跟我的黑人保姆一起住在那儿。我十五岁的时候她死了。过去五年都是我一个人住在那儿。"

"天哪。"邦德很是吃惊,"但是,就没有其他任何人照顾你吗?你父母没留下点钱?"

"一分钱都没有。"姑娘的口气里没有丝毫痛苦——只有骄傲,如果有任何东西的话只有骄傲,"你知道吗?赖德家族是牙买加最古老的家族之一。赖德家族的第一个人是签署查尔斯国王死刑执行令的人之一,因此克伦威尔把'美丽沙漠'赐给了他。他建起了'大宅',我的家人从此就一直住在那儿。然后蔗糖业崩溃了,而且我猜那地方本身也经营得不好,等到我父亲继承它的时候它什么也没剩下了,除了债务——抵押之类的。所以等到我父母死的时候那地方就被卖掉了。我不在乎,我当时还太小。我的保姆绝对是个了不起的人。那些牧师和律师,都想让人收养我,但保姆把那些家具烧剩下的木条木棍都收拾起来,我们就在废墟里安顿下来,过了一阵子就没有人来打扰我们了。她在村里干一些针线和洗衣的活儿,还种了点大蕉、香蕉之类的,在老房子旁边还有一棵很大的面包果树。牙买加人吃什么我们就吃什么。而且我们四周到处都是甘蔗,她还做了一个捕鱼笼,以前我们每天都会去取。一切都还过得去。我们有足够的吃的。她还想办法教会了我读书和写字。火灾后剩下了一大堆老书,里面还有一本百科全书。大约我八岁的时候从 A 字头的词条开始学起,现在已经学到 T 字头的中间了。"为了维护自尊,她又补了一句,"我敢打赌我对很多东西都比你懂得多。"

"那是肯定的。"邦德的心思沉浸在一幅图画之中:一个黄头发的小姑娘在废墟中嗒嗒地跑,一个坚强的黑人老太太照看着她,喊她回去做功课,而这些功课对她来说也同样如同天书一般。"你的保姆肯定是个了不起的人。"

"她是我最亲爱的人。"那是一句非常肯定的描述,"她死的时候我以为我也会死。那之后生活就没有那么有意思了。以前,我过着一个孩子的生活,然后我突然间必须要长大,什么都得自己干。

而男人都想抓住我、伤害我,他们说他们想和我做爱。"她停了一下,"我以前挺漂亮的。"

邦德认真地说:"你是我见过的最漂亮的姑娘之一。"

"就这鼻子?别傻了。"

"你不明白。"邦德尽力找一些她能相信的说辞,"当然,谁都看得出你的鼻子破了,但今天早晨之后我几乎注意不到了。你看一个人的时候,你看的是他的眼睛或者是他的嘴。表情都在那些地方。一个破鼻子并不比一个歪耳朵更严重。鼻子和耳朵只是脸的一小部分。有些人的鼻子和耳朵比其他人的更漂亮一些,但它们远没有其他东西重要。它们只是脸的背景的一部分。如果你有一个跟你身体其他部分一样漂亮的鼻子,你就是牙买加最漂亮的姑娘了。"

"你说真的?"她的声音很急切,"你觉得我可以漂亮?我知道我有些地方还行,但我一照镜子,除了我的破鼻子以外,我几乎什么都看不见。我肯定这就像那些,那些——嗯——有点畸形的人一样。"

邦德不耐烦地说:"你不是畸形!别这么乱说。而且不管怎么样,只要做个简单的手术你就可以把它治好了。你只要去美国,一个星期就能做好。"

她生气地说:"你让我怎么做得到?我在地窖的一块石头下面藏着十五美元。我全部的家当只有三条裙子、三件衬衣、一把刀和一个捕鱼笼。那些手术我都知道,玛丽亚港的一个医生替我查出来的,他是个好人。他写信去了美国。你知道吗?要治好我得花大约五百美元,还有去纽约的路费、住院的费用和其他所有的费用?"她的声音变得绝望了,"你让我上哪儿去找这么多钱?"

关于怎么解决这件事邦德已经打定了主意。此刻他只是柔声地说:"嗯,我想总有办法的。但不管怎么样,接着说你的故事吧。很有意思——比我的有意思多了。你已经说到你的保姆去世的地方了。之后发生了什么?"

那姑娘犹犹豫豫地又开始说起来。

"哼,打断我是你的错。而且你也不应该谈你根本就不懂的事。我想别人都会告诉你说你长得很好看。我想你要什么姑娘都有。哼,如果你有个斜眼或是兔唇什么的,你就不会有了。事实上,"他能听出她声音里的笑意,"我想等我们回去之后我就会去找巫师,让他给你施个咒,给你点那样的东西。"她讪讪地补了一句,"那样我们就会更像了。"

邦德伸出手去,用手摸了摸她。"我有其他的计划,"他说,"不过,快说吧。我想听剩下的故事。"

"好吧,"姑娘叹了口气,"我得往回说一说。你知道,所有的财产都在甘蔗地里,而那老房子就在甘蔗地中间。嗯,他们每年砍甘蔗两次,然后把甘蔗送到磨坊。他们这么做的时候,生活在甘蔗地里的所有野兽、昆虫之类的都会惊慌失措,大多数都会巢穴被毁、性命不保。砍甘蔗的时候,它们中有一些会选择逃到老房子的废墟里躲起来。一开始保姆很害怕它们,獴、蛇、蝎子之类的,但我把地窖的一些房间变成了它们的窝。我不害怕它们,它们也从不伤害我。它们好像知道我是在照看它们。它们肯定是把这件事告诉了它们的朋友什么的,因为过了一阵它们全都很自然地成群结队跑到它们的房间,在那儿安顿下来,直到甘蔗苗开始重新长出来。然后它们又会成群结队地跑出去,回到甘蔗地里去生活。它们待在我们这儿的时候,我把我们能剩下的食物给它们吃,它们表现得也很好,除了有些臭味,有时候相互之间打打架。但它们在我面前都很温顺,它们的孩子也是,我对它们做什么都行。当然,那些砍甘蔗的人也发现了这一点,看见我脖子上缠着蛇之类的到处走,他们害怕我,以为我是巫婆,所以他们完全不来打扰我们了。"她停了一下,"我就是这样了解到野兽和昆虫的很多东西的。我以前有很多时间都是在海里度过的,也是为了解海里的动物。这跟鸟类也一样。如果你知道这些动物爱吃什么、害怕什么,如果你所有的时间都跟它们在一起,你就能跟它们交朋友。"她抬眼看着他,"你不知道这些东西损失可大了。"

"恐怕是的,"邦德真心实意地说,"我想它们比人类要善良、有趣得多。"

"这我不知道,"那姑娘若有所思地说,"我不认识多少人。我遇到的大多数人都很讨厌,但我想他们也可能很有趣。"她顿了一下,"我从来没有真正想过像喜欢动物一样喜欢他们。保姆除外,当然。直到……"她停住了,害羞地笑了笑,"嗯,不管怎么样,我们开心地生活在一起,直到我十五岁。那一年保姆死了,然后情况就不一样了。有个叫曼德的男人,一个很可怕的家伙。他是个白人,甘蔗地主人的监工。他老是来找我。他想让我搬到他在玛丽亚港附近的房子去住。我讨厌他,以前每次听见他的马穿过甘蔗地我就会躲起来。有一天晚上,他是走着来的,所以我没听见。他喝醉了。

他走进地窖,跟我打了起来,因为我不肯做他想让我做的事。你知道的,相爱的人之间做的事。"

"哦,我知道。"

"我想用刀杀了他,但他很强壮,他用尽全身力气打我的脸,把我的鼻子打坏了。他把我打晕过去了,我想后来他对我做了一些事。我意思是我知道他做了。第二天,当我看见我的脸,发现他所做的事,我想杀了我自己。我以为我会怀上一个孩子。如果我真的怀上了那个家伙的孩子我肯定会自杀的。不管怎么样,我没有,事情也就这样了。我去找医生,他尽力帮我治了鼻子,而且没收我一分钱。我没告诉他其他的事。我感觉太丢人了。那人没有再回来,我等待着,什么也没做,一直到下一次砍甘蔗的时候。我有我的计划。我在等待'黑寡妇'蜘蛛到我家来藏身。终于有一天它们来了。我抓住最大的一只母的,把它关在一个盒子里,什么也不给它吃。那些母蜘蛛很毒。然后我等到一个没有月亮的、漆黑的夜晚。我拿着装蜘蛛的那个盒子,一直走到那人住的地方。天色非常黑,我害怕路上会遇到鬼,但没有看见。我在他花园里的树丛里等待着,看着他上了床。然后我爬上一棵树,爬到了他家的阳台。我在那儿等着,直到听见他打鼾,然后我从窗户爬了进去。他光着身子在蚊帐里躺着。我把蚊帐的边掀起来,把盒子打开,把蜘蛛倒到了他肚子上。然后我就走了,回了家。"

"天哪!"邦德佩服地说,"然后他怎么了?"

她开心地说:"他熬了一个星期才死,肯定非常痛。黑寡妇咬人非常痛的,你知道。巫师说没有什么东西能比得上它。"她顿了一下,邦德没有说话,她着急地说,"你不会觉得我做错了吧?"

"这不能养成习惯,"邦德温和地说,"但我不能说我觉得你这么做不对。后来又怎么样了?"

"哦,后来我就又安顿下来了。"她的口气没有任何感情色彩,"我的心思必须集中在找到足够的食物上,当然,我最想做的就是存钱把我的鼻子弄好。"她急切地说,一心想让他相信,"我的鼻子以前真的很漂亮。你觉得医生能把它恢复成以前的样子吗?"

"他们能把它做成任何你喜欢的样子。"邦德肯定地说,"你靠什么挣钱?"

"是百科全书教的。书里告诉我说有人收藏贝壳,说珍稀贝壳能卖钱。我跟当地学校的校长聊了聊,当然没告诉他我的秘密。他发现有一本专门为贝壳收藏者办的美国杂志叫《鹦鹉螺》。我的钱正好够订上一本,然后我开始找人们在广告里说他们想要的贝壳。我给迈阿密的一个交易商写了封信,然后他开始从我这儿买贝壳。真是太妙了。当然,一开始我犯了一些愚蠢的错误。我以为人们会喜欢最漂亮的贝壳,但不是,很多时候他们喜欢的是最难看的。还有,当我找到一些很难得一见的贝壳之后,我都会把它们洗干净,擦亮,让它们变得更好看些。这也是错误的。他们想要的是贝壳刚从海里出来时的样子。所以我从医生那儿弄了点福尔马林,把它洒在活的贝壳上,防止贝壳发臭,然后就这样寄给迈阿密的那个人。我大概一年前才弄明白,到现在已经挣了十五美元了。我算了一下,既然现在我已经知道他们到底喜欢什么样的贝壳了,如果运气好的话,我应该至少一年能挣五十美元。这样的话十年之后我就可以去美国做手术了。然后,"她开心地咯咯笑起来,"我太走运了。我到了蟹角岛。我以前也来过,但圣诞节前的那一次,我发现了这些紫色的贝壳。它们看起来不起眼,但我寄了几个到迈阿密,那个人马上就回了信,说一个完整的贝壳他可以出五美元,有多少要多少。他说我绝对不能把这些贝壳生活的地方告诉别人,不然我们就会,按他的说法,'破坏市场',价格就会下来。这就像拥有一个自己的私人金矿。现在我可能在五年之内就能攒够钱了。这就是为什么我看见你在我的海滩上的时候对你非常疑心的原因。我以为你是来偷我的贝壳的。"

"你吓了我一跳。我以为你肯定是诺博士的女朋友。"

"非常感谢。"

"不过等你做完了手术,你会做什么?你不可能一辈子都一个人生活在地窖里。"

"我想我会去做应召女郎。"她说这个词就像说"护士"或者"秘书"一样。

"哦,你这是什么意思?"也许她不知从哪儿听到了这个词但根本不明白它的意思。

"做一个有漂亮的房子和漂亮的衣服的那种女孩。你知道我的意思。"她不耐烦地说,"男人给她们打电话,然后过来跟她们做爱,然后付钱给她们。在纽约她们做一次能赚一百美元。我想我应该就从那儿做起。当然,"她坦白说,"一开始我可能要价不能那么高。在我学会怎么做好之前。你给那些没有经验的姑娘多少钱?"

邦德笑了。"我真的不记得了。我很久没有做过这种事了。"

Dr. No

她叹了口气。"没错,我想你一分钱都不用花,要多少女人就有多少女人。我想只有丑男人才会花钱干这个。但这也是没有办法的事,在大城市里任何工作都是很难的。做一个应召女郎至少你挣的钱会多得多。然后我就能回到牙买加,把'美丽沙漠'买下来。我能有足够的钱找一个好丈夫,生几个孩子。既然我现在找到这些维纳斯贝壳了,我算了一下,我可能三十岁的时候就能回牙买加了。真是太妙了,对不对?"

"我喜欢你计划的最后部分,但开头的部分我就说不好了。不管怎么样,你是从哪儿听说应召女郎这些事的?百科全书C字头词条里有这个?"

"当然不是,别傻了。大约两年前在纽约发生了一件有关她们的大案子。有一个有钱的花花公子叫杰尔克。他手下有一大帮女孩。在《搜集日报》上有很多关于那件案子的报道。他们把价格什么的都写出来了。不管怎么样,在金斯敦有成千上万这样的女孩,只是都没有那么好。她们只收五先令,而且她们没地方可去,只能在树丛里。我的保姆告诉了我关于她们的事。她说我长大了不能像她们一样,不然我会很不开心的。只有五先令我当然会不开心,但是一百美元……"

邦德说:"那些钱你不可能都得到。你得有个经纪人什么的来帮你找男人,然后你还得贿赂警察别找你麻烦。而且一旦出点什么事,你很容易进监狱。我真的不觉得你会喜欢这种工作。我告诉你吧,既然你对野兽和昆虫之类的懂得那么多,你可以在美国的动物园里找一份很好的、照顾动物的工作。或者到牙买加学院怎么样?

我肯定你会更喜欢这样的工作的。这样你也同样可以遇见一位好丈夫。不管怎么样,你不能再想做应召女郎的事了。你有一副漂亮的身体,你必须把它留给你爱的男人。"

"书上都这么说,"她半信半疑地说,"问题是在'美丽沙漠'没有可以爱的男人。"她不好意思地说,"你是我说过话的第一个英国男人。我从一开始就喜欢上你了,我根本就不介意告诉你这些事。我想如果我能出去的话,应该还有很多人我会喜欢。"

"当然有,成百上千。而且你是一个很了不起的姑娘。我一看见你就是这么想的。"

"看见我的屁股,你意思是。"她的声音变得昏昏欲睡了,但充满了开心。

邦德笑了。"嗯,那是个很好看的屁股。另一面也很好看。"想起她的样子,邦德的身体开始躁动起来,他粗声说,"好了,哈妮。该睡觉了。等我们回到牙买加还多得是时间聊天。"

"是吗?"她困倦地说,"你保证?"

"我保证。"

他听见她在睡袋里翻动。他低头看了看。他只能看见一个白色的轮廓朝他转了过来。她像个孩子一样睡着前深深地打了个呵欠。

空地上很安静。天变凉了。邦德把头搁在收起的膝盖上。他知道努力睡觉是没有用的。他满脑子都是今天发生的事和闯进他生活的这个不同寻常的女人猿泰山。她就像是一只可爱的野兽粘上了他。在帮她解决掉她的问题之前,他是不可能放掉拴在她身上的皮带的。他很清楚这一点。当然,大多数问题解决起来是没有什么困难的。他可以替她安排手术——甚至,在朋友的帮助下,给她找一份体面的工作,安个家。他有这个钱。他可以给她买衣服,给她做头发,让她在外面的大世界里有一个好的起步。那会很有意思的。但是,另一面怎么办?他对她的生理欲望怎么办?他不能跟一个孩子做爱。但她是个孩子吗?她的身体、她的性格没有一点孩子气的地方。她已经长成熟了,而且非常聪明,以她的方式。她比邦德见过的任何一个二十岁的姑娘都更能照顾自己。

邦德的思绪被打断了,她伸手拽了拽他的衣袖。她轻声说:"你为什么不睡觉?你冷吗?"

"不,我很好。"

"睡袋里很暖和。你想进来吗?有的是地方。"

"不,谢谢了,哈妮。我没事的。"

她顿了一下,然后,几乎是耳语般地说:"如果你在想……我意思是——你不一定非要跟我做爱……我们可以背对面睡觉,你知道的,就像一把勺子。"

"哈妮,亲爱的,你睡吧。那么做当然很好,但不是今晚。我很快就要去接科勒尔的班了。"

"哦,知道了。"她的声音听上去很不情愿,"也许等我们回到牙买加之后吧。"

"也许吧。"

"你保证。你不保证我就不睡。"

邦德无可奈何地说:"我当然保证。现在睡吧,哈妮切尼。"

她胜利地低语道:"现在你欠我一次劳役了。你保证了的。晚安,亲爱的詹姆斯。"

"晚安,亲爱的哈妮。"

第十二章　那东西

有人着急地抓了一下邦德的肩膀。他立即跳了起来。

科勒尔火急火燎地低语道:"有东西从水上过来了!肯定是那条龙!"

那姑娘也醒了。她着急地问道:"出什么事了?"

邦德说:"待在那儿,哈妮!别动。我马上回来。"他穿过远离山那一侧的树林,沿沙滩跑过去,科勒尔跟在他身边。

他们来到沙嘴的顶端,离空地大约有二十米远。他们在尚有树林遮掩的地方停了下来。邦德把树枝拨开,往外望去。

那是什么?半英里之外,一个非常难看的东西正越过湖面而来,它有着两只橘黄色的眼睛和黑色的瞳孔。在两眼之间,嘴的位置,飘动着一米来长的蓝色火焰。在星星的灰光下,可以看见那东西有一个半球形的脑袋,下面有两支短短的、蝙蝠似的翅膀。那东西发出一种低沉的、哀鸣般的吼叫声,压住了另一种噪音,一种低沉的、有节奏的砰砰声。它正以大约每小时十英里的速度朝他们走过来,后面拖着一条奶油似的尾迹。科勒尔低语道:"天哪,上尉!这可怕的东西是什么?"

邦德站了起来。他简短地说:"我不知道具体是什么,像是某种牵引机似的东西,伪装成这样吓人的。它靠一台柴油发动机工作,所以你不用想什么龙的事了。我们等着瞧吧。逃跑是没用的。这东西太快了,我们跑不过它,而且我们知道它可以越过红树林和沼泽,必须在这儿跟它打。它的弱点在哪儿?驾驶员,当然他们会有保护,我们不知道保护到什么程度。科勒尔,等它到两百码远的地方你就开始朝顶上的那个半球开枪。瞄准一点,不停地打。等它到五十码远的地方,我就打它的前灯。它不是在轨道上运行的,肯定有某种巨大的轮胎,很可能是飞机轮胎。这也交给我了。你待在这儿。我再往前走十码。他们可能会回击,我们必须让子弹避开那姑娘,没问题吧?"邦德伸手捏了捏科勒尔那宽大的肩膀,"别太担心。别琢磨龙的事了。这不过是诺博士的一个小玩意。我们把驾驶员干掉,抢了这该死的东西,开着它去海边。省得我们走路了。好吗?"

科勒尔笑了一下。"好的,上尉。既然你这么说了。但我真的希望老天爷也知道它不是什么龙!"

邦德沿着沙滩跑下去。他穿过树丛,直到找到一块开阔的射击地域。他轻声喊道:"哈妮!"

"在这儿,詹姆斯。"来自附近的回答显然是松了口气。

"在沙子上挖个洞,就像我们在海滩上做的那样,躲在最密的树根后面,钻进洞里躺下来。等会可能会有交火。别担心龙的事了,那只是一辆伪装起来的汽车,里面有诺博士的人。别害怕,我离你很近。"

"好的,詹姆斯。小心点。"她的声调因为恐惧而尖尖的。

邦德一条腿在树叶和沙子上跪下来,眯眼向外望去。

现在那东西离他们只有大约三百码远了,它那黄色的前灯把沙嘴照亮了。它的嘴里还有蓝色的火焰飘出来,火焰是从一根长长的管子里冒出来的,管子上画着张开的下巴,涂着金色的油漆,让它看上去像龙嘴。火焰喷射器!这样被烧毁的树林和看鸟人的故事就好解释了。这装置现在是挂在空挡。当压缩机放开的时候它的射程有多远?

邦德不得不承认,当这东西咆哮着在浅湖里前行的时候,看上去的确挺可怕。它显然就是设计来吓人的。要是没有柴油机的砰砰声告诉邦德它不是什么超自然的东西,他也会被吓住。对当地的闯入者来说,这东西是有毁灭性的,但是,对于带着枪的、没有惊慌失措的人来说,它会不会脆弱一些呢?

他马上就有了答案。科勒尔的雷明顿步枪啪地响了起来。半球形的舱室上冒出一颗火星,发出一声沉闷的叮当声。科勒尔打出另一个单发,然后射出一个连发。子弹打在舱室上砰砰作响,但没任何效果。甚至连速度都没减。那东西继续往前碾过来,稍微调整了一下方向,冲着开枪的地方压过来。邦德把他那把史密斯韦森架在小臂上,仔细瞄准。那枪低沉的嘭嘭声盖过了雷明顿的嗒嗒声。

一只前灯被打碎,熄灭了。他冲另一只前灯开了四枪,第五枪,也是弹夹里的最后一粒子弹,才打中。那东西根本不在乎,它直接朝科勒尔藏身的地方碾过去。邦德重新装上子弹,开始朝伪装的黑金色翅膀下的巨大轮胎射击。他们的距离只有三十米远了,而且他敢发誓他好几次都打中了最近的轮胎,但都没有效果。实心橡胶轮胎?邦德第一次感到了恐惧,皮肤一阵发紧。

他重新装上子弹。这该死的东西后面是不是脆弱一些?他应不应该冲出来,跳进湖里,尝试爬到它上面?他在树丛里往前跨了一步。然后他僵住了,一动也不能动。

突然之间,从那滴着油的管子里喷出一团尖端发黄的蓝色火焰,号叫着奔科勒尔的藏身之处而去。邦德右边的树丛腾起一团橘红色的火焰,传来一声怪异的尖叫,立刻又哽住了。炽热的火舌心满意足地缩了回去。那东西原地转动了一下,停住了。此刻它嘴里那个蓝色的孔直接对准了邦德。

邦德站在那儿,等待着自己悲惨的结局。他朝那致命的蓝色下巴望去,看见了管子深处的火焰喷射器通红的金属丝。他想到了科勒尔的尸体——他没有时间去想科勒尔这个人了——想象着那烧黑的、冒着烟的身体躺在熔化的沙子上的样子。很快,他自己也会像一把火炬似地燃烧。他也会发出一声尖叫,他的四肢也会抽搐一下,做出烧焦的尸体常见的跳舞般的姿势。然后就该轮到哈妮了。天哪,他都把他们带到什么境地了!他为什么会如此疯狂,要跟这个有着致命武器的人对抗呢?在牙买加,当那根长长的手指指向他的时候,他为什么没有听取警告呢?邦德咬紧了牙关。动作快点吧,你们这帮混蛋。把一切都了结了吧。

这时突然响起了麦克风的嗡嗡声。一个声音刺耳地咆哮道:"出来吧,英国佬。还有小姑娘。动作快点,不然你们也会像你们的伙伴一样到地狱被油煎了。"为了让他的命令更有说服力,火焰稍稍朝他喷了一下。邦德往后退了一步,避开那灼人的热浪。他感觉到那姑娘贴在了他背上。她歇斯底里地说:"我在那儿待不住了。待不住了。"

邦德说:"没事的,哈妮。待在我后面。"

他已打定了主意。没有其他选择了。即使最终还是逃不了一死,也不会比这种死法更糟糕了。邦德伸手抓住那姑娘的手,把她从身后拽到了沙地上。

那声音又嚷了起来。"站在那儿。好孩子。把玩具枪扔掉。别耍花招,不然螃蟹们可有煮熟的早饭吃了。"

邦德把枪扔了。再见了,史密斯韦森。打这种东西贝雷塔同样也管用。那姑娘抽泣起来。邦德捏了捏她的手。"坚持住,哈妮,"他说,"我们会想办法逃出去的。"邦德为自己的谎言而对自己冷笑了一下。

他听见一扇铁门哐当一声打开了。一个人从那半球形的东西后面跳进水里,朝他们走过来。他手里拿着把枪。他避开火焰喷射器喷射火焰的线路。那飘动的蓝色火焰照亮了他满是汗水的脸。他是一个华裔黑人混血,体形很高大,只穿着裤子。有什么东西在他左手晃荡着。等他靠近了,邦德看清了那是手铐。

那人在离他们几米远的地方停下了。他说:"把手伸出来。手腕靠在一起,然后朝我走过来。你先,英国佬。慢慢走,不然你会多出一个肚脐的。"

邦德照他说的做了。当他走到能闻到那人身上的汗味时,那人用牙咬住他的枪,伸出手咔嗒一声把手铐铐在了邦德手腕上。邦德仔细打量了一番那张脸,在蓝色火焰的照耀下那脸呈一种青铜色。那是一张凶残的脸,眼睛斜着,在冲他狞笑。"蠢货。"那人道。

邦德转身背对着那人,开始往远处走。他想去看看科勒尔的尸体。他必须去跟科勒尔说再见。枪声响了起来。一颗子弹激起了他脚边的沙子。邦德停下脚,慢慢转过身来。"别紧张,"他说,"我想去看看你们刚才烧死的那个人。我会回来的。"

那人放下了枪。他粗声笑了。"好吧。好好享受吧。很抱歉我们没有花圈。快点回来,不然我们把这小妞给烤了。两分钟。"

邦德朝那堆还在冒着烟的树丛走去。他到了那儿,朝下望去。他的眼睛和嘴唇都在抽动。没错,情况跟他想象得一模一样,甚至更糟。他轻声说:"对不起,科勒尔。"他用脚往沙地上踢了踢,然后用铐着手铐的手挖起一把清凉的沙子,把沙子撒在科勒尔残留的眼睛上。然后他慢慢走回来,站在那姑娘身边。

那人挥了挥手里的枪让他们往前走。他们绕到了那机器的后面。后面有一扇小小的方形的门。里面有个声音说:"进来坐在地上。别碰任何东西,不然打断你们的手指头。"

他们爬进那铁盒子。里面空间很小,他们只能把腿收起来才能坐下。拿着枪的那人跟着他们上来,砰地把门关上了。他打开一盏灯,在驾驶员旁边的铁椅上坐下。他说:"好了,山姆。我们走吧。"

你可以把火关了。天已经够亮了,能看见路了。"

仪表盘上有一排指针和开关。驾驶员身体往前一倾,扳下几个开关。他把机器挂上挡,透过他面前的铁墙上的一道窄窄的缝隙眯眼往外看了看。邦德感觉到那机器发动起来。随着发动机的转动越来越快,他们出发了。

那姑娘的肩膀靠着他的肩膀。"他们要带我们去哪儿?"她颤抖着低声说。

邦德转过头,看着她。这是他第一次看到她头发干的样子。这时她的头发虽然因为睡觉而弄乱了,却不再是一大把老鼠尾巴的样子。它们笔直地垂到她肩膀上,在那儿微微地朝里弯了进去。它是那种最淡的金黄色,在电灯下几乎是闪着银色的光。她抬眼看着他。她眼睛四周和嘴角的皮肤都因为恐惧而发白。

邦德满不在乎地耸了耸肩,尽管这种满不在乎他在内心中并没有真正感受到。他低声说:"哦,我想我们是去见诺博士。别太担心,哈妮,这些人不过是帮小土匪。诺博士会不一样。等我们见到他,你什么也别说。我来替我们俩说话。"他捏了捏她的肩膀,"我喜欢你头发的样子。我很高兴你没有把头发剪得太短。"

她脸上少了一些紧张。"你怎么还能想起这些事?"她半笑着对他说,"但我很高兴你喜欢我的头发。我每个星期用椰子油洗一次。"想起自己的另一种生活,她的眼睛变得泪汪汪的了。她把头低向自己带着手铐的手,以隐藏自己的眼泪。她几乎是对自己耳语道:"我要勇敢。只要你在这儿就会没事的。"

邦德移动了一下身体,让自己靠着她。他把戴着手铐的手举到眼前,仔细打量着。手铐是美国警用型的。他的左手比较瘦一些,所以他缩了缩左手,试图把它从那短而宽的钢圈中抽出来。尽管他手上有汗,也起不了什么作用,根本不可能抽出来。

那两个人坐在铁椅上,背对着他们,根本不理睬。他们知道一切都在他们控制之下。没有空间能让邦德制造任何麻烦。邦德站不起来,也不能够让自己的手获得足够的动力,用手铐对他们的后脑勺造成任何的伤害。如果邦德想办法把舱门打开,跳进水里,他能跑多远?他们立刻就能感觉到后背吹来了凉爽的风,把机器停下来,然后把他在水里烧死或者是抓他上来。他们根本就不担心他,他们知道他完全在他们控制之下,这让邦德很是生气。这些人很聪明,知道他构不成威胁,想到这一点邦德也很不舒服。更愚蠢些的人会举着枪坐在他身后,会笨手笨脚地把他和那姑娘绑得结结实实,甚至可能把他们打晕过去。这两个家伙很懂行,他们很专业,或者说已经被训练得很专业了。

那两个人相互也没有说话。没有闲聊,聊他们表现得如何聪明,聊他们要去哪里,聊他们多么多么累。他们只是安静地驾驶着那机器,高效率地完成着他们能够胜任的工作。

邦德还是不知道这装置到底是什么。在那黑金色的油漆和其他那些花哨的伪装之下,它是某种牵引车,但是一种他从来没见过或者听说过的类型。那些巨大的、光滑的橡胶轮胎,几乎有邦德身高的两倍那么高。因为天太黑,他在轮胎上没有看到任何商标,但它们肯定是实心的或者是填满了海绵橡胶。在后面有一个小小的后轮,用来保持平衡。还有一个铁鳍,被涂上了黑金色的油漆,来增加龙的效果。高高的挡泥板被延展成了短短的后掠的翅膀。一个长长的金属龙头被加在了散热器的前面,前灯的中心被涂上了黑色,造成"眼睛"的效果。也就是这些玩意儿了,除了舱室被罩上了一个半球形的装甲,还加装了一个火焰喷射器。正如邦德所料,它就是一个伪装起来用于吓人和焚烧的牵引车——至于它为什么没有装机枪而是装了一个火焰喷射器他就想不明白了。很显然它是唯一一种能在这个岛上行驶的车辆。它那巨大而宽阔的车轮能够越过红树林和沼泽,蹚过浅湖。它能够驶过崎岖的珊瑚高地,而且因为它主要是在晚上使用,那时的威胁才体现得出来,铁仓里的热度至少是可以忍受的。

邦德很是佩服。他对于专业程度很高的东西总是很佩服的。诺博士显然是一个非常用心的人。很快邦德就会见到他了。很快他就会面对诺博士的秘密了。然后呢?邦德郁闷地对自己苦笑了一下。掌握了情况之后他是不会被允许离开的。他肯定会被干掉,除非他能逃脱或者说服诺博士让自己走。那姑娘怎么办?邦德能证明她是无辜的,让诺博士饶过她吗?有可能,但她是绝不会被允许离开这个岛的。她必须一辈子待在这个岛上,成为那帮人其中一个的情妇或是妻子,或者是诺博士本人的情妇或妻子,如果她对他有足够的吸引力的话。

邦德的思绪被车轮更剧烈的颠簸打断了。他们已经越过湖面,开上了沿山通向那些小屋的小道。舱室倾斜起来,那机器开始爬坡。五分钟后他们就会到达那儿了。

副驾驶扭头看了一眼邦德和那姑娘。邦德抬头乐呵呵地对他笑了笑。他说:"你们会因此而得到一枚奖章的。"

那双黄褐色的眼睛冷冷地看着邦德的眼睛。他那紫红色的、肥肥的嘴唇冷笑着慢慢张开来,透着一股仇恨:"闭上你的嘴。"那人转过身去了。

姑娘用肘轻轻推了推他,低声道:"他们为什么这么粗鲁?他们为什么这么恨我们?"

邦德低头对她咧嘴笑了:"我想是因为我们让他们害怕了吧。也许他们现在还怕着。因为我们好像并不害怕他们。我们让他们保持这种状态。"

姑娘朝他身上挤了挤。"我会尽力的。"

此刻坡越来越陡了。灰色的光从装甲上的缝隙透进来。黎明到来了。在机器外面,另一天又要开始了,还是同样炽热,刮着讨厌的风,满世界都是沼气的味儿。邦德想起了科勒尔,那个勇敢的巨人,他已经看不到这一切了,而本来此刻他们应该和他一起出发,开始他们穿过红树林沼泽的漫长跋涉。邦德想起了他那份人身保险。科勒尔已经预感到了他的死亡。然而他还是毫不犹豫地跟随着邦德。他对邦德的信任战胜了他的恐惧。而邦德让他失望了。对那姑娘来说邦德是不是也意味着死亡?

驾驶员朝仪表盘倾过身去。机器的前部发出几声警笛的嚎叫。那嚎叫慢慢变成了一种哀号。过了一分钟,机器停下了,挂空挡空转着。那人按下一个开关,拿起身边的一个挂钩上的麦克风。他对着麦克风说话,邦德可以听见外面扩音器的声音。"好了。抓住了英国佬和那姑娘。另一个死了。就这样了。开门吧。"

Dr. No

邦德听见一扇门在铁轮上被拉向一边。驾驶员推上离合器,机器慢慢往前滑动了几米,停下了。那人关掉发动机。铁门被咣啷一声从外面打开了。一股新鲜空气涌进舱室,耀眼的阳光倾泻而入。有两只手抓住邦德,粗暴地把他倒退着拖出来,拖到水泥地上。邦德站起身来。他感觉到有一把枪顶在了他腰上。一个声音说:"站着别动。别耍花招。"邦德看着那人。那双黄色的眼睛好奇地打量着他。邦德不理不睬地转开身去。另一个人在用枪戳那姑娘。邦德厉声说:"别碰她。"他走过去,站在她身边。那两个人似乎吃了一惊。他们站在那儿,枪不知往哪儿指。

邦德往四周看了看。他们此时是在一个他曾在河边看到过的半圆拱形活动房屋里。这是一个车库兼工作间。那条"龙"被停在了水泥地上的一个检测坑上。一张凳子上有一台拆开的舷外马达。天花板上环绕着白色的钠灯带。屋里有一股汽油和废气的味道。驾驶员和他的同伴在检查那台机器。这时他们慢悠悠地走了过来。

一个看守说:"口信已经传过去了。命令把他们送过去。一切都还好吧?"

那个副驾驶似乎是在场的人中级别最高的,他说:"当然。交了交火。灯坏了,轮胎上可能有几个洞。叫伙计们动手吧——全面检修一下。我把这两个人送过去,然后眯一会儿。"他转向邦德,"好了,走吧。"他朝长长的房子的远端指了指。

邦德说:"你自己走吧。注意你的礼貌。告诉那帮粗人别拿枪对着我们。他们看上去够笨的,可别走火了。"

那人走近了些,另外三个跟在他背后围了上来。他们的眼睛因为愤怒而通红。领头的那人举起他捏紧的拳头，把那小锤子一般的拳头放在了邦德鼻子底下。他努力控制着自己，他恶狠狠地说："听着，先生。有时候我们这些伙计也会被允许加入最后的游戏。我祈祷这一次就是那样。有一次我们让它持续了整整一个星期。天哪，如果你到了我手里……"他停住了。他的眼睛闪烁着一股凶残之气。他的目光越过邦德落在了那姑娘身上。那双眼睛变成了一张垂涎欲滴的嘴，贪婪地打量着姑娘。他在裤子边上擦了擦手。他的舌尖从他那紫红的嘴唇里伸出来，红红的。他转向另外三个人。"你们说怎么样，伙计们？"

那三个人也在看着那姑娘。他们呆呆地点点头，就像站在圣诞树前的孩子。

邦德很想冲进他们中间，用他那戴着手铐的手狠狠地抽打他们的脸，然后等着他们血腥的报复。如果不是因为有那姑娘在这儿，他肯定就这么做了。而此刻他说那些豪言壮语的唯一结果只是令那姑娘害怕。他说："好了，好了。你们有四个人，我们只有两个，而且我们的手还铐着。行了，我们不会伤害你们。只是把我们逼得太紧，诺博士会不高兴的。"

听到这个名字，那帮人的脸色变了。三双眼睛斜楞着看看邦德又看看那头的。有那么一分钟，那领头的狐疑地瞪着邦德，心里琢磨着，想弄明白邦德是不是有什么地方可能比他们的老板更厉害。他改变了主意，有气无力地说："好了，好了。我们只是开玩笑。"他转向另外几个人，想听到他们的附和，"对不对？"

"当然！当然！"那几个人你一言我一语地嘟哝道。他们把眼睛转开了。

领头的粗声说:"这边请,先生。"他沿着那长长的房间往下走。

邦德抓起那姑娘的手腕,跟在那人后面。诺博士的名字居然有这么大的分量,这让他很是感慨。如果他们还要跟这帮人打交道,这一点必须要记清楚。

那人来到房间尽头一个粗糙的木门前。门边有一个电铃按钮。他摁了两下,等待着。门咔嗒一声打开了,露出十来米长的、铺着地毯的岩石通道,通道尽头还有一扇门,比这一扇漂亮些,涂着奶白色的油漆。

那人站到一边。"直走,先生,然后敲门。接待员会来接你们。"他的声音里没有任何嘲弄的意味,他的眼光里也没有任何感情色彩。

邦德领着那姑娘走进了通道。他听见门在他们身后关上了。他停下脚步,低头看着她。他说:"现在怎么办?"

她颤抖着笑了笑,说:"脚底下有地毯的感觉真是不错。"

邦德捏了捏她的手腕。他走到奶白色的门前,敲了敲门。

门打开了。邦德走了进去,那姑娘紧跟在后面。他立刻僵住了,连那姑娘撞在他身上都没有感觉到。他只是站在那儿,目瞪口呆。

第十三章　貂皮装饰的监狱

那是一间会客室,类似于美国最大的公司在它们的纽约大厦的总裁层设置的接待室。它的大小很合适,大约有二十平方英尺。整个地板都铺满了最厚的酒红色威尔顿机织地毯,墙和天花板漆成了一种柔和的鸽灰色。墙上成组地挂着埃得加·德加(法国印象派画家、雕刻家,尤其以芭蕾舞女为主题的作品而闻名)的芭蕾素描的彩色平版复制品,照明使用的是高高的落地灯,灯上罩着时尚的深绿色筒形丝质灯罩。

在邦德的右边,有一张宽大的桃花心木书桌,桌上罩着绿色皮垫,配以漂亮的书桌设备和最昂贵的内部通话系统。为访客备有两把高高的古董椅。在房间的另一侧有一张带餐厅风格的桌子,桌上摆着亮丽的杂志,还配有另外两把椅子。在书桌和餐桌上都摆着高高的花瓶,花瓶里插着刚刚剪下来的芙蓉花。空气清新、凉爽,有一股淡淡的、高贵的香水味。

房间里有两个女人。书桌后面坐着一个看上去很精干的华裔姑娘,黑色的头发剪得很短,刘海下戴着一副角质架眼镜,手里拿着一支笔,笔下是一张打印好的表格。她的眼睛和嘴角都挂着接待员那种标准的、表示欢迎的微笑——灿烂、热情、还带着些询问的意思。

门旁边站着一个老一些的、四五十岁左右的女人,看上去很有一副主妇的模样。她把着他们穿过的门,等着他们再往房间里走一点,以便她好关门。她同样也有着中国血统,看上去很健康,胸部丰满,一副很热切的样子,几乎显得有些过于亲切了。她戴着一副方形夹鼻眼镜,她那女主人般想要让客人感觉自在的愿望几乎都能从眼镜中闪射出来。

两个女人都穿着一尘不染的白色衣服,白色长袜和白色山羊皮皮鞋,就像最昂贵的美国美容院里的服务员那样。她们的皮肤柔软而苍白,好像她们很少出门似的。

正当邦德在扫视着房间布置的时候,门口的那个女人叽叽喳喳地说了一串俗套的欢迎的话,好像他们是来参加一场聚会,却遇上了一场暴风雨,所以来迟了。

"可怜的宝贝们,我们真的不知道你们到底什么时候会到,不停地有人告诉我们你们在路上。一开始是昨天的下午茶时间,然后是晚饭,就在半个小时之前我们听说你们只能赶上吃早饭。你们肯定饿坏了。现在过来帮罗斯小姐填好你们的表,然后我马上安顿你们去睡觉。你们肯定累坏了。"

轻声地咯咯笑着,她关上了门,陪着他们来到书桌前。她让他们在椅子上坐下,继续喋喋不休地说下去。"哦,我叫莉莉,这位是罗斯小姐。她只是想问你们几个问题。好了,让我瞧瞧,来支烟?"她拿起一个压印有图案的皮盒子。她把盒子打开,放在他们面前的桌上。盒子里有三个格子,她用小指指着说:"这是美国烟,这是水手烟,这是土耳其烟。"她拿起一个贵重的台式打火机,等待着。

邦德伸出他戴着手铐的手去拿一支土耳其香烟。

莉莉小姐惊愕地尖叫了一声。"哦,天哪。"她听上去是真的感到很尴尬,"罗斯小姐,钥匙。快。我再三说过了,患者绝不能这么带进来。"她的声音听上去满是不耐烦和厌恶,"真是的,外面的那帮家伙!真得好好跟他们谈一谈了。"

罗斯小姐同样也很生气。她急急忙忙在一个抽屉里翻找了一番,把一把钥匙递给了莉莉,一边又是安慰又是责备地叽叽咕咕说着话,一边打开了那两副手铐,然后走到书桌后面,把手铐像是肮脏的绷带似的扔进了废纸篓里。

"谢谢。"邦德想不出如何应对眼前的局面,只能顺着舞台上发生的剧情走。他伸手拿起一根香烟,把烟点着。他瞟了一眼哈妮切尼·赖德。她不知所措地坐在那儿,紧张地抓着椅子把手。邦德对她笑了笑,让她放心。

"好了,来吧。"罗斯小姐朝一张印在贵重的纸上的、长长的表格俯下身去,"我保证尽量快一点。您的姓名?"

"布赖斯,约翰·布赖斯。"

她急急忙忙地写下来。"永久住址?"

"英国,伦敦,摄政公园,皇家动物学会转交。"

"职业。"

"鸟类学家。"

"哦,天哪,"她对他笑道,露出一对酒窝,"您能拼写一下吗?"

邦德照做了。

"非常感谢。好了,我看看,来访目的?"

"鸟,"邦德说,"我也是纽约奥杜邦协会的代表。他们租用了这个岛的一块地。"

"哦,是吗?"邦德看着那支笔原封不动地把他说的话写了下来。她在最后一个字后面的括号里画上了一个漂亮的问号。

"还有,"罗斯小姐朝哈妮切尼的方向礼貌地笑了笑,"您妻子?她也对鸟类感兴趣吗?"

"是的,没错。"

"她的名字?"

"哈妮切尼。"

罗斯小姐乐了。"真是个好听的名字。"她急急地写下来,"现在告诉我一个你们的近亲的名字,然后我们就结束了。"

邦德把 M 真实的名字作为他们俩的近亲的名字告诉了她。他形容他是他们的"叔叔",说他的地址和身份是"伦敦,摄政公园,宇宙出口公司,总经理"。

罗斯小姐写完了,然后说:"好了,完了。非常感谢,布赖斯先生,希望你们在这儿过得愉快。"

"非常感谢。我肯定我们会的。"邦德站起身来。哈妮切尼·

赖德也站了起来，她脸上毫无表情。

莉莉小姐说："现在跟我走吧，可怜的宝贝们。"她走到远处的一扇门前，站在那儿，手放在雕花玻璃的门把手上，"哦，天哪，我把他们的房间号给忘了！应该是奶油套间，对不对，妹妹？"

"是，没错。14 和 15 号。"

"谢谢亲爱的。好了，"她打开门，"你们跟着我吧。我恐怕这段路会非常长。"她把门在他们身后关上，领着他们往前走，"博士经常说要安一个自动扶梯，但你们知道的，一个人太忙会是什么情况，"她开心地笑了，"有太多其他的事要想。"

"是的，我想是这样。"邦德礼貌地说。

邦德拉着姑娘的手，跟着那个忙忙乎乎、母性十足的身影在走廊里走了一百来米。走廊很高，装饰风格跟会客室一样，但照明用的是低调奢华的墙上托架，每隔一小段就有一个。

莉莉小姐偶尔会转过头来叽叽喳喳地说几句，邦德则礼貌地简单回应一两个字。他全部的心思都集中在他们受到的接待的非同寻常的氛围上。他很肯定这两个女人是真心的。她们没有一个表情或者一句话是不合时宜的。这显然是某种幌子，但却是一种很牢靠的幌子，舞台装饰和演员都配合得天衣无缝。房间里没有回声，走廊里也没有，这表明他们已经离开活动房屋，进到了山的一侧，此时他们正走在山底下。可以推测的是，他们正在往西走——走向小岛尽头的绝壁。因为有一股比较强劲的风朝他们吹来，墙上没有湿气，空气也凉爽而干净。要做到这一点得花不少钱，工艺还得很精湛。这两个女人苍白的肤色暗示着她们全部的时间都是在山里度过的。从莉莉小姐的话来看，她们似乎是内部员工的一部分，跟外面那支暴力小组没有任何关系，甚至连他们是什么样的人可能都不知道。

这真是奇怪，当他们走近走廊尽头的一扇门时邦德想，奇怪得危机四伏。但胡思乱想是没有益处的，他只能顺着这优雅的剧本走。至少这比岛外面的后台区要好得多。

在门口，莉莉小姐摁了摁门铃。有人在等着他们。门立刻打开了。一个迷人的华裔姑娘站在那儿以中国姑娘的礼节对他们微笑鞠躬，她穿着一件旗袍，旗袍上印有紫红色和白色的花朵。在她那苍白的、花一般的脸上，同样也只有热情和欢迎。莉莉小姐叫嚷道："他们终于来了，梅！约翰·布赖斯夫妇。我知道他们肯定累坏了，所以我们得马上把他们领到他们的房间去吃点早餐，然后睡觉。"她转向邦德，"这位是梅，是位可爱的姑娘。她会照顾你们俩。你们需要任何东西，尽管按铃叫梅就可以。她是最受我们的患者欢迎的。"

"患者"，邦德想，这是她第二次用这个词了。他礼貌地对那姑娘笑了笑。"你好。是的，我们俩当然都想赶紧到房间去。"

梅脸上带着热情的微笑拥抱了他们俩。她用一种低沉的、迷人的声音说："我真心希望你们俩能住得舒服，布赖斯先生。我一听说你们来了，没征求你们的意见就预订了早餐。我们是不是？……"走廊向左右两侧岔开，通向两扇安装在面对面墙上的电梯门。那姑娘领头往右侧走。邦德和哈妮切尼跟着，莉莉小姐走在最后面。

走廊两侧排列着编有号码的门。这里的装饰使用的是最淡的紫色，地上铺着鸽灰色的地毯。门上的号码都是两位数。走廊突然到了尽头,尽头是并排着的两扇门,14号和15号。梅打开了14号门,他们跟着她走了进去。

这是一个迷人的、现代迈阿密风格的双人卧室,墙上是深绿色的墙纸,地上铺着发亮的深色桃花心木地板,四处点缀着厚厚的白色地毯,摆设着设计精巧的竹质家具,铺着轧光印花棉布,白底上印着大红玫瑰。有一扇交通门通往一个更男性化的化妆间,另一扇通往一个极其豪华的现代浴室,浴室里有一个沉降式浴缸和一个坐浴盆。

这就好像是他们被带进了佛罗里达最新潮的旅馆的套房——除了邦德注意到的两个细节:房间没有窗户,门上也没有从里面开的把手。

梅满心期待地看看邦德又看看哈妮。

邦德朝哈妮切尼转过身去,他对她笑了笑。"看上去很舒服,你觉得呢,亲爱的?"

那姑娘把弄着她的裙边。她点点头,眼睛没有看他。

有人轻轻敲了敲门,另一个跟梅一样漂亮的姑娘轻快地走了进来,手上托着一个装满东西的盘子。她把盘子放在房间中央的桌子上,拉过两把椅子。她一把扯掉盖在碟子上的一尘不染的亚麻布,快步走出了房间。房间里弥漫着培根和咖啡的香味。

梅和莉莉小姐退到了门边。年纪大一些的女人在门槛上停下了。"现在我们就不打扰你们两位宝贝了。有什么需要,尽管按铃叫我们。铃就在床边。哦,顺便说一句,柜子里有很多干净衣服。中式风格的,我想是,"她抱歉地眨了眨眼,"但希望大小是合适的。

服装室昨天晚上才拿到尺码。博士下了死命令,叫人不要打扰你们。他很高兴请你们今晚一起共进晚餐。他希望今天其他时间全都由你们自己支配——安顿下来,你知道的。"她顿了一下,看看邦德又看看哈妮,问询地笑着,"我该跟他说?……"

"好的,"邦德说,"告诉博士我们很高兴跟他共进晚餐。"

"哦,我知道他会很开心的。"那两个女人又咯咯地笑了笑,退了出去,把门在身后关上。

邦德朝哈妮切尼转过身来。她看上去很尴尬,还在躲避着他的眼睛。邦德突然意识到她可能这一辈子也没有受到过如此客气的接待,或者见过如此豪华的场面。对她来说,这一切肯定都要比他们在外面所经历的奇怪得多,也吓人得多。她站在那儿,把弄着她那破烂的裙边。她脸上既有汗迹,也有沙子和尘土。她光着的双腿脏兮兮的,邦德注意到她的脚趾紧张地挖进那厚厚的漂亮地毯,微微挪动着。

邦德笑了。他笑是因为她的恐惧被她对于该如何穿着和该如何表现的困惑所淹没,他由此而感到很开心,他笑还因为他们俩现在的样子——她衣衫褴褛,而他则穿着他那套脏兮兮的蓝色衬衣、黑色牛仔裤和满是泥巴的帆布鞋。

他走到她身边,拉起她的手。她的手冰凉。他说:"哈妮,我们就像一对衣衫褴褛的稻草人。现在只有一个问题,我们是该趁早饭还是热的时候先吃早饭呢,还是先脱掉这些破衣烂衫洗个澡,等早饭凉了再吃?不用担心其他任何东西。我们现在到了这个漂亮的小旅馆,这才是唯一重要的事。好了,我们该怎么办?"

她不确定地笑了笑。她那双蓝色的眼睛打量着他的脸,想从中寻求点令她安心的东西。"你不担心将要发生在我们身上的事?"她冲房间里点点头,"你不觉得这全是陷阱吗?"

"如果是陷阱,那我们也进来了。我们现在什么也做不了,除了把奶油吃掉。唯一的问题是我们是趁热吃还是等它凉了再吃。"他捏了捏她的手,"真的,哈妮。把操心的事都交给我吧。你就想一想一个小时前我们在哪儿,现在不比那好吗?好了,来决定真正重要的事吧。洗澡还是吃饭?"

她犹豫地说:"嗯,如果你觉得……我意思是——我想还是先洗洗干净吧。"她马上加了一句,"但你得帮帮我。"她冲浴室门扬了一下头,"我不知道这些地方怎么用,该怎么做?"

邦德认真地说:"很容易,我替你都准备好。你洗澡的时候,我吃我的早饭。我会把你那一份保温的。"邦德走到一个内置的衣柜前,把门推开。里面有五六件唐装,一些是丝质的,一些是亚麻的。他随意拿起一件亚麻的。"你把衣服脱掉,把这件穿上,我去把浴室准备好。过一会儿你可以自己挑选睡觉和吃饭时候穿的衣服。"

她感激地说:"好的,詹姆斯。你只要做给我看……"她开始解她衬衣的纽扣。

邦德很想抱住她亲她一下,但他没有那么做,而是有些不自然地说:"没关系,哈妮。"说完便走进浴室打开了水龙头。

浴室里什么都有。有男人用的佛罗瑞斯青柠淋浴精油和女人用的法国娇兰淋浴香精块。他碾碎一个香精块,扔进水里,房间里立刻充满了兰花香。香皂是法国娇兰的手工精油香皂,阿尔卑斯之花。洗脸池上面的镜子后面有一个药柜,里面有牙刷和牙膏、齿得丽牙签、玫瑰漱口液、牙线、阿司匹林。还有一把电动剃须刀,蓝瑟瑞克须后水,还有两把尼龙毛刷和梳子。所有东西都是全新的,没有动过。

邦德看着镜子里自己那脏兮兮的、胡子拉碴的脸,对着自己那被太阳灼伤的、遇难者一般的灰色眼睛阴郁地笑了一下。包裹药片的糖衣肯定是用最好的糖做的,但明智的人会知道里面的药肯定是最苦的。

他走回到浴缸边,试了试水温。对一个很可能从来没有洗过热水澡的人来说,这水太热了。他放进一些凉水。正当他弯下腰的时候,两只胳膊搂住了他的脖子。他站起身来,姑娘那金色的身体在铺着白色瓷砖的浴室里散发着迷人的光彩。

她用力而笨拙地亲吻着他的嘴唇。他用胳膊搂住她,把她紧紧压向自己,心口怦怦直跳。她喘息着在他耳边说:"穿着这中国衣服感觉真是奇怪。不管怎么样,你已经告诉那女人说我们是夫妻了。"

邦德把手放到了她左边的乳房上,乳峰因为激情而尖挺挺的。她的腹部紧贴着他的腹部。为什么不呢?为什么不呢?别做傻事!现在做这个太疯狂了。你们俩都正身处致命的危险之中。要想有一丝可能从这困境中脱身,你必须保持像冰一样冷静。以后再说!以后再说!别把持不住。

他把手从她乳房拿开,搂住她的脖子,用脸蹭着她的脸,然后把嘴唇对准她的嘴唇,给了她一个长长的吻。

他站开来,扶住她,使她保持在一只胳膊的距离。有那么一刻,他们相互注视着,眼睛因为欲望而闪闪发亮。她呼吸急促,嘴唇张开着,他能看见她牙齿的光泽。他喘息着说:"哈妮,快到浴缸里去,不然我打你屁股。"

她笑了,什么也没说,跨进浴缸里,平躺下来。她抬眼看着他。她身上金色的毛发透过水面像金币似的闪闪发亮。她挑逗地说:"你得替我洗。我不知道怎么洗。你得教我。"

邦德无可奈何地说:"闭嘴,哈妮。别再挑逗了。你就拿起香皂和海绵擦吧。你真讨厌!现在不是做爱的时候。我要去吃早饭了。"他伸手抓住门把手,把门打开。她轻轻地喊了一声:"詹姆斯!"他回头一看。她正冲他伸出舌头。他咧嘴冲她做了个鬼脸,嘭地把门摔上了。

邦德走进化妆间,站在地板中间,等自己的心脏停止狂跳。他用手抹了抹脸,摇了摇头,想甩掉对她的欲念。

为了让自己头脑清醒一点,他仔细检查了一遍两个房间,想看看有没有出口、武器、麦克风——任何能让他了解更多情况的东西。房间里没有任何这类东西。墙上有一个电子钟,告诉他现在是8点半,双人床边有一排按铃,分别写着:房间服务、理发师、美甲师、服务员。没有电话。两个房间都有一个小小的通风窗,高高地装在一个角落里。每个都大约是两平方英尺大小,没用。门看上去是用某种轻金属做成的,涂上了与墙相配的油漆。邦德用全身的重量往其中一扇门上撞了一下,门纹丝不动。邦德揉了揉自己的肩膀。这地方就是一个监狱——一个精致的监狱。没必要再争论了。他们已经被严严实实地关在陷阱里了。现在被套进来的老鼠们唯一能做的就是好好享受陷阱里的奶酪。

邦德在早餐桌前坐下来。一个镀银的碗里装着一碗碎冰,冰里放着一大玻璃杯菠萝汁。他一大口把菠萝汁喝掉,把他自己的烤盘上的盖子揭开。炒鸡蛋加烤面包、四片培根、一个烤腰子,外加一根看起来像英国猪肉肠的东西,另外还有两种热吐司、用餐巾纸包裹着的肉卷、橘子果酱、蜂蜜和草莓酱。保温瓶里装着滚烫的咖啡。奶油闻上去很是新鲜。

浴室里传来那姑娘低声哼唱《马里恩》的声音。邦德闭耳不听那声音,开始吃起鸡蛋来。

十分钟后,邦德听见浴室门开了。他放下手里的面包片和橘子果酱,用手蒙住了眼睛。她笑了起来,说:"他真是个胆小鬼,居然害怕一个小姑娘。"邦德听见她在衣柜里乱翻,继续半自言自语地说,"我不明白他为什么会害怕。当然,如果我跟他打架,我轻而易举就能赢。可能他就是害怕这个。可能他并不是真的很强壮。他的胳膊和胸脯看上去倒是够强壮的。其他地方我还没看见,可能很虚弱。没错,肯定是的。这就是为什么他不敢在我面前脱掉衣服的原因。嗯,现在我们来看看,他会喜欢我穿这个吗?"她抬高了自己的声音,"亲爱的詹姆斯,你喜欢我穿白的,浑身都有淡蓝色的鸟在飞吗?"

"喜欢。你真讨厌,"邦德透过手掌说,"别自言自语了,来吃早饭吧。我都困了。"

她叫了一声。"哦,你是说我们该去睡觉了吗?我肯定会赶快的。"

一阵急促的脚步声之后,邦德听见她在对面坐了下来。他把手拿下来。她正对着他笑。她看上去令人神魂颠倒。她的头发梳洗过了,一边垂到了脸颊上,一边梳到了耳后,看上去非常迷人。她的皮肤焕发着一股清新的活力,大大的蓝眼睛因为开心而闪闪发光。现在邦德非常喜欢她那破损的鼻子了。它成了他想念她的一部分,他突然想到,如果她是一个完美无缺的漂亮姑娘,像其他美女一样,他会很伤心的。但他知道想要说服她这一点是没有用的。她貌似端庄地坐在那儿,手放在膝盖上,而她衣服的敞口一直延伸到了她手的上面,露出一半的乳房和腹部一个深深的 V 字形。

邦德严厉地说:"好了,听我说,哈妮。你看上去很漂亮,但旗袍不是这么穿的。把它拉上去裹住身体,然后系紧。别再做出一副应召女郎的样子了。吃早饭的时候做出这副样子是不礼貌的。"

"哦,你真是一个古板的老怪物。"她把旗袍稍微拉紧了一点,"你为什么不喜欢玩游戏呢?我喜欢玩结婚的游戏。"

"早饭的时候不行。"邦德坚决地说,"好了,快吃吧。味道很好。而且,不管怎么样,我浑身脏兮兮的。我要去刮刮胡子,洗个澡。"他站起身来,绕过桌子,亲了亲她的头顶,"至于说你所谓的游戏,全世界我最想的就是和你一起玩,但不是现在。"不等她回答,他便走进了浴室,关上了门。

邦德刮了胡子,泡了个澡,冲了冲。他瞌睡得要命,睡意像一阵阵浪似的涌向他,以至于他时不时要停下正在做的事,把头搁在膝盖上。等到他开始刷牙的时候,他几乎都刷不了了。这时他才意识到这是什么症状,他被下药了。是在咖啡里还是在菠萝汁里?这都无关紧要了。什么都无关紧要了。他想做的只有在瓷砖地板上躺下来，闭上眼睛。邦德像喝醉了似的歪歪扭扭地走到门边。他忘了自己是赤裸着身体的了。这也无关紧要了。不管怎么样，那姑娘已经吃完了早饭，躺在床上了。他扶着家具，跟跟跄跄地向她走去。她的旗袍被堆成一堆扔在地板上。她睡熟了，赤裸着躺在一张薄薄的床单下。

邦德睡眼迷离地看她头旁边的空枕头。不！他找到开关，把灯关掉。现在他只能在地板上爬回自己的房间了。他爬到床边，把自己拽了上去。他伸出一只像灌了铅一般沉重的胳膊去戳床头灯的开关。他没有戳到。灯摔在地板上，灯泡碎了。邦德用尽最后一丝力气，侧过身来，让如浪般的睡意漫过他的脑袋。

双人房间里的电子钟上的发光数字表明现在是9点半。

10点钟的时候，双人房间的门轻轻地打开了。在走廊里的光映衬下，可以看到一个又高又瘦的身影。那是一个男人的身影。他肯定有六尺六寸高。他抱着胳膊站在门槛上，倾听着。确定没有声音之后，他慢慢走进房间，来到床边。他对路线非常清楚。他弯下腰，听着姑娘那安静的呼吸声。过了一会儿，他伸手到胸口，按下了一个开关。手电筒发出一道宽宽的、漫射的光束。那手电筒是用一根带子绑在他胸骨之上的。他朝前倾下身，让那柔和的光线照在那姑娘的脸上。

闯进房间的人花了好几分钟打量那姑娘的脸。他抬起一只手，拎起盖在她脸颊上的床单，轻轻地把床单拉下来，一直拉到床尾。拉下床单的手并不是一只真正的手。那是一对有关节的钢钳，接在一根金属杆上,金属杆罩在黑色的衣袖里。那是一只机械手。

那人久久地凝视着姑娘赤裸的身体,前后移动着他的胸脯,以便光能照到她身体的每一个角落。然后,那副钳子又伸了出来,轻轻地从床尾拎起床单的一角,把床单又盖在姑娘身上。那人又站了一会儿,凝视着那张睡梦中的脸,然后他关掉胸脯上的手电,轻轻地穿过房间,穿过那道敞开的门,来到邦德睡觉的房间。

那人在邦德床边待的时间更长。他仔细打量着那张黝黑的、显得有些冷酷的脸,打量着他的每一道皱纹、每一处棱角。此刻那张脸沉沉地躺在枕头上,几乎像一张死人的脸。他看着邦德脖子上的脉动,数了数,当他把床单拉下来之后,又数了数他心口的脉搏。他测量了一下邦德胳膊和大腿肌肉的弧度,若有所思地看着他那平坦的腹部,琢磨着其中所蕴藏的力量。他甚至还弯下腰来,凑近邦德摊开的右手,看了看手上的生命线和命运线。

终于,那副钢钳小心翼翼地把床单重又拉了回来,盖住了邦德的脖子。那高高的身影又在那儿站了一分钟,看着熟睡中的邦德,然后便悄声离开,回到了走廊里,门咔嗒一声关上了。

第十四章　欢迎来到我的会客室

鸟粪山深处的那个凉爽黑暗的房间里，电子钟显示的时间是4点半。

在山外，蟹角岛已经在闷热和恶臭中又度过了一天。在岛的东端，成群的鸟，路易斯安那苍鹭、鹈鹕、反嘴鹬、矶鹞、白鹭、火烈鸟，还有几只玫瑰琵嘴鹭，继续筑着它们的巢或是在浅湖里捕着鱼。鸟儿们在那一年都经常受到骚扰，以至于它们中的大多数都已放弃了任何筑巢的想法。在过去的几个月中，它们每隔一段时间就会受到那怪物的袭击，那怪物会在夜晚冲过来，烧掉它们的栖息地和它们刚刚开始筑的巢。这一年很多鸟都不会繁殖了。它们会漫无目的地迁徙，而很多则会死于神经狂躁症。当它们不再享有安宁和清静时，鸟群就会产生神经狂躁症。

在岛的另一端，在给那座山戴上了一个雪顶的鸟粪堆上，那一大群鸬鹚也度过了它们日常的一天，把自己肚子塞满鱼，然后给它们的主人和保护者回报以一点宝贵的肥料。它们的筑巢季倒是没有受到任何的打扰。此刻它们正叽叽喳喳地摆弄着那一堆堆乱糟糟的树枝，而那就将是它们的巢——每一堆树枝都正好与下一堆间隔六十厘米，因为南美鸬鹚是一种好斗的鸟，而这六十厘米的距离就代表了它们的势力范围。很快那些雌鸟就会产下三个蛋，平均每次产卵雌鸟会给它们的主人的鸟群增加两只幼鸟。

在山顶之下，挖掘鸟粪的地方，一百多黑人男女组成的劳动大军结束了他们一天的劳作。又有五十立方米的鸟粪被从山腰上挖了出来，施工面又增加了二十米的平台。再往下，山坡看上去像是意大利北部梯田状的葡萄园，只是这里没有一棵葡萄树，只有深深地挖进山腰的层层荒凉的平台。而且，在这里，没有在岛的其他地方弥漫的那种沼气的恶臭，却有一股浓烈的氨的味道，而那讨厌的热风在保持挖出的鸟粪干燥的同时，也把新翻出来的那些淡黄色的粉尘吹进挖粪人的眼睛、耳朵和鼻子。但这些工人已经习惯了这种味道和灰尘，而且对他们来说这份工作轻松而健康，他们没有任何怨言。

那天的最后一辆铁皮车从轻便铁轨上出发了，那铁轨沿着山腰蜿蜒而下，一直通往粉碎机和分离机。一声哨响之后，工人们把他们粗糙的铁镐扛上肩，懒洋洋地往下走，走向被高高的铁丝网围起来的活动房屋，那就是他们的住地。明天，在山的另一边，一个月来一次的船就会到达深水码头，这码头是他们十年前帮着建起来的，但从那之后他们就再也没见过。船的到来意味着小卖部又有了新的货物和廉价的珠宝。那会是他们的节日。他们会喝起朗姆酒,跳起舞,偶尔打上几架。生活是美好的。

对那些外面的"高级职员"来说,生活也是美好的。跟搜捕邦德、科勒尔和那姑娘的那些人一样,他们全都是华裔黑人混血。他们也停止了在车库、车间和哨位的工作,慢慢走向"高级职员"宿舍。除了站岗和装卸作业以外,明天对他们大多数人来说也是一个节日。他们也会喝酒、跳舞,而且还会有每月一批的姑娘从"内地"运过来。一些从上批姑娘到来后结成的"婚姻"会根据"丈夫"口味的不同而延续几个月或者几个星期,但对其他人来说会有一次全新的选择。其中会有一些年龄大一些的姑娘,她们在托儿所生完了孩子,又回到"外面"开始一轮新的工作,也会有少数几个年轻姑娘,她们长大成人后第一次"出来"。为了争夺这些姑娘会发生一些斗殴,甚至流血,但最终"高级职员"宿舍还是会安静下来,继续下一个月的集体生活,每个"高级职员"都有自己的女人来满足其需要。

在清凉的山的深处,在这井然有序的生活的表象之下,邦德在他那张舒服的床上醒过来了。除了镇静剂引起的轻微头痛以外,他感觉自己健康而精力充沛。那姑娘房间里的灯开着,他能听见她在走动。他一摆腿下了床,轻轻走到衣柜前,随手拿起一件唐装穿上了。他走到门边。那姑娘把一堆旗袍放在床上,正对着墙上的镜子试衣服。她身上穿着一件非常漂亮的天蓝色丝质旗袍。在她金色的皮肤的映衬下,那衣服看上去美极了。邦德说:"就穿这件。"

她猛地转过身来,手捂住了嘴。她把手放下来。"哦,是你!"她对他笑着,"我还以为你永远不会醒过来了呢。我去看了你好几次。我打定主意在5点钟的时候把你叫醒。现在已经是4点半了,我饿坏了。你能给我们弄点吃的吗?"

"为什么不呢?"邦德走到她床边。从她身边经过的时候,他用胳膊揽住了她的腰,搂着她跟他一起走。他看了看那些按铃。他按下了那个标着"房间服务"的铃。他说:"其他的还要吗?我们享受个遍吧。"

她咯咯笑了,问道:"但什么是美甲师?"

"就是给你做指甲的人。我们必须以我们最好的样子去见诺博士。"邦德内心中真正想的是他亟须弄到某种武器——一把剪刀也比什么都没有好。什么都行。

他按下另外两个铃。他放开她,四下打量了一下房间。他们睡着的时候有人进来拿走了早餐的餐具。墙边的餐具柜上放着一个饮料盘。邦德走过去看了看。瓶子上靠着两张菜单,两张巨大的对开的纸上印满了字。它们可能来自沙威烧烤餐厅或者21餐厅或者是银塔餐厅。邦德扫了一眼其中一张菜单。菜单上的第一道菜是白鲸鱼子酱,最后一道是香槟冰糕。在它们之间各种菜色应有尽有,而这些菜的原料即使深度冷冻也不会被破坏。邦德把菜单扔掉。一个身在陷阱里的人当然不能对奶酪的品质说三道四!

有人敲了一下门,优雅的梅走了进来。她身后跟着另外两个咯咯笑着的华裔姑娘。邦德没有理会她们的热情,他给哈妮切尼点了茶和奶油面包,叫她们把她的头发和指甲弄好。然后他走进浴室,吃了两片阿司匹林,冲了个冷水澡。他重又把唐装穿上,心想自己穿着它就像个傻瓜,然后走回了房间。笑容满面的梅问他能不能选择一下他和布赖斯夫人晚饭想吃什么。邦德毫无兴致地给自己点了鱼子酱、烤羊排、沙拉和腌肉色蚝。哈妮切尼不愿自己选,他便为她点了甜瓜、原味烤鸡肉、香草冰淇淋和热巧克力汁。

梅露出一对酒窝,表示她的热情和赞同。"博士问7点45到8点是不是方便。"

邦德敷衍地说可以。

"非常感谢,布赖斯先生。我7点44分来叫你们。"

邦德走到哈妮切尼身边,她们正在梳妆桌前为她服务。他看着纤细的手指在忙碌地侍弄着她的头发和指甲。她在镜子里兴奋地对他笑着。他粗声说:"别让她们把你弄得太像一只猴子。"说完便走到了饮料盘前,他给自己倒了一杯波旁烈酒加苏打,端进了自己的房间。不用再想弄件武器的事了。剪刀、锉刀和探针都用一根链子系在了美甲师的腰上。理发师的剪子也是如此。邦德在他那皱巴巴的床上坐下来,郁闷地喝着酒,陷入了沉思之中。

那些女人走了。那姑娘探头看了邦德一眼,见他没有抬头,她回到了自己的房间,没有打扰他。过了一会,邦德走进她的房间,又倒了杯酒。他心不在焉地说:"哈妮,你看上去真漂亮。"他瞟了一眼墙上的钟,走回来,把酒喝掉,换上了另一件傻乎乎的唐装,一件纯黑色的。

到了约定的时间,门上响起了轻轻的敲门声,他俩一言不发地走出房间,沿着空荡荡的、雅致的走廊向前走去。梅在电梯口停下来。另一个热切的华裔姑娘把着电梯门。他们走进去,门关上了。邦德注意到电梯是奥的斯电梯公司制造的。这监狱里所有东西都是豪华的。他心里厌恶地颤抖了一下。他注意到了那姑娘的反应。他朝她转过身来。"对不起,哈妮。头有点痛。"他不想告诉她所有这一切奢华的表演让他很是沮丧,告诉她他根本就不知道这一切都是为了什么,告诉她他知道这是个坏消息,告诉她他想不出一丁点儿的计划能让他们从目前的境地里脱身。这一点是最糟糕的。没有任何东西能比知道自己没有任何进攻或者防御的办法更压抑邦德的情绪了。

那姑娘朝他靠近了一点。她说:"抱歉,詹姆斯。希望头痛能早点好。你不是因为什么事生我的气吧?"

邦德挤出一丝笑。他说:"不,亲爱的。我只是在生自己的气。"他放低了声音,"好了,关于今天晚上的事。你不要说话,都让我来说好了。自然一点,别担心诺博士。他可能有点精神错乱。"

她严肃地点点头。"我会尽力的。"

电梯发出一声叹息般的声音,停下了。邦德不知道他们向下走了多远——一百英尺还是两百?自动门嘶的一声打开了,邦德和那姑娘走出来,走进了一个大房间。

房间里没人。房间的房顶很高,大约有六十英尺,三面都摆着书,一直到天花板那么高。第四面墙乍一看像是用结实的蓝黑色玻璃做成的。这房间看起来是一个书房和图书室的结合体。在房间的一角有一个大大的书桌,桌上零零散散地摆着几本书,房间中央有一张桌子,桌子上放着杂志和报纸。四处放置着用红色皮革装饰的、舒适的低背椅。地毯是暗绿色的,落地灯的光很柔和。唯一一个奇怪的地方是,饮料盘和餐柜都靠在长长的玻璃墙中间,椅子和放着烟灰缸的茶几都围着墙摆成了一个半圆形,这样,整个房间都是以那面空墙前面为中心的。

邦德的眼睛注意到那深色的玻璃里有一阵旋动。他穿过房间走了过去。一群银色的小鱼被一群大一些的鱼追着从那暗蓝色的玻璃前逃了过去。可以说,它们是从屏幕的边缘消失不见了。这是什么? 一个鱼缸? 邦德向上看去。在离天花板一米左右的地方,细浪正轻拍着玻璃。在浪之上是一个稍淡一些的蓝黑色长条,点缀着点点星光。猎户座的轮廓泄露了天机。这不是鱼缸。这就是海和夜空本身。房间的整个一侧都是用防弹玻璃做成的。他们就在二十英尺深的海底,可以直接看见海的心脏。

邦德和那姑娘站在那儿目瞪口呆。就在他们看着的时候,有两个巨大的转动着的球体一闪而过。一个闪着金光的脑袋和深深的腰窝出现了一会儿,然后不见了。一只大石斑鱼? 一群银色的凤尾鱼停了下来,盘旋了一阵,然后快速地游走了。一只葡萄牙僧帽水母二十英尺长的须从窗前慢慢漂过,在光的照耀下发出紫红色的光。在须的上面是它那巨大的黑色腹部和鼓起来的鳔的轮廓,在随水而动。

邦德沿着墙走了一圈,觉得能够生活在这样一幅不停地慢慢变化的画卷中真是一件非常幸福的事。一只大大的郁金香贝壳从地板的高度慢慢沿着玻璃升了上来,一群活蹦乱跳的雀鲷、扁鲛和红鳍笛鲷在玻璃窗的一角挤着、蹭着,一只海蜈蚣一边追逐着它们,一边一点点地轻咬着细小的海藻,这种海藻肯定每天都在窗外生长。一个长长的黑影在窗的中央停留了一下,然后慢慢移走了。真是看不够!

像是听从邦德心中的呼喊似的,两束强光从"屏幕"外射了进来。有那么一刻,这两束光各自搜寻着。然后,它们聚合在那正要离去的黑影上,一条暗灰色的鲨鱼便全然展现在他们眼前,那鲨鱼有十二英尺长,像一枚鱼雷似的。邦德甚至能看见它那凹陷的红色小眼睛在光照下好奇地转动,看见它那斜斜的鳃在缓慢地脉动。有那么一刻,那鲨鱼直接钻进了聚合在一起的光束里,它那白色的半圆形的嘴在它那蛇一般扁扁的脑袋下露了出来。它在那儿悬停了一秒钟,然后,它优雅地、目空一切地一转,巨大的尾巴转了过来,闪电般地一抖,便不见了踪影。

探照灯熄灭了。邦德慢慢地转过身来。他以为会看见诺博士,但房间里依旧空无一人。与窗外那神秘的世界比起来,房间里就像一潭死水,毫无生气。邦德又回头望去。在色彩斑斓的白天,人可以看清二十米甚至更远范围内的所有一切,这里会是怎样的一幅景象呢?在暴风雨中,当海浪无声地冲击着玻璃,浪头几乎要钻到地面,然后又席卷而起消失在视野中时,这里又会是一幅什么景象呢?在夜晚,当太阳的最后几缕金光射入房间的上半部分,而下面的水中满是跳动的尘埃和细小的水生昆虫时,它又会是一幅什么景象呢?想出这么个令人叫绝的美妙构想的人,该是怎样一个了不起的人物,又是多么高超绝伦的施工工艺才能将这一构想付诸实施!他是怎么做到的?只可能有一种办法。他肯定是先在悬崖深处修建了这个玻璃墙,然后精细地一层一层把外面的岩石剥离掉,直到潜水员能够把最后一层珊瑚撬掉。但这玻璃得有多厚?谁能给他做出来呢?他怎么把它运到岛上来呢?他用了多少潜水员?天哪,这得花多少钱呵?

"一百万美元。"

那是一种瓮声瓮气的、带着回响的声音,稍带有一丝美国口音。

邦德慢慢地、几乎是依依不舍地从那玻璃窗前转过身来。

诺博士是从书桌后的一扇门走进来的。他站在那儿和蔼地看着他们,嘴角挂着一丝浅笑。

"我想你可能在猜这花了多少钱。我的客人们通常都在大约十五分钟之后开始琢磨费用的问题。你是吗?"

"是的。"

依旧挂着那丝浅笑(邦德一时难以适应那种笑),诺博士慢慢地从书桌后面绕出来,朝他们走过来。他似乎不是在迈步,而是在滑行。他的膝盖没有在他那无光的、青铜色的唐装表面留下任何的凹痕,拖地的唐装底边之下也看不到鞋子。

邦德对他的第一印象就是瘦、直、高。诺博士比邦德要高六英寸,而他那挺直的、僵硬的姿态使得他显得比实际身高还要高。他的脑袋也是细长的,从一个圆圆的、完全没有头发的头颅到一个尖尖的下巴,整个脑袋是慢慢变细的,给人的印象就是一个倒过来的水滴——更准确地说应该是油滴,因为他的皮肤是一种深深的、几乎透明的黄色。

诺博士的年龄很难猜得出来,至少在邦德看来,他脸上没有一丝皱纹。他的额头跟头顶一样油光锃亮,让人感觉很是奇怪。甚至那突出的颧骨下深深凹陷的那两个洞似的脸颊看上去也像上等象牙般光滑。他的眉毛又细又黑,斜斜地向上翘着,像是一个魔术师为了化妆而画上去的似的,颇有一些达利(西班牙著名画家)的风格。在眉毛之下,一双斜斜的、乌黑的眼睛从头颅往外瞪着。没有睫毛。它们看上去就像两个小滚筒的筒口,一眨不眨地直视着你,完全没有表情。一只小而瘦的鼻子与嘴离得很近,那张嘴就像一个被挤压的伤口,尽管几乎始终带着笑,却只显露出冷酷与威严。下巴朝脖子收着。后来邦德才注意到那下巴极少偏离中心太远,给人的印象是他的脑袋和脊椎是连成一体的。

这怪异的、滑动的身影看上去就像一只包裹在灰色锡纸里的巨大的、有毒的昆虫,哪怕看到这身影的其他部分在地毯上留下一条黏糊糊的尾迹,邦德也丝毫不会觉得惊讶。

诺博士走到离他们三步远的地方停下了。长长的脸上那伤口一般的嘴张开了。"原谅我不和你们握手了,"那深沉的声音单调而平稳,"我握不了。"他的衣袖慢慢分开了,"我没有手。"

两副连在闪闪发光的铁杆上的铁钳伸了出来,举在那儿让他们看,就像一只正在捕食的螳螂的两只钳子似的。然后那两只袖子又合上了。

邦德感觉到那姑娘在他身边颤抖了一下。

那黑洞般的眼睛朝她转了过来。那眼睛移动到了她的鼻子上。那声音平淡地说:"真是不幸。"那眼睛又转回了看向邦德,"你在欣赏我的鱼缸。"这是一种陈述,而不是一个问题,"男人都喜欢野兽和鸟类,但我也喜欢鱼类。我发现它们比野兽和鸟要丰富多样也有趣得多。我肯定你们俩也会赞同我这种爱好的。"

邦德说:"祝贺你。我永远不会忘记这个房间。"

"是的。"又是一句对事实的陈述,只不过可能带上了一点嘲讽的意味,"可是我们有太多要谈的,而时间又太少。请坐。喝一杯吗?烟就在你的椅子旁边。"

诺博士走到一张高高的皮椅前,坐了上去。邦德坐在了他对面的椅子上。那姑娘坐在他们中间稍靠后一点的椅子上。

邦德感觉到自己身后有响动。他扭头看了一眼。一个矮个子男人,一个体格像摔跤手似的华裔黑人混血,站在饮料盘旁边。他穿着黑色的裤子和一件漂亮的白色夹克,长着一张宽宽的圆脸,他那黑色的杏仁眼与邦德的眼睛对视了一下,然后不感兴趣地移开了。

诺博士说:"这是我的保镖。他在很多方面都是专家。他突然出现没什么好神秘的。我一直都在这儿带着一个所谓的步话机,"他的下巴朝他唐装的胸襟斜了斜,"这样一旦需要,我随时可以召唤他。这位姑娘需要点什么?"

不是"你夫人"。邦德转向哈妮切尼。她的眼睛瞪得大大的。她平静地说:"一瓶可口可乐,谢谢。"

邦德感到一阵轻松。至少她没有被这些表演吓倒。邦德说:"我要一杯中度伏特加干马提尼,再加一片柠檬。摇一摇,但不要搅,谢谢。我喜欢俄罗斯或者波兰伏特加。"

诺博士浅笑着的嘴咧得更宽了。"我看你是一个知道自己想要什么的男人。在这种情况下你的愿望是会被满足的。你有没有发现通常都是这样,一个人想要什么他就会得到什么?我的经验就是这样。"

"那些小愿望是这样。"

"如果你得不到一些大的东西,那就意味着你的野心不够大。专注,专心——这就够了。能力有了,工具自然就来了。'给我一个支点,我能撬动地球。'——但首先要有撬动地球的愿望。"他那薄薄的嘴唇向下微微扁了扁,以示不赞同,"但这只是闲聊。我们现在是在对话。我们应该交谈。我们俩,我敢肯定,都更喜欢交谈而不是对话。这马提尼对你的胃口吗?这香烟的劲儿够大、味道对路,能让你过足瘾吗?就这样吧。山姆,把摇杯放在这位先生旁边,另外再拿一瓶可口可乐给这姑娘。现在应该是8点10分了。我们准时在9点吃晚饭。"

诺博士在椅子上稍微坐直了些。他身体朝前倾了倾,盯着邦德。房间里有片刻的沉默。然后诺博士说:"好了,情报局的詹姆斯·邦德先生,现在我们来告诉对方各自的秘密吧。首先,为了表示我没有隐瞒任何东西,我先告诉你我的秘密。然后你再告诉我你的。"诺博士的眼睛幽幽地闪着光,"但我们都要对对方说真话。"他从宽大的袖子里伸出一只铁钳,向上举着,他顿了一下,"我会说真话,但你也必须同样说真话。如果你不说真话,它们,"他用铁钳朝眼睛指了指,"会知道你在撒谎。"

诺博士小心翼翼地把那铁钳伸到两只眼睛前,轻轻敲了敲每只眼睛的中央。

每只眼睛都发出了一声沉闷的响声。"它们,"诺博士说,"什么都看得见。"

第十五章　潘多拉之盒

詹姆斯·邦德端起他的酒杯，若有所思地小口小口呷着。继续装下去似乎已经没有意义了。不管怎么样，他所谓的奥杜邦协会代表的谎言本身就很不靠谱，任何一个对鸟类有所了解的人都能把它戳穿。很明显，他自己的伪装已经是支离破碎了。他必须集中精力保护那姑娘。首先他必须让她放宽心。

邦德对诺博士笑了笑。他说："我知道你在国王官邸的联络人，泰诺小姐。她是你的特工。我掌握了这个事实，在某些情况下我会把它透露出去的，"从诺博士的表情上看不出他有任何感兴趣的样子，"就像其他事实一样。但是，如果我们要交谈，就别再弄这些戏剧效果了。你是个很有趣的人，但没必要把你自己弄得比事实上更有趣。你遭遇了失去双手的不幸。你戴着机械手。很多在战争中受伤的人都戴。你戴着隐形眼镜，而不是普通眼镜。你用步话机而不是按铃来召唤你的仆人。毫无疑问,你还有其他一些把戏。但是,诺博士,你仍旧还是一个要吃喝拉撒睡的人,跟我们其他人一样。所以,别再玩这些变魔术似的把戏了,我不是你挖鸟粪的工人,而且我对这些东西也不感兴趣。"

诺博士微微点了点头。"能这么说话你胆子真够大的,邦德先生。我接受你的批评。毫无疑问,因为跟一帮'猿猴'待在一起的时间太长了,我养成了一些令人不快的怪癖。但不要以为这些怪癖是为了吓唬人。我是一个技术人员。对什么样的材料我用什么样的工具。我还有一系列用于耐火材料的工具。不过,"诺博士稍微抬了抬他那合在一起的衣袖,让它们落在膝盖上,"我们还是继续我们的交谈吧,能有一个聪明的听众,是一件非常难得的开心事,我很高兴告诉你世界上最不同寻常的人之一的故事。你是我见过的人当中唯一一个能够听懂我的故事,而且——"诺博士顿了一下,以便加重最后几个字的分量,"能够保守秘密的人。"他接着说,"第二句话同样适用于这姑娘。"

果然如此。自从施潘道机枪朝他们开火,甚至比那还要早,自从他在牙买加遭遇那些心狠手辣的攻击之后,邦德心里就几乎对此确信无疑了。从一开始邦德就想到了这个人是个杀手,跟他打交道将是一场生死决斗。他一直有一种习惯的、盲目的自信,以为自己会赢得这场决斗——直到火焰喷射器对准他的时候。从那以后,他开始怀疑了。现在他知道了。这个人太强大,装备太先进了。

邦德说:"让这姑娘听这些没有意义。她跟我没有任何关系。我是昨天才在海滩上遇到她的。她是一个牙买加人,来自摩根港。

她是捡贝壳的。你的人把她的独木舟毁了,所以我只好带上她。现在把她弄走,然后送她回家吧。她不会说出去的。她可以发誓……"

那姑娘激动地打断他:"我会说出去的!我会把什么都说出去。我不会走的。我要和你在一起。"

邦德看了她一眼。他冷冷地说:"我不要你。"

诺博士温和地说:"别在这些豪言壮语上浪费口舌了。来这个岛的人还没有谁离开过。你明白吗?没有人——哪怕是最单纯的渔民。那不合我的规矩。别跟我争论或者试图唬我。那完全没用。"

邦德打量了一下那张脸。那脸上没有任何愤怒、任何固执——什么都没有,除了一种全然的不在意。他看了看那姑娘,笑了。他说:"好吧,哈妮。我也不是真的是那个意思。我非常不想让你走。我们待在一起,听听这疯子要说什么。"

姑娘开心地点点头。这就像是她的情人威胁要把她赶出电影院,然后又心软了一样。

诺博士说话了,声音还是一样的温和而洪亮:"你说对了,邦德先生。我就是那种人,一个疯子。所有伟大的人都是疯子。他们都被一种狂热所支配,驱使他们去追求他们的目标。伟大的科学家、艺术家、哲学家,还有宗教领袖们——都是疯子。除了一种不顾一切的、目标的单一性,还有什么能给他们的天才一个焦点,使他们能够始终沉迷于他们的目标呢?狂热,我亲爱的邦德先生,跟天才一样是无价之宝。精力的分散、眼界的错乱、动力的丧失、毅力的不足——这些都是普通人的缺陷。"诺博士在椅子上稍微往后靠了靠，"我没有这些缺陷。我，正如你所说，是一个疯子———个狂热追求权力的疯子，邦德先生。那，"那黑洞一般的眼睛透过隐形眼镜对邦德空洞地闪烁着，"就是我生命的意义。那就是我在这儿的原因。那就是你们在这儿的原因。那就是这儿存在的原因。"

邦德拿起他的杯子，一口把酒喝干。他从摇杯里又倒了一杯。他说："我并不惊讶。你以为你是英国国王，或者是美国总统，或者是上帝，这都是老一套了。疯人院里全是这种人。唯一的区别是，你没有被关起来，而是自己给自己建了一个疯人院，把自己关在里面。但你为什么要这么做呢？为什么要关在这个牢房里，给自己一种权力的幻觉呢？"

诺博士那张薄薄的嘴的嘴角因为恼怒而颤动了一下。"邦德先生，权力就是统治。首要原则就是建立一个稳固的基地。有了基地，你就会有行动的自由。这些加在一起，就是统治。我已经获得了这些东西，还有其他很多。世界上没有其他任何人像我一样拥有它们。他们做不到。这世界太公开了，这些东西只有在隐秘中才能得到。你说到了国王和总统。他们有多大的权力？只有他们的人民给予他们的权力。这世界上有谁对他的人民拥有生死大权？既然现在斯大林已经死了，除了我你还能说出一个这样的人吗？我是怎么获得这种权力、这种统治的呢？通过隐秘。通过没有人知道这一切。通过我不用对任何人负责这个事实。"

邦德耸了耸肩。"那只是权力的幻觉，诺博士。任何一个有一把装了子弹的左轮手枪的人都掌握着他邻居的生杀大权。除了你之外,还有其他人也偷偷杀过人,然后逃脱了责任。但到最后他们通常都会受到应有的惩罚。一种比他们所拥有的更大的权力被社会施加到了他们身上。这也会发生在你身上,诺博士。我告诉你,你对权力的追求只是一种幻觉,因为权力本身就是一种幻觉。"

诺博士平静地说:"美也是这样,邦德先生。艺术也是这样,钱财也是这样,死亡也是这样。很可能,生活也是这样。这些概念都是相对的。你玩弄文字游戏动摇不了我。我懂哲学,我懂伦理,我也懂逻辑——比你懂得多,我敢说。但是我们不要再进行这种毫无结果的争论了。让我们回到我开始的话题吧,我对权力的狂热,或者,就按你的说法,对权力的幻觉的狂热。但是,邦德先生,"他那固定的笑容中又多了一道皱褶,"不要想象跟你半个小时的谈话就能改变我生活的模式。把你的注意力放到,我们这么说吧,我对一种幻觉的追求的历程上来吧。"

"你说吧。"邦德瞟了那姑娘一眼。她注意到了他的眼神。她把手捂到了嘴上,好像要掩饰自己的呵欠似的。邦德对她咧嘴笑了。他在想诺博士什么时候才会有兴趣粉碎她这种满不在乎的姿态呢?

诺博士温和地说:"我会尽力不让你们无聊的。事实比理论要有趣得多,你同意吗?"诺博士并没有想要一个回答。他的眼神定格在了那只优雅的郁金香贝壳身上,它此刻已慢慢地爬到了那深色窗户一半的高度了。一些小银鱼从那黑色的空间蹿过。一束蓝色的磷光若有若无地晃动着。在天花板高处,星星们透过玻璃洒下更明亮的星光。

房间里的虚伪——三个人坐在舒服的椅子上,餐具柜上摆着饮料,地上铺着豪华的地毯,灯光柔和,让邦德突然间觉得非常可笑。甚至事情的戏剧性、它的危险性,与那只郁金香贝壳在窗外爬行的进展比起来都显得不值一提。设想一下那玻璃突然爆裂开来。设想一下压力计算错了,施工有问题。设想一下大海决定更沉重地压在那窗户上。

诺博士说:"我是一个卫理公会教派传教士和一位中国良家妇女的独生子。我出生在北京,是一个所谓的'私生子',所以我就成了一个累赘。他们付钱给我的一个姑姑,让她把我带大。"诺博士顿了一下,"没有爱,你看到了,邦德先生。缺少父母的照顾。"他接着说下去,"仇恨的种子已种下了。我到上海去工作。我跟帮会扯上了关系,卷进了他们的非法活动。我喜欢那些阴谋活动,盗窃、杀人,喜欢放火烧掉被保险的财产。它们代表了一种对背叛了我的父亲形象的反叛。我喜欢人的死亡和财物的毁灭。我成了犯罪高手——如果你愿意这么说的话。然后麻烦来了,我必须消失,但帮会觉得我太有价值了,不忍心杀掉我。我被偷运到了美国。我在纽约安顿下来。他们用密码给美国最有势力的两大帮会之———义兴帮写了一封介绍信。我一直不知道那封信里写了什么,但是他们马上接收我成了他们的一个心腹。过了一段时间,在我三十岁的时候,我已经爬到了相当于财务主管的位置。帮会的金库里有一百多万美元。我把这笔钱给贪了。然后二十年代后期发生了帮会间的大内斗。纽约的两大帮派,我所在的帮会义兴帮,和我们的对手,安李昂帮,也加入了混战。几个星期之内,两派中成百上千的人都被杀死了,他们的房子和财产被烧为灰烬。那是一段折磨、杀戮和焚烧的时间,我满心欢喜地加入了其中。然后防暴队来了。几乎纽约所有的警力都被动员起来了。两支地下武装土崩瓦解,两个帮会的总部被查抄,头目们都被送进了监狱。我事先收到了查抄我所在的帮会义兴帮的消息。在查抄开始前的几个小时,我逃到了安全的地方,带走了换成了黄金的那一百万美元,躲到哈莱姆,隐藏起来。我犯傻了。我应该离开美国,跑到世界上最偏僻的角落去。即使关在辛辛监狱的牢房里,帮会的头目们也在找我。他们找到了我。杀手们趁黑摸了过来。他们折磨我。我不肯说出黄金在哪里。他们折磨了我整整一个晚上。然后,看到他们没法让我屈服,他们把我的手砍下来,以示尸体是一个小偷,他们朝我心脏的位置开了一枪,然后走了。但我有个情况他们不知道。我的心脏在身体的右侧,一百万个人当中才会有一个这样的人。就是这么巧,百万分之一。我活下来了,凭着顽强的意志,我扛过了手术,在医院里待了几个月。在那段时间里我一直在盘算怎么拿着这笔钱瞒天过海——怎么把它保存下来,拿它干什么用。"

诺博士停了下来。他的额角微微有些发红。他的身体在唐装里躁动。回忆让他激动了。他把眼睛闭上了一会儿,让自己平静下来。邦德想,现在是个机会!我应不应该跳起来干掉他?把杯子折断,用参差不齐的杯脚干掉他?

诺博士的眼睛睁开了。"我没让你感到无聊吧?你肯定?有那么一刻我觉得你走神了。"

"没有。"那个时机已经消失了。还会有其他的机会吗?邦德测算着自己那一步要跨多远,他注意到诺博士的颈动脉在唐装的领口处袒露无遗。

诺博士那薄薄的嘴唇张开了,故事继续下去。"那是,邦德先生,一个需要做出清晰的、果断的决定的时刻。出了院之后,我找到了西尔伯斯坦,纽约最大的邮票交易商。我买了一信封,仅仅一信封,世界上最稀有的邮票。花了好几个星期才把它们凑齐。我不在乎要花多少钱——不论是在纽约、伦敦、巴黎还是苏黎世。我想让我的黄金变得可流动。我把它全投资在这些邮票上了。我预见到了世界大战。我知道会有通货膨胀。我知道最好的邮票会增值,至少会保值。与此同时,我改变了我的相貌。我把我的头发全都连根拔掉,把我的厚鼻子变薄,把嘴变宽,嘴唇变薄。我不可能把自己变矮,所以我把自己弄高了。我穿增高鞋,颈骨做了几个星期的牵引。我改变了姿态。我把机械手放到一边,在手套里戴上了蜡做的手。我把我的名字改成了朱利叶斯·诺——朱利叶斯是随我父亲的名字,诺,就是'NO',代表对他和所有权威的排斥。我把普通眼镜扔掉,戴上了隐形眼镜——那是世界上最早制造出来的隐形眼镜之一。然后我去了密尔沃基,报名成了医学院的一名学生。我把自己埋身在学术世界里,图书馆、实验室、教室和校园的世界。在那里,邦德先生,我沉浸在对人的身体和人的大脑的研究之中。为什么?因为我希望知道人的肉体凡胎到底能做些什么。我必须了解我到底有哪些工具,我才能把它们运用于我的下一个目标——完全不受生理缺陷、物理危险和生存风险的影响。然后,邦德先生,在那个稳固的基础之上,甚至都不受人世间那些变幻莫测的伤害的影响,我才能走向通往权力之路——做别人对我所做的事的权力,邦德先生,生杀的权力,做决定、做判断的权力,完全不受外部权威控制的权力。因为那,邦德先生,不管你喜不喜欢,才是人世间权力的本质。"

邦德伸手拿起摇杯,给自己倒了第三杯酒。他看了一眼哈妮切尼。她看上去很平静,一副漫不经心的样子——好像她的心思根本不在这上面。她对他笑了笑。

诺博士温和地说:"我想你们俩都饿了。请耐心一点,我会说得简短一些。所以,如果你还记得的话,我到了那里,密尔沃基。过了一段时间,我完成了我的学业,然后我离开了美国,不急不慢地周游世界。我称自己为'博士',因为博士能获得别人的信任,可以随便问问题而不至于引起别人的怀疑。我在寻找我的总部,它必须不受即将来临的战争的影响,它必须是一个岛,它必须非常隐秘,它必须适合产业开发。最后我买下了蟹角岛。我在这儿待了十四年。这十四年过得很安全,也很有成果,地平线上没有任何的乌云。我很喜欢把鸟粪变成黄金的主意,干得非常起劲。在我看来这是一种非常完美的产业,对这种产品的需求是持续不断的。鸟儿们不需要任何的照顾,只要不打扰它们。每一只鸟都是一个简易的把鱼变成鸟粪的工厂。把鸟粪挖掘出来只存在一个不要挖得太狠,影响到收成的问题。唯一的困难是劳工成本。那是1942年,古巴和牙买加工人砍甘蔗一周挣十个先令,我靠每周付给他们十二先令吸引了一百个工人到岛上来。鸟粪五十美元一吨,我的赚头很大。但有一个前提——工资不能涨。我通过把我的世界跟外面世界的通胀隔绝开来确保了这一点。时不时也得采取点严厉的措施,但结果是我的人对他们的工资都很满意,因为这是他们所知道的最高的工资了。我买了十几个华裔黑人混血,带着他们的家人过来充当监工。他们每个人每星期可以得到一英镑。他们都很强壮,也很可靠。有时候我必须对他们很残酷,但很快他们就学乖了。我的人手很自然地就增加了。我还找了一些工程师和建筑工人。我们开始在这座山上施工。偶尔我也会高薪请一些专家来。他们会和其他人隔离开来。他们住在山里面,直到完成他们的工作,然后用船把他们送走。照明、通风设备和电梯都是他们建的。这间房子也是他们建的。物资和家具是从世界各地运来的。这些人给我的世界造了一个疗养院的外表,以防哪天发生海难或者牙买加总督想来看看我,可以用来隐蔽我的活动。"诺博士笑了,"你必须承认,只要我愿意,我可以给我的访客们一种最愉快的接待——这也是一种明智的做法,为将来做个预防!慢慢地,有条不紊地,我的堡垒建成了,而那些鸟儿就在那上面撒下它们的粪。这是一个艰难的过程,邦德先生。"他那黑色的眼睛并没有寻求赞同或是赞扬,"但是到了去年末,这项工作已经做完了。一个安全的、伪装得非常好的基地已经建成了。我已经准备好了走向下一步——把权力扩展到外面的世界。"

诺博士停顿了一下。他稍微抬起了一下胳膊,然后又无奈地放在了膝盖上。"邦德先生,我说过了,在这十四年中天空没有任何乌云,但在地平线之下,始终有一朵乌云挥之不去。你知道那是什么吗?那是一种鸟,一种叫作玫瑰琵嘴鹭的可笑的鸟!我不会具体说那些细节来烦你,邦德先生。你已经了解了一些情况。那两个管理员,在几里之外的湖里,靠古巴来的汽艇给他们提供保障,也靠汽艇发出他们的报告。一次偶然的机会,美国的鸟类学家坐汽艇过来,在那个营地里待了几天。我并不在乎,那个区域对我的人来说是个禁区,那些看鸟人也不被允许靠近我的地盘。相互没有接触。从一开始我就跟奥杜邦协会说清楚了,我不会见他们的代表。然后发生了什么事?有一天,如晴天霹雳一般,那艘每月一班的汽艇给我送来了一封信。玫瑰琵嘴鹭成了世界鸟类中的珍品。协会正式通知我,他们想在他们的租地上建一个宾馆,他们的租地就在你们来的那条河的附近。世界各地的鸟类爱好者们都会过来看那些鸟。在那封讨好我、劝说我的信中,他们告诉我,说蟹角岛将成为一个名胜。"

"邦德先生,"诺博士的胳膊抬起又放下,他那固定的笑容上浮起了一层嘲讽,"你能相信吗?我好不容易建起来的隐秘世界!还有我对未来的打算!把这些都抛到一边,就因为一帮老女人和她们的鸟!我看了一下他们的租约。我写信给他们,表示愿意出一大笔钱把那地方买下来。他们拒绝了。所以我就开始研究这些鸟。我发现了它们的习惯。解决问题的办法突然间就出现了。办法很简单。人类始终都是这些鸟最凶狠的破坏者。琵嘴鹭非常怕人。它们很容易受到惊吓。我派人到佛罗里达去买了一辆湿地越野车——就是那种用于石油勘探的车,在什么地形都能开。我把它改装了一下,用来吓唬和焚烧——不仅仅是对鸟,对人也一样,因为那些管理员也必须赶走。然后,十二月的一天晚上,我那辆湿地越野车咆哮着冲过了那个湖。它把那个营地捣毁了,报告称那两个管理员都被杀死了——实际上,后来发现,有一个跑到了牙买加,在那儿才死的——它把鸟儿们的栖息地都烧毁了,在鸟儿们中间造成了恐慌。非常成功!琵嘴鹭们全都神经错乱了。它们成千上万地死亡。然而,后来我又接到了一个在我的机场降落一架飞机的请求,要对那件事进行调查,我决定同意这个请求。这样似乎更明智一些。我安排了一场事故。飞机降落的时候,一辆卡车失控冲下了跑道。飞机被毁掉了。有关那辆卡车的所有痕迹都被清除了。那些尸体被毕恭毕敬地装在棺材里,然后我报告了这个惨案。如我所料,还有进一步的调查。来了一艘驱逐舰。我非常礼貌地接待了舰长。他和他的军官们被带着在海边看了一圈,然后被领着到了岛里面,给他们看了营地的残骸。我的人说那两个管理员因为孤独而发疯了,相互斗殴。幸存者给营地放了把火,坐着他用来钓鱼的独木舟逃跑了。他们检查了一下机场。我的人报告说,飞机降落得太快,轮胎肯定是在撞击之下爆掉了。尸体移交给了他们,气氛很悲伤。那些官员很满意。那艘船走了。又是一派平静。"

诺博士优雅地咳嗽了一声。他看看邦德,看看那姑娘,然后又看了看邦德。"这,我的朋友,就是我的故事——更准确地说,是我确信将是一个漫长而有趣的传奇的第一章。隐秘重新又被建立起来。现在没有玫瑰琵嘴鹭了,所以也不会有管理员了。毫无疑问,奥杜邦协会会决定接受我买下他们余下的租期的提议。无所谓。如果他们又开始他们的小活动,其他的不幸就会落在他们身上。这件事已经给了我一个教训。不能再有干扰了。"

"有意思,"邦德说,"一份有意思的病历。所以这也是为什么斯特兰韦斯必须被除掉的原因了。你对他和他那位姑娘做什么了?"

"他们就躺在莫纳水库的库底。我派了三个我最得力的人去。我在牙买加有一套很小,但很管用的机器。我建立了一套监视牙买加和古巴的情报机构的体系。这对我下一步的运作是很有必要的。你那位斯特兰韦斯先生起了疑心,开始四处打探。幸运的是,到那个时候我已经很清楚这个人日常活动的规律了。他和那个姑娘的死亡只是一个时机选择问题。我本来想对你也采取类似的方式。你很幸运。但是我已经从国王官邸的档案里知道了你是一个什么样的人。我想苍蝇会飞到蜘蛛网上来的。我早就等着你了,当那条独木舟出现在雷达屏幕上,我就知道你跑不掉了。"

邦德说:"你的雷达不是很管用。有两条独木舟。你看到的那条是这位姑娘的。我告诉你了,她跟我一点关系都没有。"

"那她就太不幸了。我碰巧需要一个白人女人做个小实验。正如我们先前说过的,邦德先生,一个人通常都会得到他想要的东西。"

邦德若有所思地看了一眼诺博士。他在琢磨是不是值得尝试一下在这个貌似无懈可击的人身上戳出一个洞来。浪费口舌威胁或者吓唬他一下值得吗?邦德手里只有两张破牌。把这牌打出去的想法简直让他自己都感到无聊。他若无其事地把这念头打消了。

"那这样的话就是你倒霉了,诺博士。你已经被伦敦记录在案了。我对这件事的考虑、下了毒的水果、蜈蚣、被撞毁的汽车,全都记录在案了。陈小姐和泰诺小姐的名字也被记录在案了。我跟牙买加的人说了,如果我三天内不能从蟹角岛回来,我的报告就必须被打开,并采取相应的行动。"

邦德顿了一下。诺博士的脸上没有任何反应。颈动脉平稳地跳动着。邦德往前倾了倾身,他柔和地说:"但因为这姑娘的关系,也仅仅因为她,诺博士,我愿意跟你做个交易。作为我们安全回到牙买加的交换条件,你可以有一个星期的时间。你可以带着你的飞机、你的邮票,想办法逃走。"

邦德往椅子上一靠。"有兴趣吗,诺博士?"

Dr. No

第十六章　即将到来的痛苦

邦德身后一个声音平静地说:"晚餐准备好了。"邦德转过身去。说话的是那位保镖。他旁边站着另外一个人,很可能是他的孪生兄弟。他们站在那儿,就像两个结实的肌肉筒,双手藏在唐装衣袖里,目光越过邦德的脑袋看着诺博士。

"呵,已经9点了。"诺博士慢慢站起身来,"来吧。我们可以在更亲切的氛围里继续我们的交谈。感谢你们如此耐心地听我说话。希望我的粗茶淡饭不会是你们更多的负担。"

那两个穿着白色夹克的男人身后墙上的对开门打开了。邦德和那姑娘跟着诺博士穿过那扇门,来到一个八角形的小房间,房间装饰着桃花心木嵌板,房间中央挂着一盏银色的枝形吊灯,蜡烛外罩着防风玻璃。银质餐具和玻璃杯发出温暖的光彩。纯深蓝色地毯很厚,显得很豪华。诺博士坐在了中间的高背椅上,弯身请那姑娘坐到他右边的椅子上。他们坐下来,展开白色丝质餐巾。

这种虚伪的礼仪和迷人的房间都令邦德抓狂。他渴望亲手打破这一切——把丝质餐巾缠在诺博士的脖子上使劲勒,直到他的隐形眼镜从那该死的黑色眼睛里掉出来。

那两个保镖戴上了白色的棉手套。他们彬彬有礼、有条不紊地提供着服务,诺博士偶尔用中文说上句什么,催他们更快一点。

一开始,诺博士显得有些心不在焉。他用一把在钳子上卡得正合适的短柄勺子慢条斯理地喝了三种不同的汤。邦德不想让那姑娘看出他的恐惧。他放松地坐在那儿,装出很有胃口的样子吃喝着。他开心地和那姑娘聊着牙买加的鸟、野兽和花,这些话题对她来说很轻松。偶尔他会在桌子下用脚去碰碰她的脚。她几乎开心起来。邦德想他们正在上演一场精彩的表演,模仿一对订了婚的情侣,正在赴一场他们讨厌的一个叔叔邀请他们的晚宴。

邦德不知道自己这种浅陋的伪装有没有用。他感觉他们的机会并不大。诺博士,还有诺博士的故事,似乎都无懈可击。他那令人难以置信的自述听上去像是真的。其中没有一句话是不可能的。也许世界上还有其他人也有他们的隐秘王国——远离人们熟悉的世界,在那儿没有任何目击证人,他们可以做任何他们想做的事。在拍死了飞过来烦他的苍蝇之后,诺博士下一步打算干什么?如果他杀死邦德和这姑娘,伦敦会捡起邦德已经发现的线索吗?很可能会。有普莱德尔-史密斯呢,还有下了毒的水果作为证据。但代替邦德的人能追查诺博士到什么程度呢?深不了。面对邦德和科勒尔失踪的问题,诺博士只会耸耸肩。没听说过这两个人。与这位姑娘也不会有任何的牵连。在摩根港,他们会以为她在某次探险中淹死了。很难想象有什么可以影响到诺博士——影响他生命的第二章,不管那是什么。

在假装和那姑娘闲聊的同时,邦德做好了最坏的打算。在他的餐盘旁边有很多的武器。烤得很好的羊排端上来的时候,邦德犹豫不决地摆弄着那些刀叉,最终选了一把面包刀来吃羊排。他边吃边聊着,同时慢慢把那把吃肉用的大钢刀向自己挪动。他右手向外一张,打翻了香槟酒杯,在杯子倒下的那一瞬间他用左手把那刀拂进了唐装深深的衣袖里。在他的道歉声中,在他和那保镖手忙脚乱地把洒出来的香槟擦掉的混乱之中,邦德抬起自己的左胳膊,让那把刀滑到腋窝之下,然后在唐装里掉到了腰际。等吃完了羊排,他紧了紧腰间的丝带,把那把刀挪到了肚子上。那刀舒服地贴在他的皮肤上,慢慢被焐热了。

咖啡端上来了,晚餐结束了。那两个保镖走过来,近距离站在邦德和那姑娘的椅子后面。他们的胳膊交叉抱在胸前,面无表情,一动不动,就像两个行刑人。

诺博士轻轻把杯子放在碟子上,把他那两副钢爪放在面前的桌子上。他稍微坐直了些。他略微朝邦德转了转身。此时他脸上没有那种心不在焉的表情了。目光坚定而直接。他那薄薄的嘴唇抿了一下,张开了:"晚饭吃得愉快吗,邦德先生?"

邦德从面前的银盒里拿出一支香烟点上了。他把玩着那只银质的台式打火机。他预感到坏消息即将来临。他必须想办法把这打火机装进兜里,火可能是另一件武器。他轻松地说:"很愉快。饭很好。"他朝那姑娘看过去。他坐在椅子上向前一倾身,把小臂放在桌子上。他两只胳膊一交叉,把打火机盖住了。他对她笑了笑,说:"希望我给你点的东西对你胃口。"

"哦,没错,很好吃。"对她来说这场派对还在进行中。

邦德使劲抽着烟,摆动着手和小臂,做出一副动静很大的样子。他转向诺博士,把烟掐灭,靠在了椅子上。他把胳膊交叉抱在胸前。那只打火机已经在他左腋下了。他开心地笑了笑:"现在干什么,诺博士?"

"我们接着进行我们的饭后娱乐,邦德先生。"诺博士挤出一丝浅笑,然后笑容又消失了,"我从各个角度考虑了一下你的建议。我不接受。"

邦德耸耸肩:"你太不明智了。"

"不,邦德先生。我怀疑你的建议只是一块假金砖。干你们这一行的人不会像你说的那样行事。他们会定期向总部报告。他们会让他们的上司了解他们的调查进展。我知道这些事。秘密特工不会像你说的那样做事。你悬疑小说看多了。你那套说辞一听就是在装。不,邦德先生,我不相信你的故事。就算它是真的,我也准备面对一切后果。让我改弦更张代价太大了。就算警察会来,军队会来吧。一个男人和一个姑娘去哪儿了?什么男人,什么姑娘?我什么都不知道。请走吧。你们打扰我的鸬鹚了。你们的证据在哪?你们的搜查证呢?英国法律很严格的,先生们。回家吧,让我和我亲爱的鸬鹚们清静清静吧。你明白了吧,邦德先生?我们就假设最坏的情况会发生吧。假设我的一个手下把事情泄露出去了,虽然这种可能性非常小（邦德想起了陈小姐的坚忍）。我有什么可损失的呢？案件记录上又多了两件杀人案。但是，邦德先生，一个人只能被吊死一次。"那长长的梨形的脑袋慢慢摇了摇，"你还有其他要说的吗？有什么问题要问吗？一个繁忙的夜晚在等待你们俩。你们的时间不多了。而我必须去睡觉了。每月来一次的船明天就会进港，我还要看着他们卸货。我必须要在码头待上一整天。还有什么要说的吗，邦德先生？"

邦德朝那姑娘看过去，她脸上一片惨白。她盯着他，等待他创造奇迹。他低头看了看自己的手。他仔细打量着自己的指甲。为他们争取时间。他说："然后怎么样？忙完了你的鸟粪，你下一步的计划是什么？你觉得你想写的下一章是什么？"

邦德没有抬头。那深沉、平静、满含权威的声音像是从夜空中传下来一般送进他耳朵里。

"哦，对了。你肯定一直在琢磨这个，邦德先生。你有打听的习惯。这种习惯甚至会保持到最后，哪怕是捕风捉影。一个只有几个小时好活的人身上还有这种素质，我很敬佩。所以我会告诉你。我会翻开下一页。这会给你一些安慰。这地方除了鸟粪之外，还有其他东西。你的直觉没有骗你。"诺博士顿了一下，以加重自己的语气，"这个岛，邦德先生，将被发展成世界上最有价值的技术情报中心。"

"真的吗？"邦德的目光还停留在自己的手上。

"你肯定知道吧，穿过向风海峡离这儿三百英里的地方，有一座特克斯岛，是美国测试导弹的最重要的中心。"

"那是一个重要的中心,没错。"

"也许你也看到那些火箭最近老是跑偏的报道了?比如多级火箭'蛇鲨'没有落在南大西洋的海底而是落在了巴西的森林里?"

"知道。"

"你还记得它拒绝听从遥测指令,改变航线,哪怕会自毁吗?它好像发展出了一种自己的意愿?"

"记得。"

"还有很多其他样机失误的例子,致命的失误——祖尼、斗牛士、海燕、雷古拉斯、波马克等等,一长串名单,这么多名字、这么多型号,我都记不全了。好了,邦德先生,"诺博士口气里有一股掩饰不住的骄傲,"告诉你这些失误中的绝大部分都是由蟹角岛引起的,你可能会很感兴趣。"

"是这样吗?"

"你不相信我?没关系。其他人相信。那些见证了一系列导弹因为不断发生的导航错误、不能听从特克斯岛发出的指令而不得不被完全放弃的事实的人相信。那些人是俄罗斯人。俄罗斯人是我这项事业的合伙人。他们为我训练了六个人,邦德先生。其中两个这会儿就在值班,监控无线电频率,那些武器就是靠这些无线电波指路的。在我们上面的地道里有价值一百万美元的仪器。邦德先生,向电离层发送指令,等待别人发出的信号,干扰它们,用电波阻塞电波。时不时地有火箭腾空而起,飞越大西洋上空一百或者五百里。我们跟踪它们,跟特克斯岛的控制室一样精确。然后,突然间,我们的讯号传到了火箭上,它的大脑糊涂了,它疯了,它一头扎进了海里,它突然改变了方向,它把自己毁了。又一次试验失败了。操作者们受到了责怪,还有设计者们,还有制造者们。五角大楼慌了。必须试试其他东西,不同的频率、不同的金属、不同的控制中心。当然,"诺博士貌似公正地说,"我们也有我们的困难。我们追踪了很多次试验发射,却没有办法进入新火箭的大脑。但是,然后我们就会紧急跟莫斯科联系。没错,他们甚至还给我们提供一台有我们自己频率和程序的密码机。而且俄罗斯人很有思想。他们给我们提建议。我们做测试。然后,终于有一天,邦德先生,就像从人群中吸引一个人的注意一般,火箭在高高的同温层对我们的信号做出了反应。它接受了我们的信号,我们能对它发号施令,改变它的想法了。"诺博士顿了一下,"你不觉得这很有意思吗?邦德先生,关于我这个鸟粪生意之外的小小副业?它,我可以告诉你,非常赚钱。它还可以更赚钱。谁知道呢?我已经派人去试探了。"

邦德抬起了眼睛。他若有所思地看着诺博士。他果然猜对了。眼睛所看到的一切之外果然还有更多的东西,多得多的东西。这是一场庞大的游戏,一场能解释一切的游戏,一场在国际谍报市场上非常划算的游戏。明白了,明白了!一切的谜团都可以彻底解开了。为了这个目的当然值得吓跑一些鸟、干掉几个人。隐秘?诺博士当然必须要除掉他和那姑娘。权力?这就是权力。诺博士真的是做上大买卖了。

邦德用一种新的眼光看着诺博士那双黑洞似的眼睛。他说:"为了守住这个副业,诺博士,你必须要杀掉更多的人。它的确很值钱。你在这儿的财富的确不小——比我想象的大多了。会有人想要从这个大蛋糕中分走一块的。我不知道谁会首先找到你,把你干掉。上面那些人,"他指了指天花板,"那些在莫斯科受过训的人?他们是懂技术的人。我不知道莫斯科在叫他们干什么?你也不知道,对不对?"

诺博士说:"你总是低估我,邦德先生。你是一个很固执的人,而且比我想象的还要愚蠢。我意识到了这些可能性。我从这些人当中挑选了一个,把他变成了一个秘密的监视者。我给了他一套密码和密码机的副本。他住在山里的另一个地方。其他人都以为他死了。所有工作时间他都在监控。他向我提供所有通信的副本。到目前为止,从莫斯科传来的信号还看不出有任何阴谋的迹象。我一直都在考虑这些事情,邦德先生。我采取了预防措施,而且会采取更多的预防措施。就像我说的,你低估我了。"

"我没有低估你,诺博士。你是一个很小心的人,但有太多的案底指向你。我虽然干的是另一行,但这对我同样也适用。我知道那种感觉。但你的一些案底真的是太糟糕了。比如,那些中国人。我就不会那么做。联邦调查局根本不用费吹灰之力就查得出来——抢劫,还有虚假身份。而且,你像我一样了解俄罗斯人吗?你现在是他们'最好的朋友',但俄罗斯人根本就没有合作伙伴。他们会想接管你——用一颗子弹就把你全部的股份'买'下了。还有你已经开始给我们情报局留下的案底。你真的希望我把那案底弄厚一点吗?如果我是你就不会那么做,诺博士。我们情报局里都是一帮执着的人。如果我和那姑娘发生什么事,你会发现蟹角岛只是一个非常非常小的、透明的小岛。"

"人不冒险就不可能玩大赌博,邦德先生。我接受这些风险,而且尽我所能做好了防备这些风险的准备。你看,邦德先生,"那低沉的声音透着一股贪婪,"我就快要做成更大的事了。我刚才提到的第二章可能给我带来的回报任何人都不可能因为害怕而放弃,除非他是一个傻瓜。我告诉你了,我能改变那些火箭赖以飞行的电波,邦德先生。我能让它们改变航线,不理睬它们的无线电控制。如果我再进一步,你会怎么说呢,邦德先生? 如果我能让它们掉进这个岛附近的海里,把它们打捞上来发现制造它们的秘密呢? 眼下,当这些火箭燃料耗尽,靠降落伞掉进海里的时候,远在南大西洋的美国驱逐舰会去打捞它们。但有的时候降落伞没打开,有的时候自毁装置没有启动。如果隔一段时间就有一种新型火箭的样机脱离轨道,在蟹角岛附近坠落,特克斯岛上没有任何人会感到惊讶。它至少首先会被归咎于机械故障。然后,他们也许会发现除了他们自己的无线电讯号之外,还有其他讯号在指引他们的火箭。一场干扰与反干扰的战争将会开启。他们会试图找到那些虚假讯号的来源。一旦发现他们在找我,我还有最后一招。他们的火箭会发疯。它们会落在哈瓦那,落在金斯敦。它们会转回头,落在迈阿密。哪怕不带弹头,邦德先生,五吨金属以每小时一千英里的速度坠落也会对一个人口密集的城市造成很大的破坏。然后会怎么样? 会有恐慌,会引发民众的强烈抗议。实验会被迫停止。特克斯岛基地会被迫关闭。俄罗斯会愿意付多少钱让这样的事发生呢,邦德先生? 我替他们缴获的每一种样机他们又愿意付多少钱呢? 整个运作一千万美元怎么样? 两千万? 那将是军备竞赛中一次无比宝贵的胜利。

我想要多少钱都可以。你不同意吗,邦德先生?你不同意有了这些考虑你的劝说和威胁就显得微不足道了吗?"

邦德什么也没说,也没什么好说的。他突然间仿佛回到了摄政公园之上那间安静的房间里。他可以听见雨柔和地打在窗户上,听见M不耐烦的、嘲讽的声音说:"哦,只是一件该死的有关鸟的事⋯⋯在阳光下度度假对你有好处⋯⋯例行调查。"而他,邦德,坐着一条独木舟,带着一个渔民和一顿野餐出发了——几天以前,几个星期以前?去"看一看",好了,他已经打开潘多拉的盒子,看清楚了。他已经找到了答案,别人也把秘密告诉他了——现在呢?现在他会被礼貌地引向自己的坟墓,带走所知道的秘密,还有那只他偶然遇到、拽着跟自己走进这场极端愚蠢冒险的迷途羔羊。邦德内心的痛苦涌到了嘴里,有那么一刻他都觉得自己快要吐了。他伸手拿起他的香槟,一口把酒喝了。他厉声说:"好了,诺博士,现在让我们把表演继续进行下去吧。你的计划是什么——刀、子弹、毒药还是绳子?但是请快一点,我已经看够你了。"

诺博士的嘴抿成了一条细细的红线。他那台球一般的额头和头颅下,目光像玛瑙一样坚硬。那彬彬有礼的面具不见了。大法官坐上了他的高背椅,到了给罪犯施以酷刑的时间了。

诺博士说了句话,那两个保镖往前跨了一步,抓住邦德和那姑娘的胳膊肘,把他们的胳膊拧到后面,靠在椅侧。他们没有反抗。邦德一门心思想着怎么把那打火机在腋窝下藏好。那双戴着白手套的手,紧抓着他的胳膊,感觉就像钢箍一样。他看着对面的姑娘笑了笑:"对不起,哈妮。我恐怕我们到头来还是不能一起玩游戏了。"

那姑娘的眼睛因为恐惧而成了一种蓝黑色,脸色惨白。她的嘴唇颤抖着。她说:"会痛吗?"

"闭嘴!"诺博士的声音就像皮鞭抽打一般,"别再说这些蠢话了。当然会痛。我感兴趣的就是痛苦。我对发现人体到底能承受多少痛苦同样也感兴趣。我时不时会拿我手下那些必须受到惩罚的人做实验。还有像你们这样的擅自闯入者。你们俩给我找了很多的麻烦。作为交换,我打算让你们受很多的苦。我会记录下你们忍受的时间。过程中的细节也会被记载下来。有一天我的发现会公布于世。你们的死将服务于科学研究。我从来不浪费人体材料。德国人在战争期间拿活人做的那些实验对科学是很有好处的。上次我用我为你选择的方式把一个姑娘处死已经是一年前的事了,臭女人。她是一个黑人女人,她坚持了三个小时,被吓死的。我一直想找个白人女人做个比较。有人向我报告你上了岛,我一点也不吃惊。我想要什么就会得到什么。"诺博士靠在了椅背上。他的目光此刻集中在了那姑娘身上,观察着她的反应。她的眼睛也瞪着他,精神恍惚,就像一只丛林小鼠面对着一条响尾蛇。

邦德咬了咬牙。

"你是一个牙买加人,所以你会知道我在说什么。这个岛叫蟹角岛。它之所以有这个名字是因为岛上到处都是螃蟹,陆地蟹——在牙买加它们被称为'黑蟹'。你知道它们的。它们每只重达一磅左右,像碟子一样大。每年这个时候成千上万只黑蟹会从它们在海岸附近的洞穴往山这边爬。爬到珊瑚地之后,它们又会钻进岩石中的洞里,在那里产卵。它们每次都是成百上千只成群地往上爬。没有什么能阻挡它们,遇到什么穿过什么,遇到什么越过什么。在牙买加,在它们前进道路上的房子它们都能穿过去。它们就像挪威的旅鼠。那是一种强迫性的迁徙。"诺博士顿了一下,他温和地说,"但有一点不同,这种黑蟹会吞没它们在路上所遇到的所有东西。而眼下,臭女人,它们正在'奔跑'。成千上万只黑蟹正沿着山脊往上爬,红色的、橘色的、黑色的,像一股股浪一般,匆匆忙忙往上爬,在我们上面的岩石上刮出沙沙的声音。而今晚,在它们前进的道路中间,它们会发现一个女人赤裸着身体被绑在柱子上——给它们摆开的一道盛宴——它们会用它们捕食的钳子去感觉那温暖的身体,其中有一只会用它的蟹钳第一个切入那个身体,然后……然后……"

姑娘发出一声呻吟。她的头软绵绵地垂向了胸前,昏倒了。邦德的身体在椅子上猛烈地挣扎着。一串秽物从他咬紧的牙关中哧哧地喷出来。那双大手死死地攥着他的胳膊,就像一团火一样令他的胳膊阵阵灼痛。他甚至都没法把椅子腿在地板上移动一下。过了一会儿,他停止了挣扎。他等自己的声音平稳下来,然后他说,话语里满含着他所能注入的所有恶毒:"你个浑蛋,你会因此而下地狱的。"

诺博士浅笑了一下。"邦德先生,我不承认地狱的存在。安慰一下自己吧。也许黑蟹们会从咽喉或者心脏开始。脉搏的跳动会吸引它们。那样的话时间就不会太久了。"他用中文说了句什么。站在那姑娘椅子后面的保镖向前一弯身,把她整个地从椅子上拎了出来,就像她是个孩子一般,把她那没有任何反应的身体甩到了肩膀上。她的头发像一道金色的瀑布从两只晃荡着的胳膊间倾泻下来。保镖走到门边,把门打开,走了出去,把门在身后无声无息地关上了。

有那么一刻房间里没有任何声音。邦德一心只想着贴在他皮肤上的那把刀和腋窝下的那只打火机。他用这两块金属物件能造成多大的伤害呢?他能想办法凑到能够着诺博士的地方吗?

诺博士平静地说:"你刚才说权力只是一种幻觉,邦德先生。你改变想法了吗?我为那姑娘选择这种特别的死法的权力当然不是一种幻觉。不过我们先不说这个了,我们接着说你自己离开人世的方法吧。那也很有新意。你知道,邦德先生,我对勇气的解剖很感兴趣,对人体忍耐的能力很感兴趣。但是怎么衡量人的忍耐力呢?怎么画出一张渴望生存、承受痛苦、战胜恐惧的图表呢?我对这个问题思考了很多,而且我相信我已经有了答案。当然,它还只是一种粗陋的办法,随着越来越多的对象被投入测试,我会从经验中学到更多。我已经尽我最大的努力让你做好成为试验品的准备。我给你吃了镇静剂,这样你的身体才能休息好;我让你吃得很好,这样你才能保持充沛的体力。将来的——我该怎么称呼他们呢——患者,也会有同样的优厚待遇。从这一点上说所有人的起点都是一样的。在那之后,就是每个人的勇气和忍耐力的问题了。"诺博士顿了一下,看着邦德的脸,"你知道,邦德先生,我刚刚建好了一个障碍赛场,一个与死亡抗争的野战训练场。我不多说了,因为意外因素也是恐惧的构成成分之一。未知的危险是最大的危险,对勇气储量构成最大的压力。我可以自豪地说,你要经受的考验包含着丰富的意料之外的因素。这将是一件很有趣的事,邦德先生,让一个有着你这样身体素质的人成为我的第一个挑战者。看看你到底能在我设计的赛道上跑多远,将是一件非常有趣的事。你应该为将来的选手树立一个有价值的标靶。我对你的期望很高。你应该走得很远,但当你终于在一个障碍前倒下——这是不可避免的——你的尸体会被找回来,我会非常仔细地检查你尸体的物理状况。数据会被记录下来。你会成为图表上的第一个圆点。这也算是一种荣誉,对吗,邦德先生?"

邦德什么也没说。这一切到底他妈的是什么意思?这测试都包括什么?他有可能存活下来吗?他有可能及时逃脱出来,找到那姑娘吗?哪怕只能杀掉她,让她免受折磨之苦?默默地,邦德鼓起勇气,坚定起自己的意志,抵御已经扼住他咽喉的、对未知的恐惧,把全部的心思集中在如何生存下来上。首要的就是,他必须想办法保住他的武器。

诺博士站起身来,从椅子旁走开。他慢慢走到门边,转过身来。他那黑洞般的眼睛带着凶光从门楣下回望着邦德。他的脑袋稍微歪了歪,紫红色的嘴唇往后一收。"替我好好跑,邦德先生。我的意志,就像他们说的,和你在一起。"

诺博士转身走了,在他那瘦长的、青铜色的背影之后,门轻轻地关上了。

Dr. No

第十七章　长长的尖叫

电梯里有一个人。电梯门开着,等候着。两只胳膊仍被锁在身体的两侧,詹姆斯·邦德被推进了电梯。此时餐厅应是空无一人了。还要过多久这些保镖才会回来收拾餐桌,发现有东西不见了?电梯门嘶嘶地关上了。看电梯的人站在按键前面,所以邦德看不见他按了什么。他们在往上走。邦德试图估算一下距离。电梯发出一声叹息般的声音停下了。时间似乎比他和那姑娘下来的时候要短得多。电梯门打开,他们来到一条没有铺地毯的走廊,石墙上涂着粗糙的灰漆。走廊笔直地向前延伸了约二十米。

"把着电梯,乔,"抓着邦德的人对看电梯的人说,"马上就回来找你。"

邦德被带着沿走廊往前走,一路经过一溜儿以字母编号的门。空气中隐隐约约有机器的嗡嗡声,在一扇门后面邦德觉得自己能听见噼里啪啦的无线电噪音。听起来他们好像是在山里的机房里。他们来到了最后一扇门。门上标着一个黑色的 Q。门虚掩着,保镖把邦德往门里一推,门开了。门里是一间大约有十五平方英尺的石头牢房,墙上涂着灰漆。房间里什么都没有,只有一把木椅,椅子上放着邦德的黑色牛仔裤和蓝色衬衣,都洗过了,叠得整整齐齐。

保镖放开了邦德的胳膊。邦德转过身来,看着他卷发下那张宽宽的黄色的脸。他那双明亮的褐色眼睛里透着一丝好奇和愉悦。那人站在那儿,握着门把手。他说:"好了,就是这了,伙计。你到了起跑门了。你可以选择坐在这儿腐烂掉或者是找到通往训练场的路。旅途平安。"

邦德心想不妨试一试。他的目光越过保镖,瞟了一眼看电梯的人,他正站在打开的电梯门边看着他们。他轻声说:"想不想稳稳当当挣一万美元,外加一张去世界任何地方的飞机票?"他盯着那人的脸。那人咧开嘴笑了,露出一口黄牙,牙齿因为长年嚼甘蔗而参差不齐。

"谢谢了,先生。我宁愿选择活着。"那人作势要关门。邦德着急地低语道:"我们可以一起逃出这里。"

那双厚厚的嘴唇冷笑了一下,说:"闭嘴!"哐当一声,门结结实实地关上了。

邦德耸了耸肩。他草草地瞟了一眼那扇门。门是金属做成的,里面没有把手。邦德没有白费力气拿肩膀去试试门是否结实。他走到椅子边,在那堆整整齐齐的衣服上坐下,四下里打量了一圈这间牢房。墙上空无一物,除了一扇通风窗。通风窗是用粗粗的铁丝制成的,就装在天花板下的一角。窗子比他肩膀要宽。显然它就是通往野战训练场的出口。墙上另外的一个开口是一个观察孔。观察孔还没有邦德的头大,装着厚厚的玻璃,就安在门上面一点点。走廊的灯光透过这个观察孔射进牢房里。其他就什么也没有了。再浪费时间已经没有意义了。现在差不多应该是10点半了。在外面,在山坡上的某个地方,那姑娘应该已经躺在那儿,等待着蟹爪在灰珊瑚上发出咔嚓咔嚓的声音了。一想到那姑娘的身体被四仰八叉地袒露在星光之下,邦德就恨得咬牙切齿。他猛地站了起来。他呆坐在这儿算是怎么回事呵!不管在铁窗的另一边等待他的是什么,现在都是出发的时候了。

邦德取出刀和打火机,把唐装一把扔掉。他穿上裤子和衬衣,把打火机塞进屁股兜里。他用大拇指试了试刀锋。刀很锋利。如果他能把刀再弄出个尖儿来,那会更好。他跪在地上,开始在石头上磨刀的圆头。花了宝贵的半个小时的时间之后,他满意了。它算不上一把匕首,但它既能刺又能切。邦德用牙咬住刀,把椅子搬到窗下,爬到了椅子上。对了,还有这铁窗!如果他能把它从铰链上拽下来,就可能把那四分之一英寸粗的铁丝做成的边框弄直,做成一支矛。那样他就有第三件武器了。邦德弯着手指伸手上去。

再接下来他所知道的就是胳膊上的一阵灼痛和他的脑袋砸在石头地板上的砰的一声了。他躺在那儿,头晕目眩,只记得他曾看见一道蓝色的闪光,听见电流发出的嘶嘶声和噼啪声,从而知道自己是被什么击中了。

邦德爬起来,跪在地上。他低下头,慢慢地左右摇晃摇晃,像一只受了伤的野兽。他闻到一股肉烧焦的味道。他把右手举到眼前。一道裂开的红色伤疤穿过所有手指内侧。光看着它就感觉到痛。邦德咬牙吐出一句骂人的脏话。他慢慢站起身来,眯着眼向上看了看那扇铁窗,好像它又会攻击他似的,就像是一条蛇。他郁闷地把椅子靠在墙上,拿起刀从扔掉的唐装上割下一块布条,把它紧紧地绑在手指上。然后,他又重新爬上椅子,看着那扇窗。他必须穿过去。电击只是为了打击他的士气——让他先尝一尝即将到来的痛苦是什么滋味。他肯定自己已经把这该死东西的保险丝烧断了,或者他们肯定已经把电源关掉了。他只看了它一会儿,然后左手手指弯曲着直接伸向了那没有人性的铁丝网。他的手指穿过网孔,抓住了铁丝网。

什么也没发生!什么都没有——只是铁丝。邦德咕哝了一声。他感觉到自己的神经松弛下来。他拽了拽铁窗。它松动了一点。他又拽了一下,它随着他的手松脱下来,悬在两根铜电线上,电线没进了墙里。邦德把铁窗从电线上拽脱,从椅子上跳下来。没错,边框上有一个接口。他开始把铁丝网拆掉。然后,用椅子当锤子,他把粗铁丝敲打直。

过了十分钟,邦德造出了一支约有四英尺长的弯曲的矛。矛的一端原本是用钳子剪断的,所以呈锯齿状。它连人的衣服都扎不透,但用来扎人的脸和脖子还是很管用的。邦德用尽全身力气,利用铁门下的缝隙,把钝的那一端弯成一个粗糙的弯钩。他把这支矛跟自己的腿比了一下。太长了。他把它对折起来,塞进了条裤腿里。现在它挂在他裤腰上,只比膝盖高一点点。他走回到椅子前,又爬了上去，紧张地去够通风管道的边。没有电击。邦德往上一蹿，穿过那个豁口，肚皮朝下趴在那儿，顺管道向前望去。

管道比邦德的肩膀大约宽四英寸。管道是圆形的，用光滑的金属制成。邦德伸手拿出打火机打着，庆幸自己灵机一动想到了要拿上它。没错，管道是用看上去很新的薄锌板做成的，笔直地向前延伸，除了几截管道连接的地方有些褶皱之外，没有任何变化。邦德把打火机放回口袋里，像蛇一样向前爬行。

邦德前进得很轻松。通风系统的凉风强劲地吹在他脸上。空气中没有海的味道——它是来自制冷设备的密闭管道。诺博士肯定是特意改装了一根管道。他在这里面安装了什么危险来考验他的猎物呢？肯定是别出心裁而令人痛苦的——专门设计用来削弱猎物的抵抗力。而在终点，这么说吧，将会有致命一击，如果猎物能走得那么远的话。那将是一种决定性的东西，一种无路可逃的东西，因为在这场竞赛中除了湮没没有其他奖品——而这种湮没，邦德心想，他可能会很高兴去赢得。除非，当然，诺博士有一点点过于聪明了。除非他低估了猎物求生的意志。而那，邦德想，是他唯一的希望——尽力安然度过其间的种种危险，至少坚持到最后的关头。

前面有一点微弱的光。邦德小心翼翼地靠近，感官像天线一般在前方搜索着。光变亮了。那是水平管道顶端反射出来的光。他继续往前爬，直到他的脑袋碰到了管道壁。他翻过身来仰面躺着。在他的正上方，在大约五十米长的垂直管道顶端，有一种稳定的闪光。邦德感觉就像是在从一根长长的枪管向上看。所以他将要垂直爬上这没有一个落脚点的光溜溜的铁管！这可能吗？邦德把肩膀张开。没错，它们能抵住两侧。他的脚也能暂时获得一点支撑，但除了接缝处的褶皱能给它们一点点向上的支持以外，它们很快就会向下滑。邦德耸了耸肩，把鞋子踢掉。光说道理是没有用的。他必须要试一试。

一次爬六英寸，邦德的身体开始沿管道向上蠕动——张开肩膀抵住两侧，抬起脚，固定住膝盖，把脚顺着管壁往上顶，当脚因为体重而向下滑时，收缩肩膀，把它们向上抬起几英寸。就这样一次又一次，一次又一次。邦德在每个管道连接点的细小的隆起处停顿一下，利用那细微的额外支撑喘口气，计划好下一步。除此之外，不要往上看，心里只想着必须一英寸一英寸征服管道。别担心那微光似乎永远也不会变得更亮一点或是近一点。别担心没有抓牢掉到管道底会把自己的脚脖子摔碎。别担心抽筋。别担心你那酸痛得要命的肌肉或是你肩膀和脚两侧肿起的瘀伤。只管承接迎面而来的银色管道，一英寸一英寸地征服它们。

然而这时候，他的脚开始出汗、打滑了。有两次邦德向下滑了近一米，他那因为摩擦而灼痛的肩膀才把他止住。最后，他只好完全停下来，把汗在向下吹的风里晾干。他等了整整十分钟，看着自己在那光滑的金属板上的模糊的倒影，因为嘴里衔着那把刀，脸看上去像是被劈成了两半。即便在这时候，他仍旧拒绝向上看，看还有多远。因为有可能太远而让他无法承受。邦德小心翼翼地把两只脚在裤腿上擦干，重又开始向上爬。

此时邦德的脑子一半在做梦，一半在战斗。他甚至都没有意识到风力越来越强,光也慢慢变亮了。他把自己想象成一只受伤的毛毛虫正沿着污水管爬向浴缸的放水孔。当他穿过放水孔后他会看到什么?一个裸体的姑娘在擦干身体?一个男人在刮胡子?阳光透过打开的窗户射进空无一人的浴室?

邦德的脑袋撞上了什么东西。放水孔插着塞子!失望的冲击让他向下滑了近一米,他的肩膀才重又顶住了管壁。这时他才醒悟过来。他已经到顶了!这时他才注意到那明亮的光和强劲的风。他重又往上爬,带着一股急切同时又格外小心,直到他的脑袋碰到了什么东西。风吹进了他的左耳。他小心翼翼地抬起头。这是另一段水平的管道。在他头顶,光线透过一个装着厚厚玻璃的观察孔射进来。他所要做的就是一点一点转过身来,抓住新的管道的边缘,想办法攒足力气爬进去。然后他就可以躺下来了。

因为非常担心这时候有什么东西会出问题,他可能犯下什么错误,掉下管道把骨头摔断,邦德格外谨慎地完成了那些动作,呼出的气在管壁上留下一层雾气。他用尽最后一丝力气,翻进管道口,瘫倒在地,平趴在那儿。

过了一会,邦德的眼睛睁开了,身体动了动。他的身体差点儿完全失去了知觉,是寒冷把他从那种状态的边缘惊醒过来。他痛苦地翻过身来,脚和肩膀痛得让他龇牙咧嘴,他躺在那儿恢复神智,积攒更多的力气。他根本不知道现在是什么时间,也不知道他是在山里的什么位置。他抬起头,回头看看他刚才经过的那个管道上面的观察孔。光线有些发黄,玻璃看上去很厚。他想起了标着 Q 字母的那间牢房上的观察孔。从那个观察孔根本不可能找到什么突破口,而这一个,他猜想,同样也是如此。

突然,他看到那玻璃后面有动静。就在他注视着观察孔的时候,一双眼睛从电灯泡后面出现了。那双眼睛停住了,看着他,那只灯泡就像眼睛中间黄色的玻璃鼻子。它们冷漠地看了看他,然后不见了。邦德恨得咬牙切齿。这说明他的进展将被人观察并向诺博士报告!

邦德大声地、刻毒地喊了一声"都去死吧",然后愠怒地翻过身来趴在那儿。他抬起头,向前望去。管道闪着微光向前延伸而去,直到变成一片漆黑。来吧!在这儿晃荡着没什么作用。他捡起刀,重又衔在嘴里,龇牙咧嘴地向前爬去。

很快就没有光了。邦德时不时要停下来使用打火机,前面除了黑暗什么都没有。管道里的空气开始变得暖和了,再往前五十米左右,更是变得绝对可以称得上燥热了。空气中有一股热的味道,一种带着金属味儿的热。邦德开始冒汗,很快他全身都湿透了,他不得不每隔几分钟就停下来擦擦眼睛。这时管道向右转了个弯。转过弯,他的皮肤碰上管道的金属壁都觉得烫。热的味道非常强烈。然后又有一个右转的弯。当自己的头一转过弯去,邦德马上拿出打火机点着了,然后扭转回来,躺在那儿喘气。他恼怒地检查着这新的危险,试探着,诅咒着。他的打火机照亮的只有褪色的、带着一丝牡蛎般颜色的锌板。下一个危险就是热!

邦德大声呻吟了一声。他那瘀紫的皮肤怎么能受得了这个?他怎么才能保护他的皮肤不被金属板烫伤?但他并没有任何办法。他可以爬回去,或者待在这儿,或者往前走。没有其他的决定可做,没其他任何办法或者被赦免的可能。有一个,唯一的一个,些微的安慰。热并不是用来杀人的,它只是让人残废。这不是最后的屠宰场——只是另一个考验,用来测试他究竟能承受多少。

邦德想起了那姑娘,想起了她现在正在经受的一切。哦,好了。继续吧。现在,让我们看看……

邦德拿起刀,把衬衣的整个前襟都割下来,划成条。唯一的希望是把不得不遭受正面冲击的身体部分——他的手和脚——裹上些东西。他的膝盖和手肘就只能靠衣服上那薄薄的一层棉布纤维凑合了。他疲惫不堪地开始干活,一边轻声咒骂着。

现在他准备好了。一、二、三……

邦德转过弯,冲进了发着恶臭的热浪里。

别让你光着的肚子碰到地面!收紧肩膀!手掌、膝盖、脚趾;手掌、膝盖、脚趾。快一点,再快一点!不停地快速往前爬,这样每一次与地面的接触都会迅速地被下一次接触所替代。

膝盖受到的伤害是最严重的,因为它们承受了邦德大部分的体重。现在,裹在手上的布开始闷燃了。手上冒出了一颗火星,另一颗火星,然后随着火星的蔓延,像是爬上了一条红色的虫子。布燃烧冒出的烟让邦德流着汗的眼睛一阵阵刺痛。天哪,他再也受不了了!没有了空气。他的肺像是要炸了一样。现在他每往前推进一步,他的两只手都在往外冒火星。手上的布肯定差不多烧没了。然后肉就会烧起来。邦德的身体突然一斜,他那瘀紫的肩膀碰到了金属板。他尖叫了一声。他继续尖叫着,每当手、膝或是脚趾接触一下地面,他就有规律地尖叫。这下他完了。这就是结局。他会趴倒,被慢慢煎烤至死。不！他必须继续尖叫着往前走,直到他的肉被烧得看见骨头。膝盖上的皮肤肯定是早已没有了。再过一会儿,他的掌心就会接触到金属板。只有顺着他胳膊往下淌的汗水在保持着那些裹着的布的潮湿。尖叫,尖叫,尖叫！它对忍住痛有好处。它告诉你你还活着。继续！继续！不会太久了。这不是你应该死的地方。你还活着。别放弃！你不能放弃！

邦德的右手碰到了前面的一样东西。一股冷空气出现了。他的左手也碰到了什么,然后是他的头。有一种细细的噪音。邦德感觉到自己的背蹭到了一块石棉隔音板的下沿。他爬过来了。他听见隔音板嘭的一声关上了。他的手摸到了厚实的墙。他用手左右试了试。这是一个右转的弯。他的身体盲目地转了过去。冷空气像一把把匕首扎进他的肺里。他小心翼翼地用手摸了摸金属板。它是凉的！邦德呻吟一声,趴了下去,躺在那儿一动不动。

过了一会儿,他痛醒了。邦德软绵绵地翻过身来。模模糊糊地,他注意到了头顶上亮着灯的观察孔。模模糊糊地,他看到了那双向下打量着他的眼睛。然后,他任由那股困倦的黑浪重又把他带进了沉睡之中。

慢慢地,在黑暗中,遍布皮肤的水疱,还有他那瘀青的脚和肩膀都变得僵硬了。身上的汗干了,然后他那破衣烂衫上的汗也干了,冷空气侵入了他刚才过热的肺,开始了它恶毒的侵蚀。但他的心脏还在跳动,在他那饱受折磨的外壳下强健地、有规律地跳动,氧气和休息有着使人复原的魔力,它们向他的动脉和静脉重又注入了生命力,让他的神经重又恢复了活力。

Dr. No

仿佛过了好几年,邦德醒过来了。他抖动了一下,睁开眼睛,看到了玻璃后面的另外一双眼睛,离他只有几英寸远,然后疼痛攫住了他,令他像老鼠一般抖动着。他等着这股冲击消停下来。他试了一下,又试了一下,直到他掌握了自己的对手到底有多大的实力。然后,为了不让监视他的人看清楚,邦德翻过身去趴在那儿,尝试了一下疼痛的最大冲击力到底有多大。他再一次等待着,看看自己的身体到底有什么反应,看看自己余下的意志到底还有多大的力量。现在他还能承受多少?他龇牙咧嘴地向着黑暗咆哮了一声。那是一种野兽的嚎叫。他已经到了对痛苦和被折磨的人性的反应的极限。诺博士已经把他逼到了墙角。但那种兽性拼命的意志力还在,而且,在一头强壮的野兽身上,这种意志力是绵长而深厚的。

慢慢地,忍受着巨大的痛苦,邦德蠕动了几米,远离那双注视着他的眼睛,然后伸手拿出打火机,点着了。在前面,只有一个满月似的黑洞,一个张开的圆圆的嘴等着把他吞进死亡的肚子里。邦德把打火机放回去。他深吸了口气,用手和膝盖把身体支撑起来。疼痛没有变得更剧烈,只是有所不同了。慢慢地,僵硬地,他龇牙咧嘴地向前爬去。

邦德膝盖和手肘的棉布已经被烧没了。他的脑子麻木地注意到水疱碰到冰凉的金属板爆裂后喷出的水汽。邦德一边往前爬着,一边活动着他的手指和脚趾,试试到底有多痛。慢慢地,他测量出了自己还能做什么,什么东西最痛。这痛还是可以承受的,他对自己说。如果我是遇上一次坠机事件,他们只会诊断我有一些表皮的挫伤和烧伤。我过几天就会出院。我什么问题也没有。我是空难的幸存者，身上很痛，但不是什么问题。想想那些摔成碎片的乘客吧。感恩吧。别再想这些事了。然而，在所有这些念头之后，困扰着他的是，他知道自己还没有坠落——他还在路上，而他的抵抗力、他的有效性已经降低了。它什么时候会到来呢？会以什么样的方式呢？他还要被消磨多久才能达到屠宰场呢？

前面黑暗中细细的小红点可能是种幻觉，他因为筋疲力尽而眼冒金星。邦德停下来，揉了揉眼睛。他摇了摇头。不，它们还在那儿。他慢慢爬近了点。现在它们在移动。邦德又停了下来。他竖耳听着。在他心脏平静的跳动声之外，还有一种轻轻的、细微的沙沙声。那些红点的数量增加了。现在有二三十个红点，前前后后移动着，有些快，有些慢，在前面的黑圈里四处闪动。邦德伸手拿出打火机。他屏息着打着打火机，让那黄色小火苗着起来。小红点不见了。取而代之的是，在离他约一米的前方，一个几乎像棉布一样细密的细铁丝网挡住了管道的去路。

邦德慢慢往前挪动，打火机举在前面。那是一只笼子，里面装着些小东西。他可以听见它们急匆匆地往后跑，躲开光。在离那网子一英尺远的地方，他熄灭打火机，等自己的眼睛适应黑暗。就在他等待的时候，他仔细一听，那些细细的、急匆匆的脚步又响起了，红点朝他跑了回来。慢慢地，小红点重又聚集成了密密的一堆，透过那网子盯着他。

那是什么？邦德听见自己的心脏怦怦直跳。蛇？蝎子？还是蜈蚣？

小心翼翼地，他把眼睛凑近那团小小的发光体。他把打火机慢慢举到脸旁,突然摁下了开关。他瞥见一些细细的爪子挂在网孔上,还有几十只粗粗的、毛茸茸的脚,几十个毛茸茸的肚子,上面是大大的昆虫脑袋,而脑袋上好像布满了眼睛。那些东西急忙扑通扑通地从网子上跳到金属板上,快速往回跑,在笼子的尽头聚成灰黄色的、毛茸茸的一团。

邦德眯眼透过网孔打量着,前后移动着打火机。然后,为节省燃料,他熄灭了打火机,咬着牙关呼出一口气,轻轻叹息了一声。

那是蜘蛛,巨大的大狼蛛,每只都有三四英寸长。笼子里有二十多只。而他必须想办法从它们中间穿过。

邦德躺下来,休息,思索,而那些红眼睛又在他眼前聚集起来。

这些家伙有多毒?关于它们的传说有多少只是神话?它们肯定能咬死动物,但它们对人有多致命呢?这些巨型蜘蛛长满了柔软的、看上去很友善的长毛,像俄罗斯狼狗一般。邦德颤抖了一下。他想起了那只蜈蚣。大狼蛛的感觉会比它们要柔和得多。它们碰到人的皮肤就会像是小玩具熊的爪子——直到它们咬你一口,把它们液囊里的毒液全都注入你的身体里。

但同样的问题还是,这会是诺博士的屠宰场吗?可能被咬上一两口——让人痛昏过去。必须在黑暗中冲过那道网的恐惧——诺博士不可能估算到邦德带上了一个打火机——从那个眼睛的森林中挤过去,碾碎几个柔软的躯体,但感觉到其他蜘蛛的嘴像刀一般扎进肉里。然后钻进衣服里的蜘蛛再咬上几口。然后是它们的毒液带来的令人心里发毛的剧痛。诺博士心里应该就是这么想的——让人尖叫一路。去哪儿的路?去最后一搏的路?

但邦德有打火机,有刀,有铁丝做成的矛。他所需要的只是胆量,还有极度的精准。

邦德轻轻把打火机的卡口打开,用拇指的指甲把灯芯抠出一点点,让打火机的火苗更大一些。他把打火机打着,趁蜘蛛们往后跑的时候,用刀猛扎那张薄薄的网。他在边框附近扎了个孔,从两侧和周围往下切。然后他抓住那片网,把它从框子上拽了下来。它扯起来就像一块僵硬的白棉布,整块地脱了下来。他用嘴衔住刀,从豁口钻了过去。蜘蛛们看到打火机的火焰缩了回去,挤成了一团。邦德把铁矛从裤腿里取出来,用那对折的、钝钝的铁丝往它们中间猛扎。他扎了一次又一次,猛力把它们捣成浆。当一些蜘蛛试图朝他这边逃跑时,他冲它们摇晃打火机,然后把那些逃窜的蜘蛛一只一只捣碎。此时还活着的蜘蛛开始攻击那些死了的或是受伤的蜘蛛,邦德要做的就是不停地往那一团扭动着的、令人恶心的血肉和茸毛中间猛扎。

慢慢地,所有的动静都变慢了,然后彻底停止了。它们全都死了吗?有一些是不是在装死?打火机的火焰就快要熄灭了,他只能冒冒险了。邦德探身向前,把那堆死蜘蛛铲到一边。然后,他把刀从嘴里拿下来,伸手把第二道铁丝网劈开,把铁丝网弯下来盖在那堆捣烂的蜘蛛尸体上。火苗抖动起来,变成了红色的光。邦德鼓了鼓气,猛地冲过血肉模糊的尸体堆和那变了形的铁丝网框架。

他不知道自己都碰到了铁丝网的哪些地方,也不知道自己的膝盖和脚有没有碰到那些蜘蛛。他只知道自己已经闯过来了。他沿着管道往前爬了几米,才停下来喘口气,稳稳心神。

他头上出现了一点昏暗的光。邦德眯着眼向两边和上面看了看,心里知道自己会看到什么。在厚厚的玻璃后面那双歪斜的黄色的眼睛正警惕地盯着他。在灯泡后面,那个脑袋慢慢地左右摇晃了一下。眼睑向下耷拉着,假装同情。灯泡和玻璃之间出现了一只握紧的拳头,拇指向下,以示永别和出局。然后那拳头收了回去。灯光熄灭了。邦德把脸转回管道的地面,把额头搁在清凉的金属板上。那动作表明他已经进入了最后一圈,观察员们已经完成了监视他的工作,只等着最后来替他收尸了。对于他想办法存活了这么久,没有任何赞赏的表示,哪怕是最细微的赞赏,这又额外地扑灭了邦德的一丝勇气。这些华裔黑人混血恨他。他们只希望他死,死得越痛苦越好。

邦德轻轻地咬了咬牙。他想起了那姑娘,这给了他力量。他还没有死。见鬼去吧,他不会死的!除非把他的心脏从他身上挖出去。

邦德绷紧了自己的肌肉。该走了。他格外小心地把武器放回它们原来的位置,开始痛苦地向着黑暗处往前爬。

管道开始缓缓地向下倾斜了。这使得前进起来更轻松了。很快,倾斜度越来越陡,邦德几乎可以靠自己体重带来的动力向下滑。他不用再靠肌肉使劲了,邦德感到一阵庆幸和轻松。前面出现了非常微弱的灰光,只算得上是没有那么黑了,但这是一个变化。空气的质量似乎也不同了。空气中有了一种不同的、清新的味道。这是什么?是海吗?

邦德突然意识到自己正滑下管道。他张开肩膀伸开脚,以放慢自己的速度。这刮得他很痛,而刹住的效果很小。此时管道变宽了。他没有可抓住的东西了!他滑得越来越快。前面就有一个拐弯。而它是一个向下的拐弯!

邦德的身体撞向那个拐角,冲了过去。天哪,他正头朝下向下栽去!邦德拼命张开手和脚。金属板把他的皮肤都刮脱了。他失去了控制,像是从一根枪管里往下掉。在很远的下方有一圈灰色的光。是露天?还是海?那光向他疾驰而来。他喘不过气来了。活下去,你个傻瓜!活下去!

头在前,邦德的身体像子弹一般从管道里冲了出来,从空中穿过,向在一百英尺之下等待着他的青铜色的海坠去。

Dr. No

第十八章 屠宰场

邦德的身体像颗炸弹一般粉碎了清晨像镜子般宁静的海。

就在他沿着银色的管道向那越来越宽的光圈呼啸而去的时候，本能告诉他把刀从牙齿间拿下来，把手放在前面抵挡自己坠下时的冲击力，低下头，绷紧身体。而且，就在他瞥见那急速朝自己冲过来的海的一瞬间，他设法深吸了一口气。所以，邦德像跳水一般扎进了水里，他伸出去的、紧握的拳头为他的头和肩膀劈开了一个洞，尽管当他在水下冲了二十英尺之后他已失去了知觉，但以四十英里每小时的速度冲击水面并没有把他摔碎。

他的身体慢慢浮到了水面，脑袋朝下随着跳水溅起的涟漪轻轻晃动着。呛了水的肺不知怎么设法向大脑发出了最后一个讯号。他的腿和胳膊胡乱击打着水，脑袋抬了起来，水从张开的嘴里涌出来。他的身体沉了下去，两条腿又抖动起来，本能地想把身体在水里竖直。这一次,他剧烈地咳嗽着,头甩到了水面之上,并且保持住了。胳膊和腿开始虚弱地动起来,像狗一般踩着水,透过红黑色的眼帘,他那充血的眼睛看到了生命线,告诉他那迟钝的大脑要设法抓住它。

屠宰场是高耸的悬崖脚下一个狭窄的深水湾。邦德看到的生命线是一道结实的铁丝围栏,从水湾的岩石墙延伸出来,把水湾与外面的海隔离开来。这个两平方英尺大小的粗铁丝网挂在离水面六英尺高的缆绳上,下端被水藻包裹着没入了水底。邦德朝这条生命线挣扎过去,而他裤腿里的那支铁矛却成了一个障碍。

邦德游到了铁丝网边,挂在那儿,像钉在十字架上一般。他就这样在那儿待了十五分钟,身体因为时不时的呕吐而饱受折磨。他就这样待在那儿,直到他感觉到有足够的力气转过头来看看自己身在何处。他的眼睛模模糊糊地看见了他头上高耸的悬崖,还有那轻轻荡漾着的 V 字形的水湾。这地方处在一片深灰色的阴影中,被山与曙光隔绝开来,但在外面的海上却已经有了第一缕阳光珍珠般的色彩。那意味着对于世界的其他部分来说,新的一天正在破晓。而在这里,仍是一片黑暗、阴郁、死气沉沉。

邦德的脑子开始迟缓地琢磨这道铁丝围栏。它把这片黑暗的海隔绝开来的目的是什么?是把什么东西挡在外面,或者是把它们圈在里面?他茫然地看看四周深深的、黑色的海水。铁丝网没入了他悬挂着的脚下无尽的深渊。在他腰下,在腿的四周有一些小鱼。它们在干什么?它们似乎是在进食,朝他冲过来,然后又退回去,咬着黑色的带子。什么带子?他的破衣烂衫上的布带子?邦德摇了摇头,想让头脑清醒一点。他又看了看。不,它们是在喝他的血。

邦德颤抖了一下。没错,他的身体在往外渗血,从他那破损的肩膀、膝盖和脚向水里渗。这时他第一次感觉到了海水泡在他伤口的疼。这种疼使他恢复了活力,让他的脑子转得更快了。如果这些小鱼喜欢他的血,梭鱼和鲨鱼又会怎么样呢?这是不是就是建这个铁丝围栏的目的,防止这些食人鱼跑到海里去?那它们怎么还没有找上他呢?见鬼去吧!首要的是爬上这铁丝网,爬到另一边去。用这围栏把他和生活在这黑色鱼缸里的任何东西隔开。

虚弱地,一步一步地,邦德爬上了铁丝网,越过网顶,然后又爬下来,找了个他能远离水面休息一下的地方。他把缆绳钩在胳膊下,挂在那儿,有点儿像漂浮在一根线上似的,低头模模糊糊地看着那些鱼,它们还在喝着从他脚上滴下的血。

现在邦德剩下的东西已经不多了,他没有多少储备了。从管道往下的最后一跳,落水的冲击,之后把他弄得半死的溺水,已经把他像一块海绵一样挤得没有什么水分了。他处在了投降的边缘,处在了轻轻叹息一声然后滑回到海水温暖的怀抱的边缘。终于屈服,终于休息了,这是多么美妙的一件事——去感觉海温柔地把他带到海底,关闭所有的光。

鱼儿像炸了窝似的从它们的捕食场逃窜,把邦德从他的死亡之梦中惊醒过来。在水面下的深处有东西在活动。远远的,有一点微光。有东西在慢慢朝围栏靠近,看起来仿佛是陆地的一侧游了过来。

邦德的身体绷紧了。他那垂下的下颌慢慢合上了,他眼睛里的散乱也不见了。危险像电击一般,让生命力重又涌回了他的身体,赶走了他的无精打采,把求生的欲望重新注入了他的身体。

邦德松了松自己握着刀的手指,在很长时间以前他的大脑就命令它们不能丢掉那把刀。他活动了一下手指,重新握紧那镀银的刀把。他伸手下去,碰到了还挂在他裤腿里的那把铁矛的弯钩。他猛地摇了一下头,定了定睛。现在怎么办?

他身下的海水抖动起来。某种东西,某种巨大的东西,在水的深处搅动。一道长长的灰色的光出现了,在水底深处的黑暗中悬浮着。某种东西,跟邦德的胳膊一样粗的鞭子似的东西,从黑暗中像蛇一样冒了上来。那鞭子的尖儿膨胀成了一个窄椭圆形,均匀地分布着芽状的斑点。它在小鱼们刚才所在的水域转了一圈,又收了回去。此刻,除了那个巨大的灰色阴影,什么也不见了。它在干什么?它是在?……它是在尝血的味道吗?

仿佛是回答邦德的问题似的,两只足球般大小的眼睛浮了上来,进入了邦德的视野。它们在离邦德的眼睛二十英尺的下方停了下来,透过平静的水面盯着他的脸。

邦德的后背一阵发麻。他的嘴轻声地、疲惫地、恶狠狠地发出一句骂人的话。这么说这就是诺博士最后的惊人之举,比赛的结束!

处于半昏迷状态的邦德向下看着下面远处那双水潭般的、晃动着的眼睛。这么说,这就是巨形乌贼,传说中能把船只拖下浪头的海怪了。这种五十英尺长的怪物能跟鲸鱼搏斗,体重有一吨多。他还知道它们些什么?知道它们有两只长长的用于捕捉的触手和十只用于定位的触手。知道它们眼睛下有一张巨大的、钝钝的嘴,而它们的眼睛是鱼类中唯一的、像人类一样靠镜像原理工作的眼睛。他知道它们的大脑很聪明,知道它们靠喷气推进可以在水中以三十码的速度飞速倒退。知道炮鱼镖在它们胶质的外膜上爆炸也伤不了它们。知道……而此时那双黑白分明的、向外凸出的眼睛,像两只小圆盾似的,正朝他浮上来。水面抖动起来。此时邦德能看见那一堆触手像开花似的从那东西的脸上冒出来。它们像一群粗粗的蛇在眼睛前面交织着。邦德可以看见触手上面的吸盘上的斑点。在脑袋后面,外膜的巨大鳃盖轻轻地一张一合,而在那之后它那闪着微光的、胶质状的躯体没入了水的深处。天哪,这东西跟火车头一样大!

轻轻地,小心翼翼地,邦德把自己的脚然后是胳膊穿过铁丝网上的方孔,把自己像系在网孔上一样固定好,这样那些触手想要把他拽下去就必须把他撕成碎片或者是把他连同铁丝网一起拽倒。他眯眼左右看了看。向左向右他都要沿铁丝网爬约二十米才能到陆地。而一旦他动起来——即使他能做到——将是致命的。他必须保持绝对安静,祈祷那东西对自己失去兴趣。如果它没有……邦德的手指轻轻地攥紧了那把小刀。

那双眼睛冷冷地、耐心地盯着他。一只长长的用于捕捉的触手,像大象的鼻子一般,小心翼翼地伸出水面,沿着铁丝网朝他的腿摸过来。它碰到了他的脚。邦德感觉到了吸盘强大的吸力。他没有动。他不敢把胳膊从铁丝网上松开,向下伸手。吸盘轻轻拖拽着,想试试捕获的东西有多大。不够大。像一只巨大的、黏糊糊的毛虫似的,那触手沿着他的腿慢慢向上运动。它到达了他那流着血、起了疱的膝盖,在那儿感兴趣地停下了。邦德因为疼痛而咬紧了牙关。他可以想象那粗粗的触手向大脑传回的讯息:是的,这很好吃! 大脑则发讯号回来:那就抓住它! 给我带回来!

吸盘沿着他的大腿往上运动。触手的顶端是尖的,然后伸展开来,几乎有邦德的大腿那么宽,然后又逐渐变细到只有一个手腕大小。那就是邦德的目标。他只能忍住痛和恐惧,等那手腕大小的部分进入他的攻击范围。

一阵微风,清晨的第一阵柔和的微风,从水湾那铁青色的水面轻语而过。它激起一层细浪轻柔地拍打着悬崖那陡峭的石壁。排成楔形的一队鸬鹚从高出水湾约五百米的鸟粪山上飞起来,轻声咯咯叫着,向大海飞去。就在它们呼啸而过的时候,邦德听见了惊起它们的那个噪音——一艘船的汽笛发出的三声长鸣,表示它已准备好装货。那声音是从邦德左边发出来的。码头肯定就在水湾北侧的转角后面。从安特卫普来的油轮已经到了。安特卫普! 那是外面世界的一部分——一个远在千里之外,邦德无法企及的世界——他显然永远无法企及。就在那个转角后面,人们肯定正坐在船尾的瞭望台上吃着早餐。广播正响着。有煎培根和鸡蛋的嗞嗞声,咖啡的香味……做早饭的声音……

吸盘到了他屁股上。邦德可以看到那角状的吸盘深处。当触手起伏着向上运动时,他闻到了一股污浊的海的味道。这触手后面布满斑点的、灰黄色胶状物有多结实? 他应该扎一下吗? 不,应该用一种快速的、有力的猛砍,直接横切过去,就像切断一根绳子一样。根本不用去想会不会切进自己的肉里。

好了!邦德迅速瞟了一眼那双足球般的眼睛,它们是如此耐心,如此淡漠。就在他看着那双眼睛的时候,另一只用于捕捉的触手伸出了水面,直接向他的脸挥过来。邦德向后一仰,那触手卷上了他眼前握着铁丝的一只拳头。瞬间之后,它就会移到他的一只胳膊或者是肩膀上,然后他就完了。快!

第一只触手到了他肋骨上。几乎没有瞄准,邦德握着刀的那只手向下横着重重地一砍。他感觉到刀刃切进了那腊肠一般的肉里,受伤的触手猛地甩回了水里,刀差点从他手里拽脱。有那么一刻,他周围的海水像开了锅一般。这时另一只触手放开了铁丝网,向他肚子上猛抽过去。触手的尖像蚂蟥一样扎进邦德的肉里,吸盘狂怒地使出了它们全部的力量,邦德尖叫起来。他疯了一般猛砍,一次又一次。在他身下,海水翻腾着,冒起了泡沫。他已经没有力气了,他不得不放弃了。再扎一次,这一次扎触手的背面。奏效了!那触手一抖,放开了他,蛇一般滑了下去,在他皮肤上留下二十个红色的圆圈,四周渗着血。

邦德没时间去管它们了。此时乌贼的脑袋冒出了水面,它四周的外膜猛烈地起伏着,把海水搅成了一团泡沫。它的眼睛通红地、恶毒地怒视着他,一堆捕食的触手缠上了他的脚和腿,把他身上的衣服撕脱,然后又狂乱地甩回来。邦德被一寸一寸地往下拉。铁丝网陷进了他的腋窝。他甚至能感觉到自己的脊梁骨正被拉伸。如果他再撑下去,他会被撕成两半。此时乌贼的眼睛和它那巨大的三角形的嘴都已离开了水面,那张嘴正朝他的脚冲过来。只有一种希望,唯一的希望!

邦德用牙咬住那把刀,伸手抓住那把铁矛的弯钩。他把矛拽出来,双手握住,把那对折的铁丝几乎完全扳直了。他必须要放开一只胳膊,才能俯身下去,进入攻击范围。如果他失手,他就会在围栏上被撕成碎片。

快,趁自己还没有痛死过去!快!快!

邦德让自己整个身体都从铁丝网上向下滑,然后用尽全身力气向下猛扎了一下。

他瞥见他的铁矛的尖扎进了一个黑眼球的中心,然后整个海都像一道黑色的瀑布一般朝他涌了上来,他掉了下来,靠膝盖倒挂在那儿,他的头离水面只有一英寸。

发生了什么?他是不是瞎了?他什么也看不见。他的眼睛一阵刺痛,嘴里有一股难闻的鱼腥味。但他能感觉到铁丝网扎进了他膝盖后面的肌腱里。这么说他肯定还活着!恍恍惚惚中,邦德垂下的手松开了那支矛,伸上来去够最近的一股铁丝。他抓住了一股铁丝,另一只手也伸了上来,慢慢地,忍受着剧痛,他把自己拽了上来,坐在铁丝网上。缕缕光线射进了他的眼睛。他用手抹了把脸。现在他能看见了。他看了一眼自己的手,手上一片乌黑,黏糊糊的。他低头看了看自己的身体。身上盖满了黑色的黏液,方圆二十米的海水也被那黑色沾染了。这时邦德明白了。那受伤的乌贼把它墨囊里的墨汁全喷他身上了。

但那乌贼跑哪去了?它还会回来吗?邦德在海上搜寻了一下。什么也没有,除了那不断扩散的黑色污迹。没有任何动静。没有任何涟漪。那就别等着了！离开这儿！赶紧离开！邦德急切地左右看了看。往左是朝那条船而去，但同时也是朝诺博士而去。但往右却什么也没有。那些建造这个铁丝围栏的人肯定是从左边，从码头的方向过来的。肯定有某条通道。邦德伸手抓住顶上的缆绳，开始狂乱地沿着摇晃的围栏朝着二十米外的岩石海岬移动。

散发着恶臭的、流着血的黑色的身体，像个稻草人一般完全机械地移动着他的胳膊和腿。邦德用来思考和感觉的器官已经不再是他身体的一部分。它们随着他的身体而移动，或者是漂浮在它上面，与身体保持着足够的联系，控制着身体，就像拉拽着木偶的绳子。邦德就像一只被砍成两半的昆虫，昆虫的两半还在向前蠕动，而生命已经没有了，取而代之的是神经脉冲的伪生命。只是，对邦德来说，那两半还没有完全死去。它们的生命只是暂停了。他所需要的只是一丝希望，一丝肯定，告诉他努力活下来还是值得的。

邦德来到了岩石上面。他慢慢地滑到铁丝网底的横档上。他茫然地看着闪着微光、轻轻晃动着的海水。海水是黑色的，和其他地方一样深，深不可测。他应该冒险一试吗？他必须试试！他必须先把包裹着他的黏液和血迹，还有那污浊、恶心的鱼腥味洗掉，才能再想别的。郁闷地，听天由命一般，他脱下衬衣和裤子残存的一点破布条，把它们挂在铁丝网上。他低头看了看自己黄白色的身体，上面一条一条、一点一点满是血痕。本能的反应之下，他摸了摸自己的脉搏。脉搏慢但很稳定。生命力平稳的跳动焕发了他的精神。他他妈的到底在担心什么？他还活着。他身上那些伤口和瘀青算不上什么——绝对算不上什么。它们看上去很难看，但什么都没坏。在这破损的皮囊里面,生命的机器还在平静地、有力地运转着。表面的伤口、血腥的记忆、要命的疲惫——这些伤害在任何一个急救病室都习以为常、不值一提。撑下去,你个浑蛋!动起来!把自己洗干净,清醒起来。想想自己的幸运。想想那个姑娘。想想你必须想办法找到并干掉的人。紧紧握住生命,就像你用牙咬住那把刀一样。别再为自己感到伤心了。让刚才发生的事见鬼去吧。跳进水里洗洗吧!

十分钟后,邦德把湿漉漉的破衣烂衫套在了擦洗干净、阵阵生痛的身体上,头发梳到了脑后,不再扎着他的眼睛,就这样爬过了海岬的顶端。

没错,情况跟他猜想的一样。从悬崖的另一侧往下,绕过悬崖凸起的部分,有一条被工人们用脚踩出来的窄窄的石径。

附近传来各种声音和回响。一台起重机在工作。他能听出它的引擎不断变化的频率。还有船上各种金属碰撞的声音,以及排水泵把水排进海里的声音。

邦德抬头看了看天。天空是一种淡蓝色。染着紫金色边的云朵在向地平线飘移。在他头顶之上的高处,鸬鹚们正在鸟粪堆上盘旋。很快它们就会飞去捕食了。也许此刻它们就在观察着先飞到远处的海里寻找鱼的位置的侦察鸟群。现在应该是 6 点左右,美丽的一天的黎明。

邦德小心翼翼地沿着那条小径,在有阴影遮盖的悬崖脚下择路而行,身后洒下点点血迹。转过弯角,小径从一个巨大的乱石堆穿行而过。嘈杂的声音变得更响了。邦德蹑手蹑脚地往前走,他小心别踩着松动的石头。一个声音喊道:"可以走了吗?"声音非常近,把邦德吓了一跳。远远地传来一声回答,"可以了"。起重机的马达加速转动起来。再往前走几米。再越过一个巨石。再一个。好了!

邦德把自己贴在石头后面,机警地从角落慢慢探出头来。

第十九章　从天而降的死亡

邦德久久地观察了一下整个情况，然后缩回身来。他靠在岩石清凉的表面，等待自己的呼吸恢复平静。他把刀举到眼前，仔细检查了一下刀刃，感到很满意。他把刀插到背后的裤腰里，抵着自己的脊背。放在那儿既方便取又不会碰到任何东西。他想起了他的打火机。他把打火机从屁股兜里拿出来。作为一块金属它可能还有用，但现在它再也打不着了，而且可能碰上岩石，发出刮擦的声音。他把它放在了脚边的地上。

然后邦德坐下来，仔细地回想了一遍自己脑海里的影像。

绕过不到十米外的转角，就是那台起重机。起重机的操作室没有后仓。操作室里，控制杆前坐着一个人。那人就是那些华裔黑人的头儿，那台湿地越野车的驾驶员。在他前面，码头向海面延伸了约二十米，尽头是一个T字形。一艘自重约一千吨的旧油轮停泊在

T字形的顶端。它高高地停泊在水面之上,甲板比码头大约高出了十二英尺。这艘邮轮名叫"布兰奇",船尾有安特卫普的简写"安特"二字。船上没有任何人活动的迹象。除了有一个身影懒洋洋地靠在密闭的驾驶台里的方向盘上。其他船员应该都在下面,藏在密封的船舱里,躲避鸟粪尘。在起重机右边不远的地方,一个装在瓦楞铁外壳里的高架输送带从悬崖的崖壁伸出来。它被码头上的几根立柱支撑着,一直延伸到邮轮的货舱附近。输送带尽头的开口是一个巨大的帆布袋,半径可能有六英尺。帆布袋的开口装有一个铁圈,起重机的作用就是把这个开口拎起来让它垂直悬在邮轮的货舱上,前后移动它,让袋口卸下的东西分布得均匀一些。蛋黄色的鸟粪以每分钟几吨的速度从袋口持续不断地向下喷射而出,灌入邮轮的货舱里。

在下面,在码头上,在飘散的鸟粪灰尘的左侧背风处,站立着诺博士那高高的、警惕的身影。

整个情况就是这样了。整个深水锚地的一半仍然笼罩在高耸的悬崖的阴影中,清晨的微风在水面上荡起微波,输送带的滚筒在发出轻轻的砰砰声,起重机的引擎有节奏地发出噗噗的声音。除此之外,没有其他任何声音,没有其他任何动静,没有其他任何人活动的迹象,除了邮轮方向盘前的那个看守,操作起重机的那个亲信,和在那儿确保一切都平安无事的诺博士。在山的那一边,应该有工人们在工作,把鸟粪装上从山体轰隆隆地穿行而过的输送带,而在山的这一边,其他任何人都不允许出现,其他任何人也都不需要。除了把输送带的帆布袋口对准以外,没有其他任何事需要人去做。

邦德坐在那儿思索着,计算着距离,估算着角度,把起重机驾驶员操作的那些控制杆和脚踏板的位置精确地记下来。慢慢地,一丝冷酷的浅笑浮上了邦德那憔悴的、被阳光灼伤的脸。没错!就这么定了!这可以做到。但必须轻轻地、悄悄地、慢慢地做!这么做的回报将是巨大的,大得几乎让人无法承受。

邦德检查了一下自己的脚底和手掌。它们还行,它们必须行。他伸手到背后,摸了摸那把刀的刀把,稍微移动了一下。他站起身来,慢慢地深吸了几口气,用手梳了梳他那被盐和汗弄得乱糟糟的头发,胡乱地上下抹了抹脸,然后又在他那破烂的黑色牛仔裤的裤腿上擦了擦。他最后活动了一下手指。他准备好了。

邦德走到岩石边,慢慢探出一只眼睛。什么都没变。他对距离的估算是对的。起重机驾驶员专注地操作着他的起重机。他的卡其布衬衣敞开着,领口之上的脖子裸露着,毫无防备,等着被人袭击。离他二十米远的地方,诺博士也背对着他,站在那儿专注地看着那股黄白色的、值钱的鸟粪洪流。邮轮的驾驶台上,看守正在点燃一支香烟。

邦德顺着从起重机后面穿过的那条十米长的小径看过去。他选择好他每一步要落脚的地方,然后,从岩石后面钻出来,跑了起来。

邦德朝起重机的右侧跑去,跑向他所选择好的一个地点,在那儿,起重机水平的一侧可以把他遮挡起来,从驾驶员和码头方向都看不到他。他跑到那儿,停了下来,蹲下来仔细听着。起重机的引擎还在急速地运转着,在他身后的高处,输送带仍在持续不断地将鸟粪从山里轰隆隆地传送出来。没有任何变化。

驾驶室后面的两个铁踏板看上去很结实，离邦德的脸只有几英寸远。不管怎么样，一些小的声音是会被引擎的噪音淹没的。但他必须很快把那家伙的尸体从座位上拽出来，自己控制那些控制杆。他必须一刀毙命。邦德沿着自己的锁骨摸了摸，感受了一下颈动脉跳动的地方那块柔软的三角形的皮肤，记清了自己从那人身后摸过去的角度，提醒自己必须把刀刃用力往里切，扎在里面不动。

他最后凝神听了一秒钟，然后伸手到背后拿出刀，像一只猎豹一般，悄无声息地、快如闪电地跨上铁踏板，进了驾驶室。

在最后的一刻没有必要那么匆忙了。邦德站在那人背后，嗅了嗅他身上的味道。他有时间把刀高举起来，几乎够到了驾驶室的顶，有时间把自己每一丝力量都聚集起来，然后才猛地把刀向下一挥，扎进了那块光滑的、黄褐色的皮肤。

那人的手和腿从控制杆上弹开了。他的脸拧向了邦德。邦德似乎看到他那凸起的眼睛因为认出了邦德而闪过的一道光，然后眼白才向上一翻。然后他张开的嘴里发出一串哽塞的声音，笨重的身体从铁椅向一侧滚了下来，摔到地面上。

邦德的眼睛甚至都没有看着尸体滚落到地面上。他已经坐到了椅子上去够那些踏板和控制杆。一切都乱了套。引擎挂到了空挡，钢缆从滚筒上往外跑，起重机的前端像长颈鹿的脖子似的慢慢向前弯，输送带的帆布袋垂了下去，此时正在码头和船中间的地方倾倒鸟粪。诺博士正在向上看。他的嘴张开着，可能他正在嚷着什么。

邦德冷静地把机器控制住,慢慢地把控制杆和踏板推回到了驾驶员原来掌控它们的角度。引擎加起速来,挡挂上了,起重机重又工作起来。钢缆在转动的滚筒上慢下来,然后倒转了方向,把帆布袋拎起来,到了船舱上面。起重机的前端翘了起来,停住了。场面又跟以前一样了。好了!

邦德俯身向前抓住他第一眼看到那个驾驶员时他正在操控的那个铁方向盘。应该往哪边转呢?邦德试了试向左转。起重机的顶端微微向右转了转。原来是这么回事。邦德把方向盘向右打。没错,谢天谢地,机器响应了,起重机的前端带着那个帆布袋在空中移动着。

邦德的眼睛快速地瞟了一眼码头。诺博士移动了位置。他走了几步到了一个邦德刚才没有看到的立柱前,手里拿着一台电话机,正在试图跟山的另一边通话。邦德能看见他的手狂乱地抖动着听筒,努力想引起对方的注意。

邦德猛转着方向盘。天哪,它就不能转快一点吗?再过几秒钟诺博士就会接通电话,那时就太晚了。慢慢地,起重机的前端像一道弧线般划过天空。输送带的出口正在船的一侧向下倾泻鸟粪。那黄色的鸟粪堆正在码头上无声地延伸。五米、四米、三米、两米!别回头看,你个浑蛋!呵,逮到你了!停住方向盘!现在,你来接着吧,诺博士!

当那像柱子一般倾泻下来的、恶臭的鸟粪第一次蹭到诺博士身上时,他转过身来。邦德看见他那长长的胳膊扬了起来,像是要拥抱那砰然落下的一大堆鸟粪一般。他的嘴张开了,一声单薄的尖叫越过引擎的噪音传到了邦德的耳朵里。然后,有短暂的一瞬间,邦德瞥见一个扭动的身体,就像一个雪人在跳舞。然后便只有一堆越来越高的黄色的鸟粪堆了。

"天哪!"驾驶室的四壁给邦德的声音传回一个金属质感的回音。他想象了一下诺博士那因为塞满了肮脏的鸟粪而剧痛的肺,因为重压而弯曲然后倒下的身体,脚跟最后无用的挣扎,还有他脑子里最后闪过的想法——愤怒、恐惧,还是挫败感?——然后便是那无声的、散发着恶臭的坟墓了。

现在那黄色的鸟粪堆已经有二十英尺高了。鸟粪从码头边缘溢进了海里。邦德瞟了一眼那艘船。就在他看着它的时候,汽笛发出了三声长鸣。长鸣声从悬崖上激荡而过。然后又有了第四声长鸣,一直响着。邦德可以看见那看守抓住绳索从驾驶台的窗口探出头来。邦德的手松开了那些控制杆,让它们自己乱动。他该离开了。

他滑下铁椅,朝尸体弯下身去,他把左轮手枪从枪套里取出来,看了看,冷笑了一下——史密斯韦森38,标准型。他把枪插进裤腰。这沉沉的、冰凉的金属贴在皮肤上,感觉真好。他走到驾驶室门边,跳到了地上。

有一架铁梯沿起重机后面的悬崖一直延伸到输送带的外壳伸出来的地方。在瓦楞铁外壳上有一扇小门。邦德爬上了梯子。门很容易就打开了,喷出一团鸟粪尘。邦德爬了进去。

在里面,输送带在滚筒上发出哐当哐当的震耳欲聋的噪音,通道的石头天花板上有昏暗的观察灯,在急速向前的鸟粪的河流旁有一条窄窄的小路一直向山里延伸。邦德沿着小路快速向前跑去，因为有腥臭的氨气味而不敢深呼吸。他必须在看守们从恐惧中回过神来，领悟到船的汽笛声和未接到的电话的含义之前，不惜一切代价跑到路的尽头。

邦德在那散发着恶臭、回荡着回音的通道里半是奔跑半是踉跄地前进着。它有多远？两百米？然后怎么办？什么办法也没有，除了冲出通道口开始射击——造成恐慌，然后祈求最好的结果。他可以抓住其中一个人，逼他说出那姑娘的下落。然后呢？当他找到山坡上的那个地方，他会发现什么呢？她还会剩下什么？

邦德跑得更快了，低着头，看着脚下那窄窄的铺板，心里想着如果他一失足掉进那汹涌的鸟粪的河流里会发生什么。他能重新从输送带上下来还是会被卷走，最后被吐到埋葬诺博士的鸟粪堆上？

邦德的脑袋撞上了一个柔软的肚子，感觉到有一双手掐住了他的脖子，他已经来不及想他的左轮手枪了。他唯一的反应就是猛地往下蹲，朝那人的腿撞过来。那双腿被他的肩膀顶翻了，当那身体重重地摔在他身上的时候，发出了一声尖叫。

邦德已经开始了把那攻击者举起来往旁边一扔，扔到输送带上的动作了，但那声尖叫还有那身体撞在他身上时的那种轻柔的感觉，让他的肌肉僵住了。

不可能！

仿佛是在回答他的疑问似的，尖尖的牙齿咬进了他右小腿，一根胳膊肘儿很在行地用力向后猛戳他的腹股沟。

邦德痛苦地大叫了一声。他试图向旁边扭动一下来护住自己，但甚至就在他喊出"哈妮!"时,那胳膊肘儿又重重地戳了他一下。

剧痛令邦德像吹口哨一般从牙缝里吐出一口气,在不把她扔上输送带的情况下,只有一种办法可以阻止她了。他紧紧抓住她的一只脚踝,猛地跪了下去。他站直身体,把她甩到了肩膀上,抓着她的一条腿。她另一只脚还在踢他的头,但有些犹豫,似乎她也意识到了有什么不对。

"快停下,哈妮!是我!"

透过输送带的喧闹声,她听见了邦德的叫喊。他听见她从地面附近的某个地方喊了一声"詹姆斯",他感觉到她的手在抓他的腿。"詹姆斯,詹姆斯!"

邦德慢慢把她放下来,他转过身,跪下来,向她伸出手去。他用胳膊搂住她,紧紧地抱过来。"噢,哈妮,哈妮。你没事吧?"他狂乱地抱紧她,简直不敢相信这是真的。

"没事,詹姆斯!哦,没事!"他感觉到她的手挠着他的背,他的头发。"噢,詹姆斯,我的宝贝!"她靠着他,抽泣起来。

"没事的,哈妮。"邦德抚摸着她的头发,"诺博士已经死了。但现在我们还得跑。我们必须离开这儿。快!我们怎么才能离开这通道?你怎么到这儿来的?我们必须赶快!"

仿佛是回应他的话似的,输送带猛地一抖停下了。

邦德把那姑娘拉起来。她穿着一套脏兮兮的蓝色工作服。袖子和裤腿卷了起来。这衣服对她来说太大了。她看上去就像一个小姑娘穿着一套男人的睡衣。她浑身上下都盖满了白色的鸟粪灰,除了脸颊上被泪水冲掉的地方。她喘息着说:"就在那上面。有一条侧面的通道,可以通向工作间和车库。他们会来追我们吗?"

没时间谈话了。邦德着急地说:"跟着我!"然后便开始跑了起来。她跟着他,脚步在空旷、静谧的通道中发出轻轻的回响。他们来到了主通道与通向岩石深处的侧面通道的交叉口。那些人会从哪条路来呢?从侧面通道下来,还是沿着主通道的小路追过来?远远地从侧面通道上面传来的闹哄哄的声音给了他答案。邦德拽着那姑娘沿着主通道继续跑了几米。他把她拉到自己身边,低声对她说:"对不起,哈妮。我恐怕我必须要干掉他们。"

"当然。"她低声的回答非常平静。她捏了捏他的手,往后退了退,给他腾出空间,用手捂住耳朵。

邦德把枪从裤腰上取下来。他轻轻把旋转弹膛扳到一边,用大拇指确认了一下全部六个弹仓都装上了子弹。邦德知道自己并不喜欢这样,再次冷血地杀人,但这些人是华裔黑人恶棍,都是些全副武装的、干着肮脏勾当的保镖。他们肯定已经杀过很多人了。也许他们就是杀死斯特兰韦斯和那姑娘的人。但试图让自己的良心好受些实在没必要,这是杀或者被杀的事,他只管高效地完成这件事就行了。

那些声音越来越近了。有三个人。他们大声地、紧张地说着话。也许他们多年来都没有想过会要穿过这个通道。邦德在想他们来到主通道的时候会不会回头看,还是他必须从背后向他们开枪?

"这样你就欠我十美元了,山姆。"

"过了今天晚上就没有了。掷骰子,伙计。掷骰子。"

"我今天晚上可不掷骰子了,伙计。我要去从那白人小妞身上切下一片肉来。"

"哈哈,哈哈,哈哈。"

第一个人出来了,然后是第二个,然后是第三个。他们的右手都松松垮垮地握着把左轮手枪。

邦德厉声喊道:"不,你不会了。"

那三个人猛地转过身来。他们张着嘴,露出一口白森森的牙。邦德朝后面那人的脑袋、第二个人的肚子上各开了一枪。前面那个人的枪举起来了。一颗子弹从邦德身边呼啸而过,飞向了主通道深处。邦德的枪响了。那人一把抓住了自己的脖子,慢慢转了一圈,倒在了输送带上。巨大的回音在通道里慢慢地上下回荡。一团细尘升起来,又落了下去。两副躯体倒在那儿一动不动,而那个被打中肚子的人则在地上翻腾着、抽搐着。

邦德把枪塞进裤腰。他匆匆对那姑娘说:"快走。"他抓住她的手,拉着她进了侧面的通道口。他说:"不好意思,哈妮。"然后便开始跑了起来,拉着她的手让她跟在身后。她说:"别傻了。"然后,除了他们光着的脚跑在石头地面上的砰砰声之外,便没了任何的声音。

侧面通道里的空气很干净,他们跑起来很轻松,但是,经过了交火时的紧张,疼痛又开始涌了上来攥紧了邦德的身体。他机械地跑着,根本顾不上那姑娘。他全部的心思都集中在如何扛住这疼痛以及如何应付在通道尽头等待着他们的种种麻烦上。

他不知道是不是有人听见了枪声,也不知道他们还会遇到什么抵抗,他唯一的计划就是干掉任何挡住他去路的人,想办法跑到车库,弄到那辆湿地越野车。那是他们离开这座山,下到海边的唯一希望。

天花板上昏暗的黄色灯光在他们头顶一路闪烁着。通道还在向前延伸。在他身后,哈妮绊了一下。邦德停下来,咒骂自己怎么忘了顾上她。她伸手拉住他,靠在他身上喘息了一会儿。"对不起,詹姆斯。只是……"

邦德抱住她。他着急地问道:"你受伤了吗,哈妮?"

"不,我没事。只是我太累了。而且我的脚在山上被划得很厉害。黑暗中我摔了很多跤。我们能走一会儿吗?我们差不多到了。在到工作间之前,有一扇门可以进到车库。我们从那儿进去不行吗?"

邦德一把搂紧她。他说:"那正是我要找的地方,哈妮。那是我们离开的唯一希望。如果你能坚持到那儿,我们就真的有希望了。"

邦德搂着她的腰,减轻她脚的负重。他不敢去看她的脚。他知道它们肯定很糟糕。相互怜悯是没什么好处的,如果他们要活下来,现在就不是相互怜悯的时候。

他们又开始走了起来,因为多了一份负担,邦德的脸扭曲着,而那姑娘的脚则在地面上留下一串血迹。刚走没几步,她就急急地低语了一声。在通道的墙上出现了一扇木门,门虚掩着,门的另一边没有传来任何声音。

邦德掏出枪,轻轻把门推开。长长的车库里空无一人。霓虹灯下,那装在轮子上的涂着黑金色漆的"龙"就像是一台等待花车巡游的彩车。它头冲着滑动门,装甲驾驶室的门开着。邦德祈祷油箱是满的,祈祷那技工已经执行了指令,把损坏的地方修好了。

突然,从外面的某个地方传来了说话的声音。他们走近了,有好几个人,紧张地、口齿不清地说着话。

邦德拉起那姑娘的手,向前跑去。只有一个地方可以藏身——湿地越野车里。姑娘爬了进去,邦德跟着也爬了进去,把门在身后轻轻关上。他们蹲在那儿,等待着。邦德想:只剩下三发子弹了。他想起车库的墙上有一排武器架,但太晚了。此时那些声音就在门外了。滑动门被推开了,在滑槽上发出哐啷哐啷的声音,与一阵含混不清的对话声交织在一起。

"你怎么知道他们在开枪?"

"不可能是其他声音。我就知道。"

"最好拿上来福枪。接着,乔!你拿那把,莱米!再拿点手雷。桌子下面的盒子里。"

他们把枪栓推上膛,把保险闩拉开,发出一阵金属碰撞的声音。

"肯定是哪个家伙疯了。不可能是那个英国佬。你见过那条沟里的大乌贼吗?天哪!还有博士在管道里给他设计的那些把戏?对了,还有那白人小妞。她今天早晨肯定已经不成样子了。你们有人去看过吗?"

"没有,长官。"

"没有。"

"没有。"

"嚯,嚯,我对你们这些家伙太吃惊了。蟹道上应该会有个很好看的屁股在那儿。"

他们又呜里哇啦地说了一阵,边说边窜来窜去,然后有个声音说:"好了,走吧!在进主通道之前两人一排。瞄准腿打。不管是谁在制造麻烦,博士都会想拿他来玩玩的。"

"嘿嘿。"

他们踩在水泥地上的脚步发出空荡荡的回声。当他们一个接一个从旁边走过时,邦德屏住了呼吸。他们会注意到越野车的门关上了吗?不过他们根本没理会这个,沿着车库走了下去,进入了通道,他们的声音渐渐地听不见了。

邦德碰了碰姑娘的胳膊,把手指放在嘴边。他轻轻地把门推开,又听了听,什么都没有。他跳到地上,绕过越野车,走到半开的入口。他小心翼翼地探出头,一个人都看不到。空气中有一股煎炸食品的味道,让邦德嘴里冒出了口水。在离他们最近的一幢房子里,大约有二十米远的地方,锅碗瓢盆在叮当作响,而从更远处的一个活动房屋里传来了吉他声和一个男人唱歌的声音。有几条狗开始地吠了起来,然后又安静下来,是那些杜宾犬。

邦德转过身,跑回到车库尽头。通道里没有传出任何声音。邦德轻轻地把通道的门关上,锁上,插上插销。他走到墙边的武器架前,选了另一支史密斯韦森和一支雷明顿卡宾枪,确认它们已经装上了子弹,他走到湿地越野车的门边,把它们递给了那姑娘。现在该开入口的门了。邦德用肩膀顶着门,慢慢地把它完全打开。瓦楞铁发出空洞的轰隆轰隆的声音。邦德跑回来,从敞开的门爬进去,坐上了驾驶位。"把门关上,哈妮。"他急切地低语道,弯腰转动了点火开关。仪表盘上的指针转到了"全速"的位置。上帝保佑这该死的东西能快速发动起来。有些柴油发动机起动很慢。邦德一脚踏向了起动器。

那嘎嘎的旋转开动的声音震耳欲聋。整个院子肯定都能听得见！邦德停下来，又试了一次。引擎震颤了一下，熄掉了。又试了一次，这一次那该死的东西打着火了，邦德加快了它的转速，它那强劲的铁脉搏跳动起来。现在，轻轻地挂上挡。哪一个？试试这个。没错，挂上了。松开制动，你个大傻瓜！天哪，它差点就停转了。不过现在他们已经开出来上路了，邦德把油门一脚踩到底。

"有人追我们吗？"发动机的噪音很大，邦德只能大声叫喊。

"没有。等等！有，有个人从一间小屋里出来了！又一个！他们在冲我们挥手、叫喊。现在有更多的人出来了。有一个朝右边跑了。另一个回到了小屋里。他拿了把来复枪出来。他趴到了地上。他在开枪！"

"把那条缝关上！趴在地上！"邦德瞟了一眼速度计，二十。而且他们还正在下坡，这机器不可能开得再快了。邦德集中精力把那些巨大的、猛烈颠簸着的车轮稳定在轨道上。驾驶室在弹簧上跳动着、摇晃着。把自己的手和脚保持在那些操纵器上是件很费力的事。一颗子弹像铁锤一般打在驾驶室上。又是一颗。射程有多远？四百？好枪法！但这也是没办法的事。邦德喊道："看一看，哈妮！把那条缝打开一点点。"

"那家伙站起来了。他停止了射击。他们都在看着我们后面——整整一群人。等等，还有些其他东西。那些狗追来了！没人跟着它们。它们正沿着轨道朝我们狂奔过来。它们会追上我们吗？"

"就是追上也没关系。过来坐在我旁边，哈妮。抓紧。小心别让脑袋撞到顶上。"邦德调低了节流阀，她到了他身边，他侧过脸咧嘴对她笑了，"天哪，哈妮。我们成功了。等我们到了湖边，我会停下来打那些狗。据我所知，我只要打死其中一只，整个一群都会停下来吃它。"

邦德感觉到她的手放在了他脖子上。他们摇晃着轰隆隆地沿着轨道向下开去，她的手一直放在那儿。到了湖边，邦德把车向水里开进了五十米，掉转过来，挂上了空挡。透过那个长方形的缝隙他可以看到那群狗正一只接一只地转过最后一个弯道。他俯身拿起来福枪，把枪从缝里伸出去。这时狗已经下了水，在水里游着。邦德把手放在扳机上，子弹朝它们中间倾泻而出。一只狗中了枪，挣扎着，脚乱蹬。然后是另一只，再一只。越过引擎嗒嗒的噪音，他能听见它们尖声的狂吠。水里有了血。一场争斗已经开始了。他看见一条狗扑向一条受伤的狗，牙齿咬进了它的颈背。现在它们好像全都疯了，在冒着泡的、满是血污的水里乱转。邦德把弹匣里的子弹全打光，然后把枪扔到了地上。他说："就这样了，哈妮。"然后把车挂上挡，掉转过来，开始不急不忙地穿过浅湖，朝远处那个红树林的缺口，也就是河口所在的地方开去。

有五分钟，他们默默地向前开去，谁也没说话。然后邦德把一只手放在了姑娘的膝盖上，说："我们现在应该没事了，哈妮。等他们发现老板已经死了，他们会一片恐慌。我猜其中一些比较聪明的人会想办法坐飞机或者是坐那条船跑到古巴去。他们只会担心他们的活路,而不是我们。不管怎么样,我们要等到天黑才能把独木舟拿出来。我想现在大约是 10 点。我们应该一小时之后就会到达海边。然后我们就休息,为接下来的旅程做好准备。天色看起来不错,而且今晚月亮会稍微大一些。你觉得你能坚持吗?"

她的手捏了捏他的脖子。"我当然能,詹姆斯。但是你怎么样?看看你那可怜的身体!除了伤口什么都没有了。你肚子上那些红点是什么东西?"

"以后再告诉你。我没事。但你先告诉我你昨晚发生了什么。你到底是怎么从那些螃蟹嘴里脱身的?那混蛋的计划什么地方出问题了?整整一个晚上我都只能想着你在那儿被慢慢咬死。天哪,梦见这个是件多么可怕的事!发生什么了?"

那姑娘真真切切地大笑了起来。邦德侧脸看了她一眼,她那金色的头发乱糟糟的,蓝色的眼睛因为缺乏睡眠而睁不开,但除此之外她看上去像是刚从一次午夜的烧烤野餐回到家来。

"那家伙以为他什么都懂。愚蠢的老傻瓜。"她说起来就像是在谈论一个愚蠢的学校老师似的,"我可不像他那样害怕那些黑蟹。首先,我并不害怕任何动物碰我,而且不管怎么样,那些螃蟹根本就不喜欢咬人——只要人待着不动,而且身上没有裂开的伤口——关键是它们并不真正喜欢吃肉。它们主要靠植物生活。如果他真的用这种办法杀死了一个黑人姑娘,要么她身上有裂开的伤口,要么她肯定是被吓死的。他肯定是想看看我受不受得了。恶心的老家伙。我在吃晚饭的时候晕过去,只是因为我知道他肯定有厉害得多的手段对付你。"

"哦,我担心坏了。我要早知道就好了。我以为你会被撕成碎片。"

那姑娘哼了一声。"被脱光衣服绑在地上的桩子上,感觉当然不那么好。但那些黑人并不敢碰我,他们只是拿我开玩笑,然后就走了。躺在岩石上的感觉不是那么舒服,但我只是在想你,想怎么能抓住诺博士把他干掉。然后,我听见螃蟹们开始跑——在牙买加我们就是这么形容的——很快它们就咔嚓咔嚓地快速爬了过来,成百上千只。我只管一动不动地躺在那儿想你。它们从我旁边、从我身上爬过去。对它们来说我跟一块石头没什么两样。它们弄得我有些发痒。有一只想拔出我的一根头发,让我很是恼火。但它们并没有怪味什么的,我只管等着天蒙蒙亮,那时候它们就会爬进洞里睡觉。我变得有点喜欢它们了。它们成了我的伙伴。然后它们越来越少,到最后再没有螃蟹过来了,这时候我就可以动了。我挨个试着拔了拔那些桩子,然后找了个最顺手的,集中全力拔。最后我把它从石头缝里拔了出来,剩下的就很轻松了。我回到那些房子里,开始到处找。我进到车库旁边的工作间,找到了这件脏兮兮的旧衣服。然后输送带在不远的地方动了起来,我想了想,猜想它肯定是在把鸟粪从山里面送出去。我那时候以为你肯定已经死了,"她平静的声音说得很是平淡,"所以我想我必须想办法走到输送带那儿,穿过山,然后把诺博士干掉。我拿了一把螺丝刀来干这个。"她咯咯笑了起来,"当我们俩撞上的时候,我本来是要把螺丝刀捅进你身体里的,只不过它在我口袋里,我没法拿出来。我发现了工作间后面的门,从门里穿出来,进了主通道。就是这样了。"她抚摸着他的颈背,"我一路跑着,小心地看着脚下,再后来我所知道的就是你的脑袋撞上我的肚子了。"她又咯咯地笑了起来,"亲爱的,希望我们俩打架的时候我没有伤你太重。我的奶妈告诉我打男人就要打那里。"

邦德笑了。"她真这么教你的?"他伸手抓住她的头发,把她的脸拉向自己。她的嘴在他脸颊上四处亲吻着,找到他的嘴,紧紧地吸住了。

车向一边摇晃了一下。他们的吻停止了。他们的车已经撞上了河流入口处的第一丛红树树根。

第二十章　劳役时间

"你肯定吗?"

代理总督的眼睛透着一股恐慌和愤怒。这样的事怎么会在他鼻子底下发生呢,在牙买加的一块属地?殖民办公室会怎么说呢?他已经可以想见那个标着"私人。收件人亲启"的长长的、淡蓝色的信封,还有那页边很宽的大页书写纸:"殖民国务大臣指示本人向您表达他的惊讶……"

"是的,长官。很肯定。"邦德一点都不同情这个人。他不喜欢他对自己上一次拜访国王官邸时的接待,还有他对斯特兰韦斯和那姑娘的刻薄评论。此刻他更加讨厌这段记忆,因为现在他知道自己的朋友和那姑娘已经沉在了莫纳水库的库底。

"呃……嗯,我们不能让新闻界知道这件事的任何消息。你们明白吗？我很快就会向国务大臣提交我的报告。我肯定我能相信你们……"

"对不起，长官。"指挥加勒比防卫军的准将是一位三十五岁的、年轻的现代军人，他的军旅记录非常优秀，使得他可以完全不理会爱德华七世时代的殖民总督们的遗风遗俗，他把他们统一称为"自命不凡的老古板"，"我想我们可以相信邦德指挥官不会跟任何人说起这件事，除了他自己的部门。而且要我说，长官，我建议我们应该不等伦敦的批准就采取措施清理蟹角岛。我可以提供一个排，准备好今晚登陆。皇家海军舰艇'纳尔维克'号昨天进港了。如果为它准备的欢迎仪式和鸡尾酒会有可能推迟四十八个小时左右的话……"准将让他的冷嘲热讽在空气中回荡。

"我同意准将的建议，长官。"警察局局长的口气很是急切，迅速采取行动也许能让他免受训斥，但行动一定要快，"不管怎么样，我必须马上对那些看起来卷进了这件事的牙买加人采取行动。我必须派潜水员到莫纳水库进行打捞。要肃清这件案子，我们就不能等待伦敦的指令。正如邦德先生，呃，邦德指挥官所说的，那些恶棍很可能大部分这会儿已经到古巴了。我们必须跟哈瓦那警察局局长联系，趁他们还没有躲进山里或者是转入地下前把他们抓住。我觉得我们应该马上行动，长官。"

举行会议的这间清凉、昏暗的房间里一阵沉默。对着巨大的桃花心木会议桌的天花板上有一块太阳光斑，让人颇觉意外。邦德猜想那可能是从高高的窗户外面的一个喷泉或者百合花池透过百叶窗的板条射进来的。远远地传来了打网球的声音，一个小姑娘的声音喊道:"好极了。该你发球了,格拉迪丝。"总督的孩子? 秘书? 房间的一端挂着乔治六世的画像,另一端挂着女王的画像,他们正优雅地、和蔼地注视着会议桌。

"你觉得呢,殖民大臣?"总督的声音有些勉强。

邦德只听了他前面几句话。他明白大意是普莱德尔－史密斯同意另外两个人的意见。他没有再听。他的心思飘向了一个网球场和百合花池的世界,国王和女王的世界,飘向了伦敦;飘向了特拉法尔加广场上头顶着鸽子照相的人们;飘向了很快就会在旁边的环路边盛开的连翘;飘向了梅,那位他珍爱的、他在国王大道旁的公寓的管家,此刻她正在给自己煮一杯茶(在这儿现在是 11 点,而在伦敦应该是下午 4 点);飘向了正开始运行的第一班地铁,摇晃着他那清凉、黑暗的卧室下面的土地;飘向了英国温和的天气:柔风,热浪,春寒,"唯一一个你每天都可以散步的国家"——来自切斯特菲尔德伯爵的《致儿家书》。然后邦德想起了蟹角岛,想起了那恼人的炽热的风,想起红树林湿地里那恶臭的沼气,想起那些凹凸不平的灰色死珊瑚,那些黑蟹此时就趴在珊瑚洞里,当一个阴影——一片云或是一只鸟——划过它们那小小的视野,它们那黑红的眼睛就会在它们的肉茎上快速地乱转。而在鸟类的王国里,褐色的、白色的、红色的鸟儿们应该正在浅水里捕食,或者是争斗,或者是筑巢,而在鸟粪堆上,鸬鹚们应该正结束早餐成群结队地飞回来,给它的地主交上它们一毫克鸟粪的地租,而那位地主却不会再来收租了。地主去哪儿了?"布兰奇"号上的人应该已经把他挖出来了。他们会检查那躯体是否还有生命的迹象,然后把他放在什么地方。在船长用无线电与安特卫普联络请求指示的时候,他们会把他身上的黄色灰尘洗掉,给他穿上唐装吗?诺博士的灵魂会去哪儿呢?他的灵魂是邪恶的还是只是疯狂?邦德想起了沼泽地里科勒尔那被烧成扭曲一团的身体。他想起科勒尔那高大的身体却有轻柔的姿态,他那灰色的、水平瞄准仪一般的眼睛里充满了质朴,他那简单的贪念与欲望,他对迷信和本能的尊崇,他犯的那些孩子气的错误,还有他对自己的忠诚甚至是爱——想起了科勒尔身上的温暖,那是唯一能用来形容他的词。他肯定不会与诺博士去同一个地方。不管那些死去的人们发生了什么,肯定有一个地方是给那些温暖的人的,而另一个地方是给那些冷酷的人的。而当那个时刻到了,他,邦德,会去哪一个呢?

殖民大臣正提到邦德的名字。邦德集中了注意力。

"……存活下来是一个很大的奇迹。我真的觉得,长官,我们应该通过接受他的建议来向邦德指挥官和他的情报局表达我们的感激。实际上看起来,长官,他至少已经把这件活的四分之三都干完了。我们能做的至少是把剩下的四分之一做完。"

总督咕哝了一声。他眯着眼越过会议桌看了看邦德。这家伙好像并没有太认真听。但对这些情报局的家伙谁也拿不准。有他们这些家伙在身边嗅来嗅去是件很危险的事。而且他们那该死的局长在白厅(英国政府所在地)很有势力。得罪他是不行的。把"纳尔维克"号派过来当然会有些说法,消息肯定会被泄露出去,全世界的新闻都会压在他头上。但突然间总督看到了这样的标题:"总督迅速采取行动……岛上强人介入……海军进驻!"也许说到底这么做还是更好一些。没错,就这么办。《搜集日报》的卡吉尔会过来吃午饭,他可以向那家伙暗示一下,确保对这件事的报道合情合理。没错,就这么办,这手牌只能这么打。

总督举起双手,然后把它们摊在桌上,表示让步的意思。他面带一丝表示屈从的苦笑环视了一圈会议室。

"这么看来我的意见被否决了,先生们。嗯,那么,"他用了一种叔叔般的口气,告诉孩子们这样的事仅此一次,"我接受你们的结论。殖民大臣,请你去拜访一下皇家海军舰艇'纳尔维克'号的指挥官,把情况向他解释一下。要严格保密,当然。准将,军事上的安排我就交给你了。警察局局长,你知道自己该做什么。"总督站起身来。他帝王似的把脑袋朝邦德的方向倾了倾,"剩下来就只有向指挥官——呃——邦德表达我的感谢了,为他在这件事中所做的一切。我一定会向国务大臣提到你的帮助的,指挥官。"

在室外,太阳炽烈地照在砾石坡地上。希尔曼明克斯车内就像一间土耳其浴室。当邦德那受伤的手碰到方向盘时不由得往回缩了一下。

普莱德尔-史密斯从车窗探过头来。他说:"听说过牙买加的一种说法,'滚犊子'吗?"

"没有。"

"'滚犊子'是一种粗俗的说法,意思是,呃,'滚蛋'。要我说,你刚才用这个说法是很合适的。不管怎么样,"普莱德尔-史密斯挥了挥手,表示替他的上司道歉,同时也算是把他打发掉了,"还有其他什么我能替你做的吗?你真的觉得你该回'美丽沙漠'吗?医院里的那些人很肯定他们希望你能住一个星期的院。"

"谢谢了，"邦德简短地说，"但我必须回去。确保那姑娘没事。你能告诉医院我明天就回来吗？给我上司的那条消息你发了吗？"

"紧急级。"

"哦，那么，"邦德按下了自动起动器，"我想也就这样了。你会去找牙买加学院的人说说那姑娘的事吧？她真的对这个岛的自然历史懂得很多。还不是从书上看来的。如果他们有合适的工作……就是希望她能安顿下来。我会亲自带她去纽约，看她做完手术，那之后过几个星期她就可以开始工作了。顺便说一句，"邦德看上去有些尴尬，"等她回来……如果你和你夫人……你知道的，那样的话就有个人照看着她了。"

普莱德尔-史密斯笑了。他觉得自己明白了状况。他说："你不用担心这个了。我会做好的。贝蒂做这些事很在行。她会喜欢把那姑娘庇护在她翅膀之下的。还有其他事吗？不管怎么样，本周后几天再见。这么热的天那医院简直就是个地狱。在你回家——我意思是去纽约——之前，你可能会希望跟我们待上一两个晚上。很高兴接待你，呃，你们俩。"

"谢谢。也谢谢你为我做的其他一切。"邦德把车挂上挡，沿着两边满是火焰一般的热带灌木丛的街道开了下去。他开得很快，把弯道上的石子都溅了起来。他只想快点逃离国王官邸、网球、国王和女王。他甚至都想快点逃离普莱德尔-史密斯。邦德喜欢这个人，但此刻他只想穿过交叉路回到"美丽沙漠"，远离这个圆滑的世界。他一转弯快速冲过大门口的岗哨，来到了主路上，把油门踩到底。

那晚星光下的夜航没有发生任何事情。没有人追他们。驾船的活儿主要是那姑娘干的。邦德没有跟她争。他躺在船底，彻底崩溃了，像个死人一样。他醒了一两次，听着海浪轻轻拍打着船体，看着星光下她那安静的身影。然后轻柔的浪潮像摇篮一样把他又送回了梦乡，梦见蟹角岛有人朝他追过来。他并不在乎。他觉得自己现在不会在意任何的噩梦了。经过了前一天晚上所发生的事，必须是非常强大的东西才会让他再次感觉到害怕。

船体碾压在黑礁砾上发出的嘎吱嘎吱的声音让他醒了过来。他们正穿过礁石进入摩根港。上弦月升了起来，在礁石内侧的海就像一面银镜。那姑娘靠船帆把独木舟推了过去。他们滑过海湾向那小小的沙滩漂去，邦德脑袋下的船头像轻轻叹息了一声一般抵上了沙滩。他必须靠她的帮助才下得了船，穿过柔软的草坪，进到了房里。当她把他的衣服剪掉，把他带进淋浴室时，他一边紧贴着她，一边轻声地咒骂着她。当她在灯光下看到他那遍体鳞伤的身体时，她什么也没说。她把水全打开，拿起香皂，把他像一匹马一样全身洗了个遍。然后她把他从水中牵出来，轻轻地用毛巾把他身体敷干，毛巾上很快便沾满了血迹。他看到她伸手拿起了一瓶密尔顿消毒液。他嘟哝了一声，抓住了洗脸池，等待着。在把消毒液倒到他身上之前，她绕过来，亲了亲他的嘴。她柔声说："抓紧点，亲爱的。叫吧。会很痛的。"当她把那让人痛得要命的东西洒到他身体上时，他痛得眼泪夺眶而去，顺着脸颊往下流，而他丝毫也顾不上觉得羞耻。

Dr. No

当黎明在海湾撒下一片金光时,他们吃了一顿丰盛的早餐,然后他忍着剧痛开车到了金斯敦,躺在了急救室的白色手术台上。普莱德尔－史密斯被叫了过来。他什么也没问。邦德的伤口被洒上了硫柳汞,烧伤的地方涂上了丹宁膏。那位精干的黑人医生忙着在他的值班报告上写记录。写什么?很可能只是"多处烧伤和挫伤"。然后,在答应第二天再回到那所私人医院之后,邦德跟着普莱德尔－史密斯到了国王官邸,参加了第一次会议,然后又开了好几次会,直到最后的那次正式会议。邦德通过殖民办公室用密码向M发去了一份简短的报告:"抱歉必须再次请病假。医院报告随后送达。请转告军械师史密斯韦森对火焰喷射器无效。完毕。"

此刻,当邦德驾驶着那辆小车在通往北海岸的路上转过无数个S形弯道时,他有些后悔开了那个玩笑。M会不高兴的,那太浅薄了。浪费密码。哦,天哪!邦德猛地一偏,躲过一辆飞驰而过的公共汽车,那车的终点牌上写着"褐色少女"字样。他本来只是想让M知道他经历的根本不是什么阳光下的假日,提交书面报告时他会道歉。邦德的卧室清凉而黑暗。在摊开的床边有一块三明治和一个装满了咖啡的热水瓶。枕头上有一张纸,上面用大大的孩子气的笔迹写着:"你今晚要跟我待在一起。我不能离开我的动物。它们在瞎闹。我也不能离开你。而且你欠我一次劳役。我7点钟过来。你的H。"

傍晚的时候她穿过草坪来到了邦德身边,邦德正坐在那儿喝他的第三杯波旁酒加冰。她穿着一条黑白条纹的棉布裙和一件糖粉色的紧身上衣。她那金色的头发散发着一股廉价香波的味道,看上去清新、漂亮极了。她伸出手,邦德握住她的手,跟着她沿着车道往上走,顺着一条常有人走的、穿过甘蔗地的小径往前走去。小径蜿蜒向前延伸了很长一段,两边高高的甘蔗林沙沙响着,散发着甜甜的香味。然后出现了一块小小的草坪,草坪尽头是粗粗的碎石垒成的墙和台阶,台阶通向一扇沉重的门,门边透着光。

她站在门边抬头看着他。"别害怕。甘蔗已经长高了,它们大部分都出去了。"

邦德并不知道自己期待的是什么。他只是模模糊糊地想象过一块平坦的泥土地板和湿乎乎的墙。还会有几件简陋的家具,一张破烂的床,床上盖着一些破布,还有就是一股浓烈的动物园的味道。他早已做好准备要小心别伤害她的自尊心。

然而正相反,他好像是进入了一个大大的、整齐的雪茄盒。地板和天花板都是用泛着亮光的雪松做成的,散发出一股雪茄盒的味道,墙上镶嵌着宽宽的竹板。灯光来自挂在天花板中央的一盏漂亮的银质枝形吊灯,吊灯上点着十二支蜡烛。在墙的高处有三扇方形的窗户,透过窗户邦德可以看见深蓝色的天空和星星。还有几件很好的十九世纪的家具。吊灯下的餐桌上摆着两套看上去很昂贵的老式银质餐具和杯子。

邦德说:"哈妮,这房间真是漂亮。原本听你说的故事我还以为你住在一个动物园里呢。"

她开心地笑了。"我把那些旧银器之类的拿出来了。这就是我的全部家当了。我花了一天时间才把它们擦干净。我以前从来没把它们拿出来过。它们看上去相当不错,是不是?你知道,通常墙边都会有很多小笼子。我喜欢让它们跟我在一起,它们是我的伙伴,但现在有你在这儿了……"她顿了一下,"我的卧室在那儿,"她朝另一扇门指了指,"卧室很小,但能容下我们两个。现在吃饭吧,我这恐怕只能算是冷餐了——只有虾和水果。"

邦德朝她走过去。他紧紧抱住她,狠狠地亲吻着她的嘴。他搂着她,看着她那双闪亮的蓝色眼睛。"哈妮,你是一个好姑娘。你是我见过的最好的姑娘之一。我希望世界不要把你改变太多。你真的希望去做那个手术吗?我喜欢你的脸——就像现在这样,它是你的一部分,所有这一切的一部分。"

她皱了皱眉,从他怀抱里挣脱出来。"你今晚不能这么严肃,不要谈这些事,我不想谈。今天是我跟你的夜晚。要谈就谈爱,我不想听其他任何东西。你保证?好了,来吧。你坐这儿。"

邦德坐下来。他抬头对她笑笑。他说:"我保证。"

她说:"这是蛋黄酱。不是从瓶子里舀出来的。是我自己做的。吃点面包和黄油。"她在他对面坐下来,开始吃起来,边吃边看着他。当她看到他似乎很满意,她说:"现在你可以开始告诉我关于爱的事了。关于爱的一切。你所知道的一切。"

邦德朝她那涨红的、金色的脸看过去。烛光下她的眼睛明亮而温柔,但仍带着他第一次在海滩上见到她,她以为他是来偷她的贝壳时的那股刁蛮劲儿。她那丰满的嘴唇因为兴奋和迫不及待而张开着。和他在一起,她没有任何的禁忌。他们是两只相爱着的动物。这很自然,她一点也不感到羞耻。她可以问他任何问题,期待他回答。就像他们已经同床共枕,是两个情人。透过她那紧紧的棉布胸衣,她的乳峰凸现出来,因为激情而坚挺着。

邦德问:"你是处女吗?"

"不算是。我告诉过你了。那个人。"

"哦……"邦德发现自己根本吃不下去了,他因为对她的欲望而嘴唇发干,他说,"哈妮,我可以或者吃饭或者跟你谈爱,但我不能同时做这两件事。"

"你明天就要去金斯敦了,你在那儿有的是吃的,谈爱吧。"

邦德的眼睛变成了两道炽烈的蓝色裂缝。他站起身来,在她身边单膝跪下。他拿起她的手,仔细看着。在拇指根部,维纳斯掌丘高高地隆起着。邦德把自己的头埋进那只温暖的、柔软的手掌里,轻轻咬着那隆起的部位。他感觉到她的另一只手伸进了他的头发里。他咬得狠了一些。他握着的那只手弯曲着抚摸着他的嘴。她在喘息,他咬得更狠了。她轻轻尖叫了一声,抓着他的头发把他的头拽开。

"你在干什么?"她黑黑的眼睛睁得大大的。她脸色发白。她低下眼睛,看着他的嘴。慢慢地,她把他的头拉向自己。

邦德一只手伸向她的左胸,紧紧地握着。他拉起她那只被俘获的、受伤的手,把它放在他脖子上。他们的嘴碰到了一起,紧紧地贴着,探索着。

在他们头顶,烛光开始跳动起来。一只大天蛾从一扇窗户飞了进来。它绕着吊灯飞速旋转着。姑娘那闭着的眼睛睁开了,看着那只天蛾。她的嘴唇挪开了。她把手里抓着的他的那把头发向后一梳,站起身来,什么都没说,把蜡烛一支一支拿下来吹灭。天蛾从窗户飞走了。

那姑娘从桌边开走,解开上衣,把它扔到地上,然后是她的裙子。月光下她成了一个白色的轮廓,中心是一团阴影。她走到邦德身边,解开他的衬衣,慢慢地、小心翼翼地脱下来。她紧贴着他的身体散发着一股青草和甜椒的味道。她领着他从桌边走开,穿过一道门。从窗口透进的月光照在一张单人床上。床上有一只睡袋,袋口敞开着。

姑娘放开他的手,钻进了睡袋里。她抬头看着他。她以一种实话实说的口气说:"这是我今天买的,是双人的,花了不少钱。把那些东西脱掉,进来。你保证过的,你欠我一次劳役。"

"但是……"

"照我说的做。"